オオカミ御曹司と
極甘お見合い婚

ととりとわ

Towa Totori

目次

オオカミ御曹司と極甘お見合い婚

第一章　ハメられたお見合いの相手は無愛想な御曹司でした

『結婚』という言葉の重みが、こんなふうに突然自分にのしかかってくるものだとは思わなかった――

タクシーの後部座席に背中を預け、はあーっと、人生で一番深いため息を琴乃《ことの》はつく。きれいに結ばれた帯がつぶれようとかまうものか。どうせもう家に帰るだけだ。楽しみにしていたレストランでの食事もできずに、一目散に逃げ帰るだけ。

窓の外を流れる都心の景色に目をやって、もう一度ため息をつく。すると、運転手が小さく咳ばらいをした。

「あの、ご気分でも悪いんですか?」

初老の運転手は、不安げな顔を少しだけこちらへ向けて尋ねてくる。琴乃はアップにした髪のおくれ毛を気にしつつ、取り繕う笑みを浮かべた。

「大丈夫です。ちょっと嫌なことがあっただけですから」

「そうですか。せっかくきれいな着物をお召しになっているのに、それは残念でしたね」

「ですよねえ」

（ほんと、残念なことこの上ないよ……）

琴乃は引きつった笑顔で応じつつ、ついさきほど起こった事件の顛末《てんまつ》を思い起こす。

新作着物の展示会に行こうと母に誘われたのは、先週の土曜日のことだった。会場は都心にある一流ホテルの朱雀《すざく》の間。そのホテルのレストランは評判がよく、一度行ってみたいと思っていたため、二つ返事でＯＫすると、母はやけに嬉しそうな顔をした。

『じゃあ、展示会は十時からだから、帰りにお食事でもしましょう』

母はレストランや料亭など、落ち着いた雰囲気の中で食事をすることが大好きなのだ。それで喜んでいるのだと、その時は思っていた。

壇《だん》琴乃の家は旧華族の末裔《まつえい》である。そうはいっても舶来の品に目を輝かせたり、サロンだ、舞踏会だと華々しい暮らしをしていたのは、戦前までの話だ。

今も都心にほど近い場所に広い屋敷を構えるものの、平屋の木造家屋はどこもかしこも古めかしく、傷みもある。二十八歳、若者の部類に入る琴乃にしてみれば、さっさとここを売ってマンションでも買えばいいのにと思ったりする日々だ。

けれど、大学で考古学を教えている父はともかく、母が譲らない。もともと、ここは母方の実家だった。両親は恋愛結婚だが、ひとり娘だった母は『壇の姓を絶やすな』という曾祖父の遺言により、父を婿養子にとったのだ。

展示会の当日、ホテルには、開場時刻の三十分も前に着いてしまった。着物を着てきたため、少し余裕をもって家を出たものの、早すぎたようだ。

「ちょっとお手洗いに行ってくるわね。ラウンジでコーヒーでも飲んで待っててちょうだい」

今年買ったばかりの着物のお端折《はしょ》りを直しながら、琴乃の母、悦子《えつこ》がすたすた歩いていく。

そのふっくらとした後ろ姿から目を離し、琴乃はロビーを見渡した。展示会の客とおぼしき人たちは中高年がほとんどで、自分はずいぶん若者に見える。

ラウンジに向かう途中にある柱はすべて鏡張りになっていた。そのひとつの前で足を止め、慣れない着物姿の自分を映してみる。

(着崩れてないかなあ)

鏡の前でくるくると回ってみるものの、後ろはよく見えないのでもどかしい。久しぶりに自分で着付けをしたため手際が悪かったうえに自信がない。

琴乃は昨日まで、落ち着いた色合いの付け下げを着ようと思っていたのに、母が今日になって違うものを着ていけと言い出した。

そういうわけで緋色のグラデーションをベースに、山茶花《さざんか》の模様をあしらった振袖を着ている。髪も自分でハーフアップにするつもりが、母に呼ばれて近所からやってきたヘアメイクさんにより、きれいに結いあげられた。

化粧だってずいぶんと派手だ。薄い二重瞼《まぶた》に小ぶりな鼻。笑うと両頬に浮かぶえくぼは気に入っているけれど、全体的には地味な顔立ちなのだ。それが今日は、アイラインにつけまつげまでしているなんて……

（やっぱりどう考えても派手だよねえ。お母さんたら、どういうつもりだろ……？）

白い小花に宝石がちりばめられた髪飾りを指で直し、会員制ラウンジへ入っていく。入り口で母から渡されたカードを提示すると、窓際の一番奥の席に案内された。

ダージリンティーを注文してひと息つく。

左手にある大きな窓の向こうには、緑あふれる景色が広がっていた。このホテルは豪華な日本式庭園が有名で、結婚式の写真撮影にもよく使われるそうだ。

池にかかる橋の上に動く人の姿を見つけ、琴乃は身体の向きを斜めにずらしてその姿に見入った。

三十代とおぼしき男女が、緊張した様子で並んで歩いている。

お見合いだろうか。このご時世に、なんと古風な。

微笑ましい場面に見入っていた琴乃の耳に、突然どさりという音が響いた。ハッとして顔を正面に戻すと、見知らぬ男が向かいの席に座っている。

ものすごく体格がよくて背も高く、見るからに高級そうなダークカラーのスーツを着た男だ。きりりとした精悍《せいかん》な顔立ちで、笑った顔など一ミリも想像できないような冷たい表情をしている。

(……は?　え?)

びっくりした琴乃は、なにが起きたのかとあたりを見回した。ラウンジは特別混んでいる様子もなく、ちらほらといるウェイターが静かに動いているだけだ。

琴乃のほかに、座っている客が五人ほど。ほかに席はいくらでも空いているのに、どうしてわざわざ自分の正面に座ったのだろうか。

「あ、あのー……」

勇気を振り絞り、琴乃は口を開きかけた。もしかして、自分が忘れているだけで過去に会ったことがある人なのかもしれない。家柄のせいもあり付き合いが多く、一度紹介されたくらいでは覚えきれないのだ。

「お待たせいたしました。ダージリンティーでございます」

ちょうど注文した飲み物が運ばれてきて、前のめりになっていた身体を元に戻した。礼を言った琴乃に対し頭を下げたウェイターに、男が声をかける。

「コーヒーを頼む」

「かしこまりました」

ウェイターが戻ってしまうと、琴乃の胸の鼓動は激しくなった。男の朗々《ろうろう》とした低い声を聞いたせいかもしれない。彼の声はなんというか……そう、いい声だ。

注文したダージリンティーにスティックシュガーを少しだけ入れ、気まずい思いでかき混ぜる。

（話しかけるタイミングを逃しちゃったな）

琴乃はカップを口元に近づけつつ、男の様子をちらりと窺った。

大柄な身体は格闘技でもやっているのかと思うほど逞しく、座っていても琴乃より頭ひとつ分は背が高い。おそらく百九十センチ近くあるだろう。緩くウェーブを描く黒髪は艶めいており、まっすぐな眉がりりしい印象だ。切れ長の二重瞼《まぶた》にすっと通った鼻筋。横に広い唇に意思の強さを感じる。

ちょっとそのへんではお目にかかれないような美丈夫《びじょうふ》だ。すれ違う人誰もが二度見するだろう。ただ、残念なのは強面すぎること。こんな鷹みたいな目で睨みつけられたら、すくみあがってしまいそうだ。

じっと見とれていると、ラウンジの入り口に目を向けていた男が急にこちらを見た。

（やばっ）

慌てて視線を窓の外へ向ける。カップを置いたのち、おくれ毛を気にし、半襟を直すふりをして……どきどきする鼓動を鎮めようと、密かに深呼吸をする。

それにしても、母はいったいどこへ行ったのだろう。お手洗いにしては遅すぎる。時刻はもう十時過ぎ、展示会は開場しているはずだが、まさかひとりで先に会場へ……？

いつまでも庭ばかりを見ているわけにもいかないので、テーブルに視線を戻して再びカップを持つ。……が、熱くてそうごくごくと飲めるものではない。ひと口啜《すす》ったもののすぐソーサーに置き、また所在ない時間が戻ってきてしまった。

母を捜しに行きたかったが、席を立つには男に話しかけなくてはならないだろう。もしも両親の知り合いだった場合、失礼な態度をとったらのちのちまずいことになるからだ。

「あ、あの」

琴乃は思い切って、帯で窮屈《きゅうくつ》な胸に息を吸い込んだ。

と、そこへ――

「まあー、周防《すおう》さん！　お越しになっていらしたのね⁉」

静かなラウンジ内に響き渡る大きな声に、琴乃はギョッとした。見れば、ほかならぬ母の悦子である。丸い顔に浮かべた満面の笑みと、深々と折った腰。まさに慇懃《いんぎん》といえるほど丁重な態度に困惑する。

やはり母の知り合いだったのだ。早まらなくてよかった……！

彼女は「失礼します」と、琴乃の隣にどすんと座った。身体を半分ほどこちらへ向け、手のひらを琴乃に向ける。

「周防さん、娘の琴乃です。琴乃、こちらは周和《しゅうわ》セキュリティの社長で周防将偉《しょうい》さん。周和セキュリティさんはもちろん知ってるわね？」

うふふ、と母に微笑みかけられた琴乃は、男に向かって愛想笑いを浮かべた。

「は、はじめまして。いつも母がお世話になっております」

「こちらこそ。周和セキュリティ株式会社の周防です」

やはりいい声だ。すっと差し出された名刺を両手で受け取る。名刺に目を落とすと、見慣れたロゴマークが左上にプリントされていた。

周防将偉。それが彼の名前のようだ。周和セキュリティといえば、泣く子も黙る大企業である。人気の俳優やスポーツ選手を起用した企業ＣＭをテレビで見ない日がないほどだ。

ちなみに、琴乃の自宅でも周和セキュリティの防犯システムを取り入れているが、こんなに若い人が社長を務めているなんて知らなかった。

「お日柄もよくてお見合い日和ですわねえ。周防さんの今日のスーツ、とても素敵でお似合いになっていらっしゃいますこと。きっとうまくいきますわね」

隣で母が、周防におべっかを使っている。琴乃は名刺をテーブルに置き、依然として厳めしい表情の周防に笑みを向けた。

「周防さん、今日はお見合いがあるんですか？　おめでとうございます」

えっ、という素《す》っ頓狂《とんきょう》な母の声に隣を見る。

「なにを言ってるの。周防さんのお見合いの相手はあなたでしょ？」

「ええっ⁉　わっ、私⁉　私がお見合い相手⁉」

青天の霹靂《へきれき》ともいうべき出来事に、琴乃はこぼれんばかりに目を丸くした。それもそのはず、今日は着物の展示会に行くついでに食事をしようと母が言うから、軽い気持ちでついてきただけなのだ。まさか、事前に写真も見ず、プロフィールすら知らない相手とお見合いするなんて——

茫然自失のまま固まっている琴乃の横で、母が立ち上がった。

「さ、それじゃあ私は失礼して展示会に行ってくるわね。若い人同士のほうが話が弾《はず》むでしょうから」

「えっ、ちょっと待って！」

素早く手を伸ばし、母の着物の袂《たもと》を掴んだ……つもりが、滑らかな正絹《しょうけん》の生地は指先からするりと抜けてしまう。信じられない。娘をだました挙句に、初対面の男とふたりきりで残していくなんて……！

「では、周防さん。あとはよろしくお願いいたします」

「あっ……ちょ、お母さ……っ」

うきうきと上機嫌で去っていく母の後ろ姿を、琴乃は力なく見送った。悔しさのあまり、母を掴みそこねた手でこぶしを握る。母の勝手な行動にはうんざりだ。お見合いは嫌だとあれほど言ったのに。

……いや、むしろ何度お見合いを勧めても首を縦に振らないから、こんなだまし討ちみたいなことをしたのだろう。結婚のなにがいいのか、琴乃にはまったくわからない。

「いつもあんな調子なのか？」

「へっ？」

同じく悦子の後ろ姿を目で追っていた周防が尋ねてきて、琴乃は顔を前に向けた。まっすぐにこちらを見ている彼の顔にはなんの表情も浮かんでおらず、やたら整った顔立ちのせいで怖いくらいに感じる。

彼はさっきウェイターがもってきたコーヒーを静かに啜《すす》り、音もなくソーサーに置いた。

「君の母親のことだ。なんというか、勝手な人だな」

わが意を得たり！　そう思った琴乃はテーブルに手をつき、身を乗り出した。

「そうなんですよ！　母ったら、いつも自分の考えを無理やり押しつけて、私の意見も聞かずに従わせようとするんです。今日だって、着物の展示会に誘われて来ただけなのに急にお見合いだなんて――あっ」

興奮のあまりつい口が滑ってしまった。慌てて周防の顔色を窺うが、彼の表情に変化はない。

「……ごめんなさい」

小声で謝罪して、カップを取る。ああ、初対面の人に、なんてことを言ってしまったのだろう……。

空になったカップの底をながめて、琴乃は心の中でため息をついた。

顔を上げなくても、周防が冷たい目でこちらを見ているのがわかる。それはそうだ。『あなたとお見合いするつもりはなかった』と暗に伝えてしまったのだから。

「壇琴乃さん」

「はっ、はいっ」

急に名前を呼ばれてびくりとした。おずおずと顔を上げると、恐いくらい鋭い眼差しがこちらを捉えている。

「俺の素性についてはさっき渡した名刺の通りだ。周和セキュリティの社長のほかに、いくつかのグループ企業の役員を兼任している。年齢は三十五で、父は周防ホールディングスの代表。四つ歳の離れた兄は衆議院議員をしている。二つ下の弟もグループ企業の役員をしているが、いずれは俺がホールディングスの代表を継ぐだろう」

「はあ」

話が異次元すぎて呆けた返答しかできない。彼が今話した内容について、琴乃はさっと考えを巡らした。

周防ホールディングスといえば、知らぬものなどいない巨大グループだ。確か中核となっているのは、商社、流通会社と彼が社長を務める警備保障会社。そのほかにゼネコンや不動産、医療、介護事業など、人の生活に関わる企業の大抵がその傘下にある。琴乃が社長秘書をしている商社とはライバル関係だ。

さらに、兄は国会議員、弟も企業役員とあっては、華麗なる一族というほかないだろう。そんな素晴らしい家柄の人と母が知り合いだったとは、やはり旧華族の末裔《まつえい》は侮《あなど》れないものである。

このお見合いについて、父はなにも聞かされていないに違いない。

『大学教授なんて実入りが少ない職業の人、間違っても連れてきちゃだめよ』とは母の口癖だ。そのうえ、休みのたびに研究と称して海外の遺跡調査へ出かけてしまうため出費も多く、婿養子に入った父はずっと肩身が狭い思いをしてきた。

なにより、父は娘に結婚を急《せ》いていないのだ。たったひとりの娘を誰かに取られるのはやはり寂しいのだろう。

今日突然のお見合いに至った経緯についてはあとで母を問い詰めるとして、ひとまずはこの場をどうやりすごすかが問題だ。琴乃には結婚をする気などさらさらないのだから。

「君は？」

低くよく通る声に琴乃はハッとした。

「君の経歴について聞かせてもらいたい」

周防が膝の上で両手を組み合わせてこちらを見ている。経歴……そういうものは普通、あらかじめ仲人《なこうど》を通して聞いているものではないのか。

「なにもご存じないんですか？　仲人《なこうど》さんはなんて……？」

「俺も、この話は二日ほど前に親戚から聞いただけだからな。昨日まで出張で大阪にいたし、仲人《なこうど》もいない」

「そうですか……」

琴乃はなんとも言えない気持ちになった。当の本人たちが見合い相手の素性についてなにも知らされていないとは……

しばしの沈黙が降りる。どうせ断る見合いなのに、と思いつつも、彼の経歴を教えてもらった手前、自分も教えないわけにいかない。

「壇琴乃。二十八歳です。職業は……トーサイ物産で秘書をしております」

周防の眉がぴくりと動いた。

「トーサイ物産？　品川の？」

琴乃が頷く。彼がトーサイ物産を知っているのは想定内だ。周防グループの商社に比べたらはるかに規模は小さいが、そこは同業者である。

急に押し黙り、考え込むかのようにテーブルの一点を見つめる周防に、琴乃は困惑した。トーサイ物産となにかトラブルでもあったのだろうか？　そのせいでこの見合いがご破算になるのなら、願ったり叶ったりなのだが……。

「周防さん……？」

下から覗き込むと、彼はぱちぱちと目をしばたたいて顔を上げた。意外に睫毛が長い。

「ああ、失礼。君がせっかく話してくれているのにすまない。トーサイ物産の社長はよく知ってるよ」

「はい……あの、それともし気分を悪くされていたらごめんなさい」

周防がぴくりと眉を動かす。

「俺が？　どうして？」

「さっき、今日はお見合いに来たわけじゃなくて、着物の展示会に来ただけだって言ってしまったので……」

罪悪感のあまり、ごにょごにょと語尾が小さくなる。

こういう社会的地位の高い人なら、プライドも高くて当然だ。バカにされたと席を立つのが普通のはずなのに、まだ琴乃から話を聞き出そうとするのが不思議でならない。

そのくせ愛想のかけらもない表情。お互い乗り気でないなら、さっさと本心を打ち明けあって解散すればいいのに。

周防はビロード張りのソファに背中を預けて息をついた。

「俺はそんなことで怒ったりはしない。君はおおかた、あの母親にだまされてここへ来たんだろう？　俺のほうは望んでここへ来たが」

「周防さんはこのお見合いを望まれていらしたんですか？」

ならばもう少し愛想よくしたっていいと思うけれど。

「正直な話、誰でもよかったんだ。たまたま親戚が昔懇意《こんい》にしていたということで、君に白羽の矢が立ったようだが」

「はい？」

思わず瞠目《どうもく》する。

「誰でも……ということは、私じゃなくてもいいということですか？」

「いや。もうほかの女性と会うつもりはない。俺も暇がなくて、なかなか見合いをする時間が取れないのでね。結婚相手に求めるのは、最低限の家柄と教養があることと、下品でないことだけだ。だから、君でいい」

すっかり憤慨《ふんがい》した琴乃は、もう我慢がならない、とばかりに立ち上がった。

「私は誰でもよくありません。そんなふうに望まれずに結婚するのも嫌です」

ぴしゃりと言い放つと、周防の鋭い目がわずかに大きくなった。それに気をよくした琴乃は、「失礼します」と席を立つが――

「ちょっと待て。それで帰るつもりか？」

「え？」

後ろから呼び止められて足を止める。

「ちょっとこっちへ」

むんずと手首を掴まれ強く引かれた。やけに大きく肉厚で、熱い手だ。立ち上がった周防の背の高さにおののきながらついていくと、柱の陰に引き込まれた。

くるりと後ろを向かされる。

「ちょっと、なにするんですか」

「静かにしてくれ。注目を浴びるのは君も困るだろう？」

彼は琴乃の帯をなにやら弄っているようだ。身体に触れられているわけではないので、おとなしくすることにした。

「下手だな。誰が着付けした？」

頭のすぐ後ろで低い声が響く。急に胸の鼓動が激しくなり、琴乃は唾をのんだ。

「あ、あなたに言う必要はありません……！　あの、周防さんはご自分で着られるんですか？」

「たまにね。俺は女性の着付けは帯を直すくらいしかできないが、兄弟は女性の着付けもできる。脱がせたらまた着せなければならないから、自然と覚えたようだ」

あまりにあけすけな話に思わず彼を振り返る。が、整った顔が近すぎて、慌てて前に戻した。

初対面の女性に対してなんてことを言うのだろう。しかも相変わらずの無表情。兄弟だけでなく、彼自身も女遊びが激しいのだとしたら、いくら裕福な人でもますます結婚したくない。

「できたよ」

耳をくすぐる声が甘くて、琴乃は逃げるように距離を取った。悔しいことにいい匂いまでする。

「あっ、ありがとうございました！　では」

ぶっきらぼうに礼を告げ、すたすたと足早にラウンジを出た。

今日はこのまま母を置いて帰ろう。母には文句のひとつ、いや、三つも四つも並べて非難してやりたいが、とにかく今はひとりになりたい。

ラウンジを出て、ホテルのエントランスへ向かう。ところが、いくらも進まないうち、隣にぬっと影が落ちた。

「ついてこないでいただけますか？」

前を向いたまま言い放つ。

「別につきまとっているわけじゃない。ここにはもう用がないから社に戻るだけだ。ところで、そんなに急いで歩くとまた着崩れるぞ？」

面白そうな口調に、つい周防の顔を見上げる。

しまった、と思ったけれどあとの祭りだ。こちらをからかうように浮かべた笑みの、なんとも色っぽいこと。

顔に血が集まる気がして、琴乃はいっそう足を速めた。が、歩幅の大きい周防に先を越されて立ち止まる。

「ちょっ——」

行く手を阻まれるかと思いきや、なんのことはない、単にガラスのドアを引いてくれただけだった。

「どうぞ。会えて嬉しかったよ」

「わっ、私は嬉しくなんかなかったですっ」

スマートに道を譲る周防の脇を通り抜け、真冬の屋外へ足を踏み出す。

目の前の車寄せで客待ちをしていたタクシーに飛び乗ると、すぐに行先を告げてホテルをあとにした。

第二章　堅物社長の秘書になったのでした

週が明けた月曜日。

琴乃はヒールをカツカツと鳴らしつつ、寒空の中会社へ向かう通りを歩いていた。

自宅からトーサイ物産までは、ドアツードアで三十分。母は『タクシーを使いなさいな』などと、とんでもないことを言うが、自宅も会社も駅に近く、これくらいはなんてことない距離だ。

昨日、先に自宅へ戻った琴乃は早々に着物を脱ぎ、居間で母、悦子の帰りを待ち構えていた。

もちろん、顔を見るなり大喧嘩だ。といっても、怒っているのは琴乃だけ。蝶よ花よと育てられた悦子はおっとりした性格につき、暖簾《のれん》に腕押し。かえって琴乃の怒りがヒートアップして、ストレスが溜まる一方だった。

『私は結婚なんてしないって、いつも言ってるじゃない』

と言えば。

『あらぁ、周防さんみたいな方、どこを探したっていないわよ？　素敵な方だったでしょう？　イケメンだし』

『イケメンだろうがブサメンだろうが関係ないの。私は一生独身を貫くんだから』

『もしかして琴乃、まだ央士《おうし》君のことが好きなの？』

ギクッ。

にこにこと無邪気な笑みを浮かべる母を前に、琴乃の心はスッと冷えた。さすが母親。会話が膠着《こうちゃく》状態に陥った時、なにを言えば琴乃が黙るか知っているのだ。

坂本《さかもと》央士は、今も近所に暮らす同い年の幼なじみである。

最初の出会いはふたりがまだよちよち歩きの頃。もちろんその頃の記憶はないが、幼稚園、小学校をともに過ごしつつ、子供らしい愛情を育んできた。その後は私立の中高一貫校にも一緒に通い、大学は別々になったけれど、いつしか大人の付き合いになり、将来は結婚するものと思っていたのだが……。

その関係に突如ヒビが入ったのは四年前、琴乃が二十四歳の時だ。

その年の春、央士との結納を一か月後に控え、琴乃は幸せの絶頂にいた。数十年にわたり家族ぐるみの付き合いをしてきた両家だったから、とんとん拍子に結婚へと進んでいたのだ。

式は由緒正しい神社で神前にて執り行い、披露宴は都内のホテル。選んだ白無垢やドレス、引き出物のカタログを眺めては、指折り数える日々だった。

しかし。

『話がある』——央士にメッセージアプリで呼び出された琴乃は、いそいそと指定された喫茶店へ向かった。きっと披露宴での余興の打ち合わせに違いない。学生時代の友達の出し物が被らないようにと彼は気にしていたから。

ところが、喫茶店のドアを開けてみると、隅の席に縮こまる彼の隣には見知らぬ女性がいた。身長が百六十センチ以上ある琴乃よりもだいぶ小柄な若い女の子だ。歳は二十歳そこそこといったくらいだろう。ふんわりとしたガーリーなボブヘアにアイボリーのセーター。柔らかなその雰囲気はかわいらしいが、真っ赤なルージュがやけに不似合いだった。彼女は、いったい央士のなんなのか。

琴乃が戸惑いながら席に着くと、央士は目も合わせずにいきなり頭を下げた。

『ごめん。お前とは結婚できなくなった』

（……は？）

唖然とする琴乃の前で、小柄な女性が央士の腕をそっと握る。

その瞬間、これからなにを言われるのかなんとなくわかり、愕然《がくぜん》とした。けれど、実際の内容は、予想していたよりもはるかに厳しい仕打ちだった。それこそ、天国から地獄の底まで一気に突き落とされるような。

『彼女が妊娠しちゃってさ……。俺、こいつと籍入れるから』

央士が小声で口にした途端、琴乃は立ち上がり、彼に向かってお冷《ひや》をぶちまけた。

……そこから先は、自分がなにを言ったのか、なにをしたか、まったく覚えていない。

ただ、今にも泣き出しそうなふたりの顔と、彼らが飲んでいたココアの匂いだけが、記憶にこびりついて離れない。もちろん、今も。


あれから早四年。社会人生活も六年を過ぎればもうすっかり大人だ。琴乃はコートに突っ込んだ両手を、爪が食い込むほど強く握りしめた。

あの日、一生結婚はしないと心に誓った。恋だってしていない。

だけど、母が尋ねた『彼を今でも好きなのか』という問いかけに対する答えはノーだ。

二十年以上想い続けた央士だったけれど、今ではなんとも思っていない。というより、記憶から消したいくらいだ。ふたりが別れた理由を知らない母には、たびたび央士との思い出話を持ち出されて辟易《へきえき》している。

あの時彼女が身ごもっていた子供は、もうとっくに歩いている頃だろう。彼らは央士の実家の敷地内に構えた新居で暮らしているそうだが、意外にも会わないものだ。

大丈夫。間違って外で出くわしたりしない限り、これ以上傷つくことはない。だけど、もう誰かを好きになったり、期待するのはやめた。裏切られた時の絶望に耐えられる自信がないから。

会社に到着し、通用口から入った琴乃は、最上階にある社長室へエレベーターで向かった。

トーサイ物産は、幕末にできた廻船問屋《かいせんどんや》に端を発する、歴史ある商社である。昭和の初期まではいわゆる大手として、貿易や商品の取引、原料の調達などを一手に引き受けていた。しかし、戦後に台頭してきた同業者に次々と先を越され、今では国内で十本の指に入るかどうかといったところだ。

琴乃がこの会社に入ってから半年がたつ。前にいた会社でも同じく社長秘書をしており、業界団体の集まりで出会ったトーサイ物産の社長から声をかけられ、引き抜かれたのだ。

ビルの十八階に着き、琴乃は社長室のドアをノックした。

「失礼いたします。社長、おはようございます」

「ああ、おはよう。今日はいつもより少し早いね」

恰幅《かっぷく》のいい身体に纏ったダブルのスーツの前を留めながら、社長の青野《あおの》が立ち上がる。

彼はなにか書き物をしていたらしい。

「今日はやることがたくさんあるので早めに家を出ました。社長こそ、いつも早くからありがとうございます」

「いやいや、歳を取ると早起きになっていかんね。ところで、今日は君に折り入って話があるんだ。ちょっとそこへかけてくれ」

「は、はい。……わかりました」

素直に従って応接用のソファに座ったものの、なんだか落ち着かない。社長とは事務的なやりとりはしても、こんなふうに個人的になにかを話したことなんてないのだ。

（なにかミスでもやらかしたかな……）

思い当たる節はないけれど、なにせ入社してまだ半年だ。社長のスケジュール管理はともかく、社内規定みたいな細かいことに関してはまだ知らないことがあるかもしれない。

目尻に皺を寄せて正面に座る青野の顔を、じっと見る。彼は至って上機嫌だ。

「君が秘書についてからもう半年か。早いなあ」

「あっという間のことで私も驚いています。まだまだ至らぬ点が多くて申し訳ありません」

座ったまま頭を下げる。

「いや、君は仕事の覚えも早いし、とても有能な秘書だよ。それでだ……時間がないから単刀直入に言おう。急で悪いんだが、君には今日限りでここを辞めてもらうことになった」

「ええっ」

琴乃は目を丸くして絶句した。

なぜ？　どうして？　なにか落ち度があったのなら、まずは叱責《しっせき》を受けるのが普通だ。いきなり解雇だなんて、と衝撃のあまり頭の中が真っ白になる。

琴乃は、ここ最近の自分の行動や仕事ぶり、来客応対について素早く考えを巡らした。金曜は社長に同行して他社の訪問と雑務、それから新しい会社案内の社長挨拶文などを作っていた。木曜は確か……

だめだ。混乱した頭ではたった数日前のことすら思い出せない。

「すまないね。驚いただろう」

気遣うような青野の声にハッとする。目の前に座る彼の眉尻は下がり、非常に申し訳なさそうだ。一度深呼吸してから震える口を開いた。

「あ、あの……いったいどういうことでしょう。私になにか不手際でも……？」

それは違う、と青野は顔の前で手を振った。

「君はこれまで本当によくやってくれたよ。さっきも言ったが非常に優秀だし、私のわがままでこの会社に来てくれて感謝している。本当はずっとここにいてもらいたいところなんだが――」

ドアがノックされ、青野が急に言葉を止めた。

「おお、ずいぶん早い到着だな。どれ」

いそいそと入り口へ向かった彼が、重厚なドアを自ら開ける。

「お待ちしておりました」

「どうも」

小柄な青野の向こうに立つ人物を見て、琴乃は息をのんだ。青野が招き入れたのは、昨日の見合い相手、周和セキュリティの社長の周防である。相変わらず大きい。青野の身体が彼の中にすっぽりと収まってしまいそうだ。

周防はよく磨かれた靴の踵《かかと》を鳴らしつつ、青野に勧められてソファに座った。琴乃の真正面、さっきまで青野がいた席に。

「おはよう。昨日はどうも」

例の甘く響く声が鼓膜を揺さぶり、首筋が熱くなる。まずい。彼を前にして赤くなるところなど見られたくない。

「おっ、おはようございます。ただ今、お茶をお持ちしますので」

急いで立ち上がったが、脇をすり抜けようとした際にがしりと腕を掴まれる。

「君にも同席してほしいんだ。座ってくれ」

周防の目力が強い。琴乃が青野を窺うと彼も頷いたため、仕方なく元いた席――今は青野がいる隣に座った。

「周防君とは彼のお父さんの代からの古い付き合いでね。ほら、うちも古い会社だろう？　もともとうちが業界団体の長をしている時に、周防グループが参入してこられたんだ。それで、さっきの話の続きだけど」

青野がいったん言葉を切って、周防に目配せする。

「これから君は、周防君のもとで秘書をすることになる」

「……はい？」

「いやあ、周防君たっての希望だと言われてしまっては断れなくてね。でも大丈夫。きっとうちよりも待遇がいい」

不自然な笑みを浮かべる青野を見て、琴乃は眉をひそめた。

たっての希望ということは、青野が琴乃を所望した時のように、周防が彼に頼み込んで引き抜きをしたのだろう。しかし琴乃には、今も真顔で、若干ふてぶてしい態度で座っている周防が、頭を下げるタイプにはとても見えない。

こうして自分の処遇を勝手に決められるのは、当然納得がいかなかった。

『女の子があくせく働かなくてもいいんじゃない？』と言う母を見返すため、自立したくて一生懸命働いてきたのだ。

前の会社で五年、今の会社に引き抜かれてまだ半年。やっと仕事を覚えて、これからもバリバリ働いてくれ、と青野にも言われていたのに。

「青野さん、今日はこのまま彼女を連れていってもよろしいでしょうか？　私の会社を案内したい」

よく響く周防の声で現実に引き戻され、琴乃は勢いよく立ち上がった。

「待ってください！　私の意思も聞かずに決められても困ります。私は青野社長のもとでもっと働きたいんです！　青野社長だって、きっと――」

すっと肩に手を置かれて横を見ると、苦い顔をした青野が立っている。

「君にはすまないことをした。私にもっと力があればよかったんだが……。周防さん、壇さんをよろしくお願いしますよ」

「もちろんです」

「社長！」

青野のスーツに向かって伸ばした琴乃の手は、虚しく空《くう》を掴んだ。そしてその手を掴んだのは、周防の肉厚な手だ。

「行こうか」

彼のほうへ引き寄せられそうになり、慌ててソファの上のバッグを取る。

こうして半年間お世話になった青野への挨拶も、秘書室への別れもままならぬうちに、琴乃はトーサイ物産を離れた。

エレベーターホールへ向かう琴乃の隣には、自分より頭ひとつ分以上も背の高い、山のような体躯《たいく》の男。琴乃がずんずんと大股で歩いているにもかかわらず、ゆっくりとした足さばきでついてくる。

（まったく、どうしてこんなことになっちゃったんだろう。絶対に認めないんだから！）

彼がつけている香水のいい匂いも、ぴかぴかに磨かれた革靴が奏でる足音も、衣擦れの音すらも憎らしい。

琴乃はつんと前を向いたまま、ぶっきらぼうに口を開く。

「私をお金で買ったんですか？」

「金で？　なぜそう思う」

「うちの会社が業績予想の下方修正を行ったことはご存じでしょう？　困っている青野社長に、なにか手を回したんじゃないかと思って」

エレベーターホールに到着し、琴乃は重役専用のエレベーターのボタンを押した。ふふん、と周防がせせら笑う。

「言うね。君にはあとで教えようと思っていたが、業務提携を結んだだけだ」

到着したエレベーターに乗り込み、ドアが閉まった。すると、周防がいきなり琴乃の後ろの壁に手をついたので、ハッと息をのむ。

彼の顔が近い。息がかかりそうなほどに。

「それから、『うちの会社』じゃない。それを言うなら『前の会社』だ。君はもう俺のものになったんだから」

彼はそう言って、狼みたいに鋭い、黒々とした瞳で射貫《いぬ》いてきた。俺のもの、という言葉の響きに、全身が火を噴きそうになる。

大柄な男性と密室でふたりきり。しかも相手は、自分を伴侶にしようと思っている男だ。その男性からこんなふうに情熱的に迫られているのだから、どきまぎもする。

しばらく彼の強い眼差しから目を離せずにいたが、ぱっと顔を背けると、やっとのことで口を開く。

「あっ、あの……や、やめていただけますか？　そんな、物みたいな言い方」

かすれた声には、さっきまでの勢いのかけらもない。

その時、自分はこの男がどうも苦手らしいと悟った。なのに秘書になるだなんて……先が思いやられる。


周和セキュリティの本社ビルは虎《と》ノ門《もん》にあった。琴乃と周防を乗せた運転手付きの黒塗りの車は、三十分ほどでそこへ到着し、立体駐車場に吸い込まれていく。

（うわ、すごっ……！）

車窓からちらりと見えた社屋の外観に、琴乃は格の違いを見せつけられる思いだった。

二十五階建てのビルは窓という窓がぴかぴかに磨き上げられ、建物の正面がまるで一枚ガラスでできているみたいに見える。おそらく、エントランスもホテルと見紛うほどに広く、洗練されているのだろう。歴史だけが取り柄のトーサイ物産の本社とは比べ物にならない。

そのエントランスを見ることなく、周防に付き従って駐車場に直結したエレベーターに乗り込む。ぐんぐん上昇していくガラス張りの高速エレベーターの中からは、下界を行き交う車や通行人の姿が見えた。

「このビル全体を周和セキュリティが使っているんですか？」

どんどん高くなっていく景色を見ながら、琴乃が尋ねる。

「まさか。うちが使っているのはたった五フロアで、ほかはグループ企業に貸しているよ。この業界はネットワーク化が進んでいるし、支社があちこちにあるから本社機能はそれほど人がいらないんだ」

ポーンと電子音がして、目的のフロアへの到着が知らされる。エレベーターのドアが開くと、すぐ目の前によく磨かれた重厚な木製扉があった。

「社長室だ。俺は不在にしていることも多いから、自由に出入りしてくれて構わない」

周防がドアを開けた途端、視界が明るい陽射しに包まれた。

琴乃は思わず目をすがめたが、眩しさに慣れてくると、そこがまるでリゾートホテルのラウンジを思わせるような空間であることがわかる。

社長室はビルの角にあたる部分にあるらしく、天井から足元までを占める、大きな窓が二方向にあった。そこからさんさんと降り注ぐ陽光が、モンステラやアレカヤシといった観葉植物の影を白い絨毯《じゅうたん》の敷かれた床に落としている。

琴乃の家の約十帖ある玄関が、四つは収まりそうな広さだ。トーサイ物産の社長室の何倍も広い。にもかかわらず、応接用だろう高級感あふれるセンスのいいソファセットと、難しそうな書物が並ぶ本棚があるほかは、たいした什器《じゅうき》もない。机すらない。

「どうした？　びっくりしたような顔をしているな」

頭の上で低い声がして、琴乃は周防を振り返った。

「いえ……あの、周防さんはこちらでお仕事をされているんですか？　机や椅子が見当たらないもので」

窓際まで歩いていった彼は、ブラインドを下ろしながら不敵な笑みを浮かべた。

「俺はノートパソコン一台あればそれでいいんだ。書類はすべてその場で決裁する。迷ったり、誰かに相談するのは時間の無駄だ」

「そうですか……」

この自信はいったいどこから湧いてくるのだろう。出自？　肩書？　それとも、この恵まれた容姿から？

万が一――いや、万にひとつもないけれど――本当に結婚することになったとしたら、彼のいろいろな面を知ることになるのだ。好きなものや嫌いなもの、美しいと思うもの、嫌悪するもの。それから、癖や嫌なところまで全部。

ほとんど表情を変えない周防が本当はどんな人柄なのか、どんなものに心を動かされるのか、今のところ見当もつかない。とりあえずこの社長室の様子からして、きれい好きであることだけはわかったけれど。

部屋は横にやや長く、左手の突き当たりにはもうひとつドアがあった。無言でそちらへ進む彼についていく。社長室と同じ木製のドアの前で彼は足を止めた。

「ここが秘書室だ」

周防の手がドアノブにかかり、琴乃の全身に一瞬緊張が走る。ドアの向こうは静かなものの、これだけの大企業の社長に秘書がいないはずがない。

ドアが開いた瞬間、琴乃は勢いよく頭を下げた。

「はっ、はじめまして！　今日からお世話になります、壇琴乃と申します！」

「……急にどうした？」

周防の声に顔を上げたところ、目の前には人なんかいなかった。

代わりにあるのは、積み上げられた段ボールや事務机、椅子や棚など。どうやら倉庫として使われているらしい。

「あ、あれ？　秘書の方たちは……？」

ほかに続き部屋でもあるのだろうか、と室内を見回す。

「どういったわけか長続きしなくてね。前の人が辞めてしまってから、秘書を置いていない。ここはすぐに片付けさせるから、君は社長室と秘書室のどちらも自由に使ってくれ」

琴乃は、えっと声を上げた。

「秘書がいない？　スケジュール管理や雑務はどうしてるんですか？」

「アプリと端末を駆使して自分で管理しているよ。雑務があれば各部署に依頼する」

思い切り訝《いぶか》しんで尋ねたのに、彼の顔には相変わらずなんの気持ちも表れない。

前の秘書は何故辞めたのだろう。淡々としているように見えて実はとんでもないパワハラ上司なのか、それとも手を出してトラブルになったのか……。いずれにしてもいい傾向ではない。こんな男の秘書になるなんて、やはりごめんだ。

「社長業をしながらご自分のスケジュール管理までされるなんて、よほど時間の使い方がお上手なんですね」

『古巣』の青野社長は第三秘書までもっており、秘書間での打ち合わせも綿密にしていた。すべて自分でやるなんて、そんなことできるわけがない。

嫌味のひとつも言えたおかげで、琴乃はしてやったりのつもりでいた。しかし。

「人間は信用ならない。俺の兄は、秘書が敵対する政党に情報を漏らしたせいで尻拭いに奔走することになった。弟の会社で大規模な横領をしたのは、腹心と思っていた部下だ。人を信じると足をすくわれる」

そう言った周防の顔があまりに冷酷だったため、思わず息をのむ。

かわいそうな人――琴乃の頭に真っ先に浮かんだのがその考えだ。確かに彼は、富も名声も、容姿にも恵まれている。けれど、今の周防の表情からは、とても幸せそうな人生を歩んでいるようには思えない。

自分の目線よりもだいぶ高い位置にある彼の瞳に、琴乃はじっと目を向ける。

「それで秘書を置くのをやめたんですか？」

「そうだ。誰であっても俺は信用しない。たとえそれが親兄弟でも」

「な、なるほど。では、私を秘書として雇うのはどうしてでしょう。理由を教えてください」

周防の双眸《そうぼう》が、すっと細くなる。

「気まぐれ……と言ったら君は納得しないだろうな。今、我が社では事業拡大のために、各部一丸となって事に当たっている。そのため、俺も多忙を極めていてね。だからやはり秘書がいたほうがいいと思うようになった。……この説明では不服か？」

琴乃はぐっと顎を上げて、ついでに眉も上げた。

「いいえ。とてもまっとうなお考えだとは思います。でも、私でなければならない理由にはなりません」

「俺は君がいいんだが……よし、言い値を出そう。いくら欲しい？」

（は？）

琴乃が難色を示しているのは、自分が給料を明示しないからだと思っているのだろうか。だとしたら彼はとんでもない勘違いをしている。

しかし考えようによっては、これはまたとないチャンスだ。うまくやれば、秘書になる誘いも見合いも、体よく断ることができるかもしれない。

「給与面の折り合いをつけることは大事ですものね。では、大変不躾なことをお伺いしますが――」

琴乃はわざともったいぶって、彼の周りをゆっくりと回った。

「前にいらした秘書の方はどれくらいで？」

なんだ、そんな質問か、とばかりに彼が鼻を鳴らす。

「前の秘書は君より少し年上だったが、確か年俸にしてこれくらいだ」

グローブみたいな手がぱっと広げられる。示されたのは片手の指五本。つまり、五百万だ。

琴乃は意識して無表情を装った。青野のもとにいた時よりずいぶん多い額だ。

「なるほど。この職種としては少なくはないと思いますが……では、これでどうでしょう？」

琴乃はぴたりと足を止め、唇を引き結んだ彼の顔の前に、両手をパーにして広げた。

一千万は秘書の年収としては破格だ。外国語に堪能だったり、よほど専門的な分野の知識がなければまずあり得ないだろう。

これまでほとんど表情を動かさなかった周防の眉がぴくりと動く。嫌な予感だ。

「いいだろう。君を手元に置けるのなら安いものだ」

(んんっ⁉)

琴乃は目を丸くして、息を吸い込んだ。周防が即断したことにも驚いたが、『君を手元に置く』だなんて――

前触れなく放たれた執着めいた言葉に、つい頬が染まる。ついでに理性までふっ飛んだ。

「どっ、どうしてそこまで私に執着するんですか？　嫌々お見合いした相手でしょう⁉」

動揺のあまり食ってかかると、周防が眉根を寄せる。

「嫌々？　俺がそんなこと言ったか？」

「だって、誰でもよかったって――」

「まあ落ち着け。君を伴侶にすると決めた以上、青野さんのところには置いておけなかったんだ。彼になにもされなかったか？」

思ってもみない言葉に、自分が急に冷静になるのを感じた。気がつけば周防に両手首を握られており、慌てて引っ込める。

「青野さんに？　特になにも」

そう答えると、彼の浅黒い顔に浮かぶ緊張感が明らかに和らいだ。

「そうか。ならいいんだ。彼ももう七十歳に近いと思うが、いまだに手が早いという噂があるのでね」

「そんなふうには見えませんでしたけど……」

言われてみれば、琴乃以外の秘書は二十代前半の若い女性ばかりだった。おまけに美人で、ボンキュッボンのスタイル良し。入って半年しかたっていなかった琴乃には、まだ知らないことがあったのかもしれない。

けれど、気になるのは青野よりも、『どういうわけか秘書が長続きしない』と話していた周防自身のほうだ。まるで、自分のもとにいれば安全、と言わんばかりだったが……。

入り口に向かって歩き出す彼についていく。

「業界内の噂だ。忘れてくれ。それより、このあと会食の予定があって、それまで少し時間があるから社内を案内しよう」

社長自ら、しかも忙しいと言っていた周防に社内を案内されるのは、不思議な気がした。

社長室は最上階の二十五階にある。同じフロアにはほかに使っていない部屋がいくつかあったが、そこは鍵がかかっているらしい。

周和セキュリティが使っているのは二十一階から二十五階までの五フロアだ。階段で下り、最初に訪れたひとつ下のフロアは、大勢の従業員が黙々と働いている。

皆一斉にこちらを向いて口々に挨拶した。琴乃の存在に気づいた人たちは男女とも一様に目を見開き、周防と琴乃の顔を見比べる。

意外なのは、周防が「おはよう」と、きちんとひとりひとりの顔を見て挨拶を返したことだ。

「このフロアには周和セキュリティのブレーンが集まっている。経営企画部、IR室、コンプライアンス部。みんな精鋭ばかりだ」

彼がこちらを振り返りつつ、ずらりと並んだ机の島を手で指し示す。精鋭と言った彼の声が聞こえたのか、近くにいた社員たちの背筋が伸びた。

そのあと、それぞれの部長と室長に紹介され、簡単な挨拶を交わしてさらにひとつ下のフロアへ。

「俺が会食に出かけているあいだ、社長室で仕事の準備をしていてほしい。パソコンは応接テーブルの上にある」

「わかりました」

「フロアの紹介が手短ですまないな。また折を見て懇親会なりを開くから」

階段を先に下りつつ周防が言う。

「そういうことは気になさらないでください。子供じゃありませんので」

彼は階段を二段ほど残したところでぴたりと足を止め、上半身だけこちらへ向けてぱちぱちと瞬きをした。

「な、なんですか？」

「いや」

階段を下り切って先へ進む周防の後ろ姿を、琴乃は睨みつけた。なんだかバカにされている感じがするのは気のせいだろうか。

（そりゃあ、周防さんからしたら子供だろうけどさ）

二十八歳は大人なのか、子供なのか。二十歳の頃は、二十八歳なんてものすごく大人に思えたものだ。しかし、自分が今の歳になって振り返ってみると、二十五でもまだまだ子供だったように思う。

ほのかな悔しさをいだきつつ彼の後ろを歩いていると、廊下の先から女性社員がふたり歩いてきた。彼女たちは周防の姿を認めた瞬間に笑みを咲かせ、次に後ろにいる琴乃に気づき、眉をひそめた。

「おはようございます」

「おはよう」

周防を見上げる彼女たちの瞳には、明らかな好意が宿っている。が、彼の横を通過し、琴乃のパーソナルスペースに入った途端にスッと真顔に戻り、あらぬ方向を向いてしまう。

（あら……）

これは敵意に違いない。さっき上のフロアでもなんとなく感じたけれど、周防は女性社員の人気の的のようだ。

……まあ、このルックスと体格に、次期グループ総帥《そうすい》という肩書がついてくるのだから無理もないけれど。

上層五フロアを回ったのち、エレベーターで一階まで下りてきた。その間ずっと、男性社員からは好奇心、女性社員からは好奇心と敵対心がない交ぜになったような視線を浴びながら。

周防がサッと腕を動かし、腕時計を見る。

「会食相手の社長は時間に正確だから、あと十分ほどあるだろう。受付に紹介する」

「は、はあ」

彼の腕時計に釘付けになっていたせいで、返事がうわの空になった。

スリーピースのスーツもネクタイも、すごく上等なものだとは思っていたけれど、琴乃にはその値打ちがわからない。しかしあの腕時計がいくらくらいするものかは知っている。世界に数本しかなく、石油王や、事業で巨万の富を築いた人しか持っていないのだと、テレビで紹介されていたからだ。

（いったいどんな生活をしているんだろう）

住まいはやはり、都心の夜景が一望できるタワーマンション？　それとも、閑静な高級住宅街に建つ豪邸なのか……。

車はきっと外国車に違いない。しかも、とびきりラグジュアリーなものばかりを、目的別に何台も持っていそうだ。

何基もの大きなエレベーターが並んだ通路を抜けたところが、エントランスホールだった。最初に想像していた通り洗練された内装に、琴乃は目を輝かせる。

壁も床も白一色で統一された空間は吹き抜けになっており、二階へ上がるらせん状の階段があった。フロア全体が明るいのは、ぴかぴかに磨かれた曲線状のガラス面から、外の陽射しが降り注いでいるためだ。ここでなにか催し物でもできるのではないかと思うほど広いフロアには、ちょっとした打ち合わせに使えそうなテーブルと椅子のセットがいくつかある。

巨大な自動ドアの正面にあるカウンターへ周防は向かった。そのあとを小走りについていくと、カウンターの席にいた受付の美しい女性ふたりが立ち上がる。

「おはようございます」

「おはよう」

手前にいる女性のにこやかな挨拶に、彼はほかの社員に対するのと同じような顔——厳めしい表情で応じた。女性の目がこちらを向いたので思わず身構えるが、彼女からはこれまで会った女性社員のような険は感じられない。

「今日は新人を連れてきたんだ。急だが、私の秘書につくことになった」

大きな手が目の前に差し出され、琴乃は両手を前で合わせて腰を折る。

「はじめまして。壇琴乃と申します。よろしくお願いいたします」

「受付の平良由奈《たいらゆな》です。わからないことがあったら、なんでも聞いてくださいね」

にこっ、と愛らしい笑みを返された瞬間、胸にかかっていた霧がぱあっと晴れる思いがした。

張り詰めていた緊張の糸が緩む。まるで、長らく歩いていた砂漠にオアシスでも見つけたように。

(平良さんか……。年齢も近そうだし、仲良くなりたいなあ)

琴乃は次に、由奈の奥にいた彼女よりも少し年上に見える女性に視線をずらした。一瞬だけ目が合ったものの、すぐにそれは逸らされてしまった。

(あれ?)

怖気づきそうになる心を奮い立たせ、負けずに頭を下げる。

「壇琴乃です。よろしくお願いします」

「町田《まちだ》さゆりです」

名前だけ告げて、彼女はカウンター内の机の整理を始めてしまった。

由奈と比べるとだいぶ淡白な挨拶だが、気のせいだろうか。年齢ゆえの落ち着きならいいのだけれど、美人であるがゆえに冷たさが際立ってしまう。

由奈はゆるふわなかわいい系、さゆりはクールビューティー系。来客のあいだでも好みが二分しそうだ。

「よかった。秘書の仕事は引き受けてくれるんだな」

こちらを振り返った周防の口角がにやりと上がるのを見て、琴乃は「あっ」と声を上げた。つい流れで新任らしい挨拶をしてしまったけれど、そういえば、まだ秘書になることを承諾していない。

「えっと、それはですね――」

しどろもどろになっている横で、受付のふたりがビルの入り口に向かって深々と頭を下げる。周防の視線がすぐにそちらを捉え、間もなく巨体が目の前から消えた。自動ドアをくぐってやってきたのは、部下と思われる若者を従えた初老の男性だ。

「お待ちしておりました。わざわざご足労いただきましてありがとうございます」

周防の言葉からして、あの男性が約束していた会食の相手だろうか。頭を下げた琴乃が顔を上げると、彼らはもう自動ドアの向こうへ姿を消していた。

琴乃は、ふうと息をつく。

今朝から――いや、初対面の見合いから、これまでのところ軍配は周防に上がっているといっていいだろう。しかし、このまま彼のもとで働くのは負けを認めるようで癪《しゃく》に障った。かといって、トーサイ物産に戻れるわけもなく。

(新しい働き口を探すのも大変だしなあ……)

面接があまり得意でない琴乃にとって、転職は高いハードルである。が、職を失おうものなら、『そら見たことか』と母に言われるだろう。となると、腹立たしくはあるけれど、とりあえず周防のもとで働くしかないのでは……

「……さん。壇さん。壇さん、ってば」

「はっ、はいっ！」

考え事をしていたせいで、呼ばれていることに気づくのが遅れた。振り返ったところ、カウンターから出てきた由奈が、きらきらと目を輝かせてこちらを見ている。

「すみません。なにか御用でしょうか？」

「またまた、そんな堅苦しい言葉遣いしないで。ね、壇さんお昼まだでしょう？　一緒にランチに行きませんか？」

「ランチですか？　……あっ、もうこんな時間」

腕時計を確認すると、十一時半を回っている。

「私たち、どちらかがここに残らなきゃならないんで、ちょっと早いんですけどよかったら」

「待って。私お財布を上に置いてきてしまって――」

こほん、とわざとらしい咳ばらいが響いた。

「ふたりとも、外から見える場所でおしゃべりしないで」

町田の鋭い目がこちらを睨みつけ、琴乃はすくみ上がった。しかし由奈は、はーいと事もなげに言って、小声で囁く。

「近くにおいしいお店があるんですよ。すぐに席が埋まっちゃうから急がないと」

そう言って由奈は、琴乃の返事を待たずに歩き出す。

「ちょっ……平良さん」

「いいからいいから。今日のところはお近づきのしるしに私がおごりますから。ね？」

振り返った由奈の目がふにゃりと弧を描くのを見て、肩の力が抜けた。彼女のフレンドリーな対応には本当に救われる。

「ありがとうございます！」

いい友達になれそうな予感に胸を高鳴らせつつ、琴乃は小走りについていった。

（やっぱり、持つべきものは歳の近い同僚だなあ）

ランチを終えて会社に戻ってきた琴乃は、ぐんぐん上を目指すエレベーターの無機質な箱の中で、陽気に鼻歌まで歌っていた。

由奈に連れていかれたのはおしゃれなイタリアンで、おすすめというだけあって最高においしかった。ランチセットにはプチデザートまでついていて、大変コスパもいい。おまけに話も弾《はず》み、転職初日とは思えないほど楽しい昼休みだった。

受付の平良由奈は、やはり琴乃と同い年だった。思った通り気さくな人で、もう『由奈ちゃん』『琴乃ちゃん』と呼び合う仲だ。互いの出身校や部活動、趣味まで語り合ったからには、すでに友達と呼ぶにふさわしい。琴乃との結婚を決意しているらしい周防よりも、由奈のほうが琴乃について詳しいのでは、と思う。

彼女の話によると、もうひとりの受付嬢である町田さゆりは、四つ年上の三十二歳だそうだ。多少とっつきにくいところもあるけれど、悪い人ではないとのこと。ただ――

『さゆりさんって、ちょーっと気難しいところがあるんだよねえ。仕事柄、横柄な態度のお客さんに文句を言われたり、トラブる時だってあるじゃない？　そういう時、八つ当たりされることがあるの』

『そうなんだ……。あの、こんなこと聞いていいかわからないんだけど、周防さんの前の秘書はどうして辞めちゃったの？』

『さあ……気づいたらいなくなってたんだよねえ。……あ。もしかして、さゆりさんが嫌がらせしたとかだったりして。なーんて、冗談、冗談！』

楽しそうに言って、由奈はデザートのカタラーナをぱくりと頬張る。

その彼女を前に、琴乃は妙な愛想笑いを浮かべるしかなかった。もしも自分が嫌がらせの標的になったら、たまったものじゃない。

あの初対面時の態度は、ちょっと機嫌が悪かっただけだと思いたい。あるいは人見知りなのか……。

エレベーターが二十五階に到着して、琴乃は社長室のドアを開けた。秘書室は倉庫状態のため、応接セットのソファに座る。テーブルに置いたのは、受付でもらってきた投資家向けのIR情報冊子やカタログなどの資料だ。まずはパラパラと資料をめくり、ざっと眺める。一巡したのち、今度はじっくりと読み込み、重要と思われるページには付箋を、さらに該当箇所にマーカーでラインを引いていく。

大抵のことはweb上で済まされる時代において、こうした紙媒体での資料を用意してあるのはありがたかった。対象の顧客が比較的高齢なのだろうか。

「さて、使っていいって言われたパソコンはこれかな……」

スーツの上着を脱いで脇に置き、テーブルの上のノートパソコンを手元に寄せる。

社長秘書たるもの、今日の株価や週足くらいは押さえておきたい。ざっくりと見て回った各部署についても、今どきはホームページのほうが詳しいだろう。

パソコンの電源を入れ、カーソルをブラウザに合わせた。……が、先にメールの確認をしておくべきだと思い立ち、デスクトップにあるアイコンをクリックする。前の職場では、出社して一番にすることがメールの確認だったからだ。

受信トレイには、未読メールが八件あった。ほかの役員からの『お伺い』が数件と、銀行、企業団体からの会合の誘いなど。

「ん？」

その中に、明らかに個人と思われる差出人のメールがあり、目を留める。差出人の名前は『島田典代《しまだのりよ》』。周防の個人的な知り合いだろうか？

社長宛てのメールの確認は秘書の仕事だが、プライベートにまで踏み込む必要はない。とはいえ個人的な知り合いであれば、普通はスマホにメールを送るはずだが……

うんうんと唸りつつ考えたのち、結局メールを開けることにした。もしも個人的な内容だったら未読に戻せばいい。

ところが、その内容を目にした瞬間に、思わず息をのんだ。

『思いあがるな』

宛名もタイトルもないメールには、ただ一文そう書かれている。

琴乃は後ろを振り返り、きょろきょろと見回した。誰もいない。当たり前のはずなのに、何者かに見張られているような。

（違う、違う。落ち着いて。これは私宛てじゃなく、周防さんに届いたメールなんだから）

どきどきと音を立てる胸を押さえ、ほかになにか手掛かりがないかと確認する。けれど、ドメイン名は社外のもの――おそらく使い捨てのメールアドレスだし、同じ差出人から過去にメールが届いた形跡もない。

大々的に宣伝もしている大きな会社だから、おかしな言いがかりややっかみも多いだろう。こんなメールをいちいち気にしていたら、社長なんてやっていられないのだろうけど。

――と、突然、ドアがノックされる音がして、琴乃はびくりと飛び跳ねた。来客だろうか。受付を通さずに上がってくるとはいったい……？

「は、はい。ただいま」

念のためドアを細く開けて様子を窺うと、スーツを着た男性がふたりと、作業着姿の男性が何人か立っていた。

「総務ですが、社長に秘書室を片付けるように言われておりまして」

「あっ、そうなんですね。ではお願いいたします」

失礼します、と入ってきた総務の男性を筆頭に、廊下にいた人たちがぞろぞろと流れ込んでくる。

そういえば、すぐに片付けさせると周防が言っていた。自室ができれば少しは落ち着いて仕事ができるだろう。

彼らが作業しているあいだ、琴乃は窓を開けたり、観葉植物の世話をしたりしていた。

荷物が運び出されると、今度は入れ替わりに、大型の什器《じゅうき》が入っていると思われる箱が次々と搬入される。

目の前で組み立てられるそれらの品々に、琴乃は目を輝かせた。真新しいデスク、チェア、書類棚。どれもありきたりな事務用のものではなく、重役室に置いてあるような高級品だ。秘書の自分がこんなものを使っていいのだろうかと思うほど。

「什器《じゅうき》の設置終わりましたので、コピー機とパソコンお願いします」

仕切り役の総務の男性が廊下に向かって指示を出し、待機していたらしい別の業者が入ってきた。

すでに秘書室にはずいぶんといろいろなものが搬入されたはずだが、物であふれかえってしまわないだろうか。今朝見た時には入り口まで備品が詰まっていたため、どれくらいの広さがあるのかわからない。

すべての業者がいなくなり、総務の男性が近づいてきた。

「これで搬入は終わりですので、あとはご自由にお使いください。わからないことがあったら総務に内線をいただければ、私が伺いますので」

「なにからなにまでありがとうございます。助かりました」

差し出された名刺を受け取り、男性をエレベーターまで見送ったあと、社長室に戻ってきた。

まずは掃除をしなければならないだろう。できれば搬入前に軽く拭き掃除くらいはしたかったが、仕方がない。

「おお……！」

秘書室のドアを開けた琴乃は、入り口で立ち止まり、感嘆の声を上げた。閉ざされていた室内は、想像していたよりもずっと広く、社長室の半分くらいはある。

社長室と同様、ビルの角にあたるらしいこの部屋には、開放的な大きな窓がふたつあった。開け放たれた双方の窓からは冬の乾燥した空気が入り込んでいるが、閉め切った時にはあたたかな日差しが降り注ぐであろうことが容易に想像できる。

部屋は奥に長く、そちらにもドアが見えた。

「いや、ちょっと……素敵すぎない？」

思わず小さな声でひとりごつくらいには魅力的な部屋だ。

板張りの高級感あふれる壁にマッチした、大ぶりの書斎机とハイバックチェア。まだなにも収められていない書棚も、重厚でしっかりした造りだ。

まるでこっちが社長室みたいに見える。もしかしたら現在の社長室は応接室で、ここが本来の社長室だったのかもしれない。

奥のドアを開けると、そこは給湯室兼休憩室のような場所だった。キッチンには使った形跡がなく、注意書きのタグや養生《ようじょう》のためのビニールがついている。でも水は出るようだ。冷蔵庫を開けてみるが、すっからかんだったのでとりあえずプラグをコンセントに差し込んでみる。ちゃんと冷えるかどうかあとでチェックしなければ。

ロッカーや棚をひと通り開けてみて、掃除用具を取り出した。まずは掃除機をかけ雑巾で机を拭く。秘書室の掃除が済んだところで、今度は社長室の掃除に取り掛かる。これからは朝の日課にしよう。前の会社では秘書三人がかりでやっていたから、そんなに時間はかからなかったけど、ひとりでやるには早めに出社しなければならないだろう。

社長室に掃除機をかけ、雑巾でブラインドを拭き、テーブルやドアを拭いていく。物が少ないのはいいことだ。前の会社はなにかと旧態依然としたオフィスで、配線や書類棚など雑多なものが多く、埃っぽかったのだ。

最後に書棚を拭いていると、気になるものが指に触れた。

「なんだろ、これ?」

書棚の一番上にあったせいで危うく落としそうになったそれを手に取る。棚のひとつに伏せた状態で置いてあったものは、古い写真が収められた写真立てだ。写っているのは、両親と祖父、三人の男児と小さな女の子がひとり。周防の家族だろう。そう思ったものの、妹がいたとは知らなかった。

成人男性ふたりは厳めしい顔をしており、どことなく周防に似ている。が、子供たちは仲がよさそうだ。周防と思われる中学生くらいの男の子は、白い歯を見せて妹らしき女の子を抱っこしている。

「かわいい……」

琴乃は思わず笑みをこぼした。あの無愛想な人にもこんな時があったなんて……『人を信じると足をすくわれる』と冷たい顔で言っていた現在の彼に至るまでに、いったいなにがあったのだろう。

しげしげと写真を眺めていると、ノックもなしにいきなり社長室のドアが開いた。飛び上がった琴乃は、急いで写真立てを元の場所に戻して振り返る。入ってきたのは周防だ。

「お、おかえりなさい」

「ただいま」

彼は静かに言って、しばらくその場に立ち尽くした。そそくさと拭き掃除を再開した琴乃だったが、彼の視線がずっとこちらを向いているのが、妙に気にかかる。

(今の、見られた？　……よね)

ただの家族写真だと思うが、見てはいけないものだったのだろうか。しばらくのあいだ秘書がいなかったようだから、油断していたのかもしれない。

「自分の城には満足したか？」

いらしい。

琴乃の横を通り過ぎた周防が、ソファの上に脱いだジャケットを放る。咎める気はな

手を止めた琴乃は、周防に向き直り、頭を下げた。

「とっても素敵な部屋でびっくりしました。それに、いろいろとご用意いただいてありがとうございます。それで、前の会社に置いてきてしまったものを取りに行きたいんですが」

ことり、と外されたカフスが、応接セットのテーブルを叩く。周防が腕まくりをしながら、こちらへ鋭い視線を向ける。

「だめだ」

低くこわばった声に、琴乃は一瞬怯んだ。戸惑いのあまり眉をひそめる。

「……どうしてですか？　文具とか、電卓とか、企業の担当者と交換した名刺だって――」

「必要なものはすべてこちらで揃える。青野さんにもそう話をつけたから、引き継ぎもいらない」

険しい表情でぴしゃりと断言され、琴乃は続く言葉をのみ込んだ。

確かに、青野の秘書はほかにふたりもいるし、自分は一番新しいメンバーだったから、抜けてもどうということはないだろう。誰かが急に休んでも困らないよう、打ち合わせも常々完璧に行ってきた。

（でも、だからといって横暴すぎない……⁉）

　これまでのところ、なにからなにまで周防の言うがままだ。結婚にしても、転職にしても、お互いの条件がマッチして初めて成立するもののはず。なのに、一方的に彼の希望ばかりを押しつけられるのは我慢がならない。

　琴乃は鼻息荒く、ツンと顎を上げた。

「同僚に別れの挨拶もさせないんですか？」

　周防が負けじと、鋭く睨みを利かせる。

「君は秘書というだけでなく、俺の婚約者なんだぞ？　他の男と密室でふたりきりになることを許すと思うか？」

「婚約者……？　お言葉ですが、私はまだ認めておりません」

　周防の腹に胸が触れるほど近づいた状態で、琴乃はフンと鼻を鳴らした。このまま引き下がってなるものか。

　周防は苦い顔をして、しばらくのあいだなにかを考えているようだった。やがてため息をつくと、腕組みをして首を傾げる。

「では、どうしたら俺を認めてくれる？」

（えっ？）

　意外すぎる返答に、琴乃は目を丸くした。こんなに素直に折れてくるとは思わなかったから、なんの答えも用意していない。

昼休みに由奈から聞いた話では、周防には『女嫌い』との噂があるそうだ。彼に色目を使ってくる女性はあまたいるものの、一切靡《なび》いたことがないらしい。プライベートも謎に包まれているため、許嫁《いいなずけ》でもいるのでは、とも囁かれているのだとか。

そこへ、彼が琴乃を連れて現れたのだ。

長らく置いていなかった秘書の座に突然納まった女。それは憎かろう。

午前中、彼に社内を案内された際、女性社員からの敵意を一身に浴びた理由がわかった。ただ、女嫌いとの噂が本当だとしたら、それでも結婚しなければならない周防が気の毒でもある。

「どうしたらいい？」

再び尋ねられて、琴乃は視線を上げた。こんな尋ね方、まるで子供みたいだ。

「どうしたら、って……これから先、ずっと一緒に暮らしていけると確信が持てないと……」

「具体的には？」

ずい、と近づいてくるぎらぎらした眼差しに、思わずたじろぐ。

「たっ、たとえば、お互いのことを話したり、一緒に出かけたり……まずは相手のことを知らないとなにも始まらないと思います」

「そうか、なるほどね」

低く、官能的な周防の声に、琴乃の胸がばくばくと音を立てた。なんだろう、このもやもやする感じ。まるでなにかのスイッチでも踏んでしまったかのような……

そんな琴乃の不安をよそに、彼は唇の端をにやりと上げる。

「俺もゲームは嫌いじゃない……よし、ひとつ賭けをしよう。俺は一か月以内に、必ず君を陥落させてみせる」

内心の動揺を隠そうと、琴乃は大げさに頷いた。

「じゃあ、もしもあなたを好きにならなかったら？」

「その時は君の自由にするがいい」

「……わかりました。なんなら、私も参戦しましょうか？」

周防の眉がぴくりと動く。

「さすがだな。では逆に、君が俺を陥落させたらなんでも言うことを聞こう。それでどうだ？」

琴乃の頭の中では警戒音が鳴っていたが、今さら尻尾を巻いて逃げることなどできない。はるか高みから見下ろしてくる瞳を見つめ、キッと顎を上げた。

「望むところです」

（あー……なんであんなこと言っちゃったんだろう）

居心地のいい秘書室。琴乃は高級無垢材でできた真新しい机に突っ伏して、深くため息をついた。

掲げた左手の腕時計に目をやると、そろそろ夕方の六時になる。あれからすぐに出かけた周防が、戻ると言っていた時刻だ。

午後のあいだずっと、琴乃は自分の軽はずみな言動に、悶々としていた。

売り言葉に買い言葉とはいえ、彼にチャンスを与えてしまった。結婚なんてお断り、ましてやお見合いなんて——とあれほど思っていたのに。

社長室のドアが開く音がして、素早く立ち上がる。入り口まで出迎えに行くと、すぐさま脱いだ上着を手渡された。

「おかえりなさい」

「ああ。いい子にしてたか？」

思わず周防の顔を確認したところ、からかうような目でこちらを見ている。琴乃は唇を尖らせた。

「もちろんです。子供ではありませんので」

「そりゃ結構」

琴乃はすでに後ろを向いていたが、小さく笑い声が聞こえた気がして振り返る。けれど、彼はいつもの厳めしい顔つきで袖をまくり上げている最中だ。ちらりと覗いた血管の浮き出た逞しい腕に、慌てて目を逸らす。

（周防さんが笑い声を立てる？　……まさかね）

「ご不在のあいだに、電話が二本ありました。イムラ通商の専務から面会の都合を尋ねるものと、新和第一銀行《しんわだいいちぎんこう》の頭取《とうどり》からです。新和第一銀行のほうは、周防さんの携帯電話にかけ直すとおっしゃっていました。ご連絡ありましたか？」

ああ、と彼は頷き、琴乃の手から上着をもぎ取った。

「今日はこれで終わりにしよう。このあと少し俺に付き合ってほしい」

「付き合う？　どこへ――」

言い終わらぬうちに周防が踵《きびす》を返したので、琴乃は急いで荷物を取りに秘書室へ戻った。

「もう、戸締りもまだだっていうのに……！」

ぶつくさと文句を言いながらパソコンの電源を落とし、留守番電話をセットする。エレベーターホールへ向かうと、周防がスマホを弄りながら待っていた。ちらりと見えた画面はスケジューラーだ。この膨大なタスクを自身で管理していたのが信じられないくらいに、平日はびっしりと埋まっている。

「そのスケジュール、私にも共有していただきたいんですが」

エレベーターのボタンを押しつつ、琴乃は言う。

「準備しておく」

会話はそれきりで、エレベーターの中でも、一階に下りてからも、彼は電話をしたりメールのチェックをしたりと忙しそうにしていた。昼間出ずっぱりだったせいで、残務処理があるのだろう。

地下駐車場で待っていた車の後部座席に、琴乃は周防に続いて乗り込んだ。スロープから滑り出した黒塗りの車は、すぐに都会の街に溶け込んでいく。

（なんか、不思議な気分だな……）

せわしなく流れていく車窓の向こうでは、きれいに整備された歩道を、まだ仕事中と思われるビジネスマンが歩いている。トーサイ物産は小さな会社だったから雑務が多く、こんなに早い時間に帰れることなどなかったのだ。

……とはいえ、これからは今日みたいに早く上がれるとは限らない。いや、逆にそうでないと困る。周防にあんな高額の報酬を要求したからには、それなりの働きをしなければ。

ところで、この車はどこへ向かっているのだろうか。

不安を覚えた琴乃は周防を仰ぎ見た。が、彼は難しい顔をして、膝の上で開いたノートパソコンになにかを入力している。ちょうど信号で停まったので、運転手にそっと声をかけた。

「あのー、すみません。行先はどちらで……？」

初老の運転手が、半分ほど白髪になった頭をこちらへ傾ける。

「社長のご自宅ですが」

「ええっ！」

（なんですって⁉）

助手席のヘッドレストにしがみつき、運転席とのあいだから必死の形相で顔を突き出す。

「それは本当ですか⁉」

「はあ。お帰りだと伺ったものですから」

「でっ、でも、私まで一緒に行く必要なんて……あとどのくらいで着くんですか？」

運転手は顎を掻きつつ首を捻《ひね》った。

「今日は比較的空いてますので、三分くらいでしょうか」

「三分⁉」

琴乃は目を丸くする。

「そ、そんなに近いんですか⁉　……そうだ！　私だけここで降りますから、車を端に寄せてください。ね？　そうしましょう！」

「それはちょっと……社長のご指示がありませんと」

運転手は困惑した様子で眉根を寄せたが、信号が青に変わると迷わず車を発進させた。

焦りはますます強くなり、脇に変な汗が滲んでくる。あと数分で周防の自宅に着いてしまうなんて、もう逃げられないではないか。

その彼はどこかへ電話中だ。視線はパソコンのモニタに向いており、こちらを見ようともしない。

すっかり周防のペースにはまってしまったことが悔しくて、臍《ほぞ》を噛む思いだ。自宅へ連れ込んでいったいなにをしようというのか。こんな大きな男と密室でふたりきりになるなんて、生きた心地がしない。

琴乃の焦りをよそに、それから間もなくふたりを乗せた車は、巨大なタワーマンションの駐車スペースへ吸い込まれた。周防が通話を終えたのは、ふたりを降ろした車がマンションの敷地を出る頃だった。

「あの、どういうおつもりですか？」

スマホを胸ポケットにしまい、先に歩き出した周防の背中に向かって訴える。少しきつい言い方になってしまったけれど、この状況では仕方がないだろう。

くるりとこちらを向いた周防が、眉を上げる。

「もしかして、俺になにかされるんじゃないかと警戒しているのか？」

いきなり図星を指された琴乃は、居心地の悪さに咳ばらいをした。

「そっ、そういうわけじゃ……いいえ、確かにあなたのおっしゃる通りです。常識のある男性は、付き合ってもいない女性を部屋に招き入れたりしないでしょう？」

ふん、と彼が鼻で笑う。

「君は想像力が豊かだな。俺はそんな男じゃない」

周防はそう言い捨て、マンションのエントランスへ向かって歩き出した。もしかして、怒らせてしまっただろうか？　ほんの少しだけ後悔しつつ、距離を空けてついていくけれど――

（うわぁ……！）

彼に続いて大きな木製の自動ドアをくぐった直後、琴乃はあんぐりと口を開ける。

そこは、まるでホテルのロビーみたいに広々とした空間だった。ホールの右手には来客用と思われるシックなデザインのソファとテーブル。左手には大きならせん階段があり、よく磨かれたガラスと金色の手すりが、天井から降り注ぐダウンライトの明かりにきらめいている。

まるでお城だ、と琴乃は感心した。白を基調とした石造りの壁と床といい、奥へ続く回廊といい。あたたかみのある間接照明や現代的なオブジェが、かろうじてここを都心にある瀟洒《しょうしゃ》なマンションと知らせている。

（さすが財閥の後継者は違うなあ……）

このマンションを外から見上げた時、夜の闇に紛れてしまったのか、てっぺんが見えなかった。いわゆるタワーマンション。それでいて敷地は広く、地上と下層階にあふれる木々と草花がライトアップされている。都市部における憩いの場としての、ランドマーク的な機能も果たしていそうだ。

「おかえりなさいませ、周防様」

中央にあるフロントの中から、スーツ姿の男女が頭を下げた。見るからに高級そうなマンションだけれど、コンシェルジュまでいるなんて驚きだ。

琴乃をその場に残して、周防が穏やかな笑みを浮かべながらカウンターに近づく。

「ただいま。いつもご苦労様」

「ありがとうございます。お荷物がいくつかございますので、お部屋までお持ちいたします」

「いや、今日は自分で持っていくよ。ワゴンを借りられるかな？」

かしこまりました、とコンシェルジュがふたりがかりで、キャスターのついたワゴンに荷物をいくつか載せる。ふたりに礼を言った周防がこちらに目配せをしたので、琴乃はフロントに向かって頭を下げてから彼に合流した。

「こんなに愛想のいい周防さん、初めて見ました」

腰をかがめてワゴンを押しつつ通路を進む周防に、琴乃は後ろから声をかける。このワゴンは彼が押すには少しばかり小さいようだ。

エレベーターホールに到着すると、彼はスーツの胸ポケットからカードキーを取り出して操作した。

「どうも君には勘違いされているようだな。俺は機械でもなければ悪魔でもないんだぞ？」

琴乃は小首を傾げて口を尖らせた。

「勘違いもしますよ。だって周防さん、にこりともしないし、なにかと強引で自分でなんでも決めちゃうじゃないですか」

「そうか？」

彼は片方の眉を上げ、やってきたエレベーターへ乗り込んだ。琴乃が躊躇《ちゅうちょ》しているといきなり手を掴まれ、エレベーターに引き込まれてしまう。

あっ、と振り返った時には、すでに扉は閉じたあとだった。

「ちょっ……！　こういうところですよ！」

グローブみたいな手を振りほどき、隅っこで縮こまる。

「落ち着けって。ちゃんと防犯カメラがあるだろう」

彼はため息まじりに言い、開閉口の前から天井付近を指で示した。その方向に顔を向けると、防犯カメラと思われる半球の物体がついている。

なるほど、これなら少し安心だ。さっきフロントにいたコンシェルジュが逐一見張っているのだろう。

あからさまにホッとする琴乃の前で、周防が腕組みをして小首を傾げる。

「あのな、この際だからはっきり言っておく。俺は、合意のないセックスは趣味じゃない」

琴乃は、どすん、とお腹にパンチを食らったような衝撃を感じた。

「な……！　あ、あの、そこまでは言ってません……！」

熱くなった顔を見られまいとして背ける。こんな密室で、ふたりきりの時に『セックス』なんて言葉を耳にするとは。歳に似合わず男女の営みについてあまりにも不慣れな自分が憎い。

「約束するよ。君が認めてくれるまでなにもしないと」

落ち着いた周防の声に、琴乃はおずおずと視線を彼に戻す。

上目遣いに見た彼は、相変わらず無表情だ。けれど逆に、彼が真面目な気持ちでそう言ったのだということがわかって安心する。

（きっと子供っぽいと思われただろうな。そりゃあ、私は周防さんより七つも年下の小娘だし。男性経験だってないし……）

その時、思い出したくない記憶が唐突によみがえり、胸がズキッと痛んだ。あたたかく、愛情に満ちた世界から、凍えた奈落へと一気に突き落とされたあの記憶――

指の関節が白くなるほど、ぎゅっと手を握りしめる。

……いや、忘れよう。あれはもう何年も前のことなのだ。そろそろ……忘れなくちゃならない。

ふわりと身体が浮き、月にさえ届くんじゃないかと思っていたエレベーターがやっと停まった。

周防に続いて降りると、モダンなデザインのマンションには似つかわしくない和風の格子戸がある。彼はそこを素通りし、右に向かって数メートル進んだところにある、一般的なドアの前で足を止めた。

「君の部屋だ」

彼の胸元のポケットから取り出されたのは一枚のカードキーだ。なんとなく受け取ってしまったあとで、頭の中が疑問符で埋め尽くされた。

「はい？　私の部屋？」

ああ、と周防が頷く。

「社長室で話してから君との距離を縮めるにはどうすればいいかといろいろ考えたんだ。それには一緒に暮らすのが一番手っ取り早いが、さすがに性急すぎるだろう。ちょうどこのマンションにひと部屋空いていたから、ちょうどいいと思ってね」

「……また私の都合を聞きもせずに勝手に決めたんですか？」

イラッとはしたが、なんだか慣れっこになってきた。いいから部屋を見てみろ、という周防に背中を押され、渋々カードキーをロックにかざす。

しかし――

ドアが開いた瞬間、目の前に広がる光景に、ひゅっと息をのんだ。

煌々《こうこう》と明かりのついた玄関は、ここがマンションの一室であることを忘れてしまうほど広く、壁面には天井まである大きなシュークローゼットがふたつも並んでいる。幅二メートルはあろうかという廊下の先にあるドアは開け放たれており、暗い部屋の中になにやら高級そうな家具が見えた。

（ええっ）

「こっ、ここは現在どなたかがお暮らしでいらっしゃる……？」

困惑のあまり、おかしな日本語を発しつつ周防を振り返る。琴乃の顔がおかしかったのか、周防は珍しく笑みをもらした。

「まさか。今日の午後に急いでクリーニングを頼んで、家具を入れたんだ。この部屋を使うのは君が初めてだよ」

彼は先立って靴を脱ぎ、リビングと思われる部屋に足を踏み入れた。そのあとから、琴乃は遠慮がちについていく。まだ呆気にとられた状態から立ち直っていないうえに、目に入るものすべてがきらきらと輝いていて、狐に化かされているみたいだ。

「リビングのほかに、寝室がふたつとウォークインクローゼットがある。自由に見てくれ」

そう言って彼は、部屋に置かれた家具や家電をひとつひとつ確認するかのごとく、ゆっくりと歩き回る。その背中を視界に捉えながら、二十帖以上はあろうかという広々としたリビングに琴乃は視線を巡らした。

部屋の中央には、ガラスのローテーブルにオットマン付きのひとり掛けソファと、揃いのカウチソファがあった。クッションはグレーと黒と、差し色なのかモスグリーンも用意されている。

壁面にでんと置かれたのは、百インチはありそうなテレビとオーディオ。透かし模様のパーティションと南国調の観葉植物のおかげで、シックになりがちな室内がしゃれた雰囲気にまとまっている。

ひと言で言って、センスのいい部屋だ。ただ、多忙な彼がこれらを自分で揃えたとは考えにくい。

「こちらの家具はすべて周防さんの見立てですか？」

琴乃の問いに、数メートル離れた場所にいた周防が振り向く。

「いや、マンションのコンシェルジュに頼んで、俺が贔屓《ひいき》にしている家具店に連絡を取ってもらったんだ。あとはすべて向こうに任せた。信頼のおける取引先をもっているとこういう時に役立つ」

「は、はあ……」

呆けた返事しか出てこない。琴乃の家も世間から見たら裕福なほうかもしれないが、こういう財閥家系の人は一線を画しているようだ。琴乃からすれば、周防グループの御曹司といったら、雲の上の存在だ。常人が想像もできない世界に生きているとしか思えない。

「気に入ったか？」

目を細め、自信に満ちた表情で彼が尋ねる。琴乃は視線を外して息を吸い込んだ。

「もちろん、素敵な部屋だと思います。でも……あの、いろいろと手を尽くしていただいて申し訳ないんですけど、私、ここには住めません。話が急すぎますし、だいいち、こんなことまでしていただく理由もありませんので」

途中で横やりが入るのを防ごうとしたためか、いささか早口になる。ところが、すぐに返ってくるものと思っていた返事がない。

琴乃の胸はどきどきと音を立てた。この部屋を生活できるよう調《ととの》えるにはかなりの費用がかかっただろうから、怒りたくなる気持ちはわかる……でも……

「その理由は君が決めることじゃない。俺が、君にここにいてほしいから家具を入れたんだ」

琴乃が素早く顔を上げると、視線の先にはいつも通り落ち着いた表情の周防がいた。両手をトラウザーズのポケットに突っ込んで、わずかに首を傾げて。どうやら怒っていたわけではないらしく、静かに続ける。

「この部屋は借り上げ社宅だと思ってくれればいい。それに、これは俺の勝手な想像だが、君は今、あの母親の顔を見たくもないんじゃないか?」

琴乃は思わず目を丸くした。

実のところ母とは、昨日の午後、勝手に見合いを仕組まれたことで大喧嘩をして以降、ひと言も口を利いていない。今朝も顔を合わせたくないばかりに、誰よりも早く起きて身支度を済ませ、駅前のコーヒーショップで朝食をとった。我ながら子供じみているとは思ったものの、母の度重なる勝手な行動に、少しお灸を据えたいと思ったのだ。

退社時刻が近づくにつれ、家に帰りたくない気持ちが募っていったのも事実。そこへ、こんなに広くて、新しくて、自分専用の家具や家電がある『城』が用意されていたら、飛びつきたくもなる。

琴乃の家は立派ではあるが、古いだけあって、風呂は寒いし、隙間風がぴゅーぴゅー吹き込んでくる。そのせいか、子供の頃からマンションに憧れていた。ここに住めたら、悠々自適の毎日だろうとは思うけれど……

ずっと胸に引っかかっていたあることを思い出し、口を開く。

「ちょっと待ってください。周防さんのご自宅もこのマンション内にあるんですよね？」

「ああ。すぐ隣に」

「隣⁉」

彼が真顔で頷く。

「いくら防音のしっかりしているマンションとはいえ、隣に赤の他人が暮らしているというのは気に入らない。だから新築当時に隣も買っておいたんだ」

「もしかして、このフロアには、二室しかないんですか？」

「そうだ。ここは五十八階で最上階なんだが、エレベーターも直結だから、俺たち以外の住人が乗ってくることはない」

自信たっぷりに話す周防の顔を凝視したまま、琴乃はごくりと唾をのんだ。都心のタワーマンションといえば、億は下らない最高級物件だ。それを二室も買うなんて……。

そんな人が、たいした家柄でもなく、特別なとりえもない自分にどうしてここまで執着するのか、さっぱりわからない。

「なにか、魂胆があるんですよね？　それでお金で懐柔《かいじゅう》しようと――」

気づいたらそう口走っていた。が、周防の眉が悲しげにこわばるのに気づき、口ごもる。

「あ、あの、私」

「今はそう思ってもらっても構わない」

素早く言うと、彼は視線を外した。その表情はダウンライトの影になっており、彼が今どんな気持ちでいるか窺い知ることはできないけれど、傷ついていないわけがない。

……ああ、どうしてあんなことを言ってしまったんだろう。エレベーターホールで、自分は機械でも悪魔でもないと言われたばかりなのに。

気まずさと罪悪感に苛《さいな》まれた琴乃は、言葉を継げなかった。すると、その気持ちが伝わったのか、肩に大きな手がそっと置かれる。

「今週末に、君の住まいから荷物を運んでもらうよう、引っ越し業者を手配する。必要なものはすべて用意しておいたから、今日のところはここへ泊まっていくといい」

第三章　距離を縮めるって意外と大変なことなのでした

（最高級の寝具って、こんなに寝心地がいいものなんだ……）

感動に包まれて眠りについた琴乃の目を覚ましたのは、どこか遠くで鳴り響く内線電話の音だった。

心地よいまどろみと現実の狭間に、琴乃はたゆたっている。そこへ、このけたたましい電話の音だ。せめぎ合う欲求と理性に呻《うめ》きつつ開いた瞼《まぶた》の先には、夜の余韻が残る紫色の世界。

（なんだ、まだ大丈夫じゃない……）

安心した途端に眠りの淵に引き戻されそうになるが、そう甘くはなかった。ついには枕元のスマホまでもが震えだし、惰眠から覚める。

「はいっ、秘書室です！」

——どうした？　夢でも見ているのか？

「……え？」

勢いよく跳ね起きてスマホを取った琴乃の耳に響いたのは、困惑気味の周防の声だ。混沌とした頭をぐるりと巡らすと、見慣れない光景が広がっている。

そうだ、ここは周和セキュリティの秘書室なんかじゃない。周防が所有するマンションの一室で、彼の隣の部屋ではないか。

「周防さん……おはようございます」

かすれ声でそう言ったのち、琴乃は仰向けでベッドに倒れ込んだ。センスのいい壁掛け時計の針が指しているのは、早朝の五時。どうりで暗いはずだ。

——おはよう。夢の中でも仕事をしているとはご苦労だな。

「まだ緊張してるんですよ。……ところで、こんな時間からなんでしょう？」

——今から一緒に走ろうかと思ってね。

「ええっ」

素《す》っ頓狂《とんきょう》な声を上げ、がばりと起きる。

「い、今なんて⁉」

――俺の日課に君を誘ってるんだよ。玄関の外で待ってるから、五分で支度してくれ。

「ちょっ、ちょっと待ってください！　いきなりそんなこと言われても、私、運動する服なんて持ってませんよ」

――クローゼットにかけてあるはずだが。部屋の中を確認していないのか？

「えーっと、まだちょっと全部は見てなくて……」

琴乃は返しながら、寝室の隅にあるクローゼットへ駆け寄り、中を漁る。

昨日、周防が自室に戻ったあと、琴乃は室内を探索した。しかし、それから三十分もたたないうちに彼に呼び出され、目が飛び出るような値段のレストランで一緒に食事をしたのだ。そのあと、部屋に戻って探索を再開したものの、どうにもこうにも、豪華すぎるベッドが気になって仕方がなかった。

ちょっとだけ、一分だけ、と思ったのが間違いのもとだ。どっしりとした硬めのスプリングのマットレスは、想像以上に心地がよかった。さらに羽毛の掛け布団、柔らかな羽根枕に包《くる》まれたなら、もうおしまい。いろいろあって疲れていたせいか、吸い込まれるようにして、あっという間に眠りに落ちてしまったのだ。ただひとつの救いは、先に寝る支度まで済ませていたことだろうか。

（えーと、運動できる格好って、どんなのだろう）

クローゼットのハンガーにかけられた服をいくつかスライドさせると、スポーツブランドのTシャツ、ロングTシャツ、ショートパンツとスパッツが見つかった。ご丁寧にタグは切ってある。引き出しの中にはトレイがあり、仕切りのひとつひとつに靴下が収められていた。

「ありました」

辛抱強く待っていた周防に告げると、そうか、とだけ言って電話は切れた。

琴乃は早速準備に取り掛かる。しかし、五分でできることなんてたかが知れている。トイレと洗面、歯磨きを済ませたらもう残り二分を切り、長い髪はゴムでざっと縛る。着替えが終わったところで玄関のインターホンが鳴った。はーい、と大声で返事をして玄関へ急ぎ、ドアを開けると周防が立っていた。

「急に誘って悪かったな」

首にタオルをかけた彼は、早朝にもかかわらずすっきりした顔で、下りた前髪をかき上げる。琴乃が着ているのと同じブランドの黒のTシャツとロングTシャツ、ランニング用のパンツ、黒のスパッツを穿いている周防は、スーツ姿の時よりもだいぶ若々しい。肩も胸も、筋肉がこんもりと盛り上がっており、直視するのが少し恥ずかしいくらいだ。

そんな彼を前にして、琴乃の胸はどきどきと高鳴った。

「いいえ。ちょっとびっくりしましたけど」

「そうだな。昨日のうちに言っておけばよかったんだが、さっき思いついたのでね」

エントランスホール直結のエレベーターに乗り込んでも、琴乃のうるさい鼓動は収まりそうにない。斜め後ろから見る周防の二の腕は太く、前腕に浮き出た血管がやけにセクシーだ。

じっと眺めていると、周防がいきなり振り向いたので、琴乃は慌てて目を逸らした。

「週に二回はこうして一時間ばかり走ってから出社してるんだ」

「そ、そうですか、……えっ？　もしかして、私も毎回お付き合いするんですか……？」

「もちろんだが？」

琴乃はあんぐりと口を開けた。周防の唇がにやりと上がる。

「今日からよろしく頼む」

「いやいやいや、無理ですって！　しかもこんなに朝早くに……！」

「互いのことを知るべきだと言ったのは君だろう。それとも、もう勝負を下りるのか？」

周防はそう言って、面白そうに片方の眉を上げる。琴乃は思わずムッとした。

「そっ、そんなわけないでしょう」

「結構」

エレベーターが一階に到着して、ドアが開く。先にホールへ足を踏み出した周防の口元に笑みが浮かぶのを見て、琴乃は挑発に乗ってしまった自分が悔しく歯噛みするのだった。

周防が暮らしているタワーマンションには、大きな公園が隣接している。昨夜はここもマンションの敷地の一部だと思っていたが違ったようだ。

その公園のランニングコースを、ふたりはたわいもない話をしながら走っていた。速度はジョギング程度。周防はなにも言わないが、見るからに運動なんてしたことのない琴乃に合わせて、ゆっくり走ってくれているのだろう。

「俺はこうして身体を動かすのが好きなんだ。武道はひと通りたしなんでいるが、そのほかにジムへ通ったり、休日には学生時代の友達とフットサルなんかもする。君は？休みの日はどんなことをしている？」

「私は友達とおしゃべりしたり、あとは……」

琴乃は一瞬躊躇《ちゅうちょ》した。こんなことを言ったら周防に笑われるんじゃないだろうか。

「あとは、なんだ？」

「えっと……物を作るのが好きなんです」

「物？　たとえば、どんな物を？」

走りながら、周防が顔を覗き込んでくる。琴乃は咳ばらいして続けた。

「編み物だったり、アクセサリーを作ったり。きれいな石とパーツを買ってきて、ネックレスや指輪を作ったりもします」

「へえ。意外だな」

周防にしては珍しく、目を丸くして楽しそうな声を上げた。

「そうですか？　私にとっては当たり前のことなので……。そのほかに、ちょっとした日曜大工も、自分で料理のレシピを考えるのも好きなんですよ」

彼が興味津々のでいで聞いているのが嬉しくて、つい饒舌になってしまう。

「となると、引っ越しの荷物もある程度の量はありそうだな。どれくらいになる？」

「まだわかりません。……というより、まだ、ここに住むことに承諾していませんけど？」

琴乃は息を切らしながら、涼しい顔をして走る周防を見据える。彼は軽く笑い声を立てた。

「ひと晩過ごしてみて、快適さはわかってもらえたと思うんだがな。こう言っちゃなんだが、君の家と違って設備も最先端だ」

「そ、そうかもしれませんけど……！」

それを言われてしまってはぐうの音も出ない。確かに、ジェットバスやミストつきの浴室も、豪華なベッドも、広くてきれいなトイレも、なにもかもが完璧だった。ここでずっと暮らせたらさぞや素晴らしいことだろうとは思うが、素直に彼の勧めに従うのは癪《しゃく》に障る。周防から連絡をもらったらしい母が『お行儀よくするのよ』と、嬉々としてスマホにメッセージを送ってきたことも、意地を張りたくなる理由だ。

「すぐにでも生活できるよう、必要なものはすべて揃えたつもりだが、どうだった？」

「ええ、おかげさまで完璧でした。洗濯機がないことを除いては」

「洗濯機？　そんなものはクリーニングに出せばいいだろう」

こともなげに言う周防をちらりと見やる。

「クリーニング？　下着やTシャツもですか？」

「そういったものは、洗濯を代行してくれる業者に頼んでいる。昨日フロントで荷物を預かっただろう？　いつも二日分くらいまとめて出してるんだ」

えーっ、と琴乃は目を丸くした。

「そっちのほうが面倒だし、下着を人に洗ってもらうなんて……。わかりました。洗濯機は自分で買います。なんなら周防さんの下着も私が洗いましょうか？」

「君が？」

周防が訝《いぶか》しげに眉を寄せてこちらを見る。もちろん冗談だが、こうずっとやり込められていてはからかいたくもなる。琴乃はわざと余裕ぶって、ふふん、と口角をもち上げた。

「あれ？　恥ずかしいとか言いませんよね？」

「まさか。夫婦になれば、下着どころかその中身まで知られることになるんだからな」

蠱惑的《こわくてき》な笑みを返され、琴乃は咳ばらいした。

「ほ、本気にしないでください。……ところでその格好、よく似合いますね」

「そうか？　君こそなかなか似合うじゃないか」

「あ、ありがとうございます。あまりにもなんでも揃ってるのでびっくりしました。でも、さすがに下着まで用意してあるのはどうかと思いますよ」

「下着？」

ちら、と周防の視線が琴乃の胸に落ち、さらに下半身に至る。琴乃は思わずその場所を隠したくなった。

「そうですよ。こんな色で、とかデザインで、とか周防さんが指示したのならドン引きです」

「そんなわけがあるか。俺はただ、何日か暮らせるだけの準備を、とフロントに伝えただけだ。きっと女性のコンシェルジュが用意したんだろう」

琴乃は彼を睨みつけて、ふうん、と素っ気ない返事をする。周防の口ぶりからして、きっと嘘は言っていない。確かに、用意されていたブラもショーツもキャミソールも、色気なんてゼロの至ってシンプルなものだったし、忙しい彼がそんなことをできるはずがないこともわかっている。ただ……

「ついでに盗聴器でも仕掛けてあるんじゃないかって顔だな」

こちらを一瞥《いちべつ》して向けられた言葉に、思わず頬が引きつる。

(さすがにそこまでは……！)

急いで否定しようとするが、先に彼の顔に含みのある笑みが浮かんだ。

「断っておくが、俺はそんな男じゃない。だいいち、そんなことをする必要がない」

「……どういう意味ですか？」

「君はじきに俺のものになるからだ。君のほうから首を縦に振る」

周防の手が伸びてきて、いきなり琴乃の手を掴んだ。琴乃は反射的に振りほどこうとして彼と距離を取るが、その拍子に足がもつれてしまう。

「きゃっ」

琴乃の身体は前に投げ出された。このままでは顔から勢いよく地面に倒れ込む——そう覚悟して目をつぶった瞬間、上半身に衝撃が走った。どうやらすんでのところで周防に受け止められ、転倒を免れたらしい。

「大丈夫か？」

「は、はい……ありがとうございます」

「いや、俺のほうこそ悪かった」

腕にすがって身体を起こす。ところが、すぐ近くにあった彼の顔を見た瞬間、琴乃は雷に打たれたように動けなくなった。

周防の表情は険しいながらも端麗で、額《ひたい》にきらきらと汗が滲んでいる。それに加えて、自分を支える腕のあまりの逞しさ、肩に触れる胸の筋肉の質量。男女の違いをまざまざと見せつけられてしまったのだ。

「……本当になんともない？」

心配そうな目で覗き込まれ、琴乃はハッと我に返った。

「だっ、大丈夫です……！　ほら、この通り！」

周防から離れて走る真似をする。ところが、足で地面を蹴った途端、足首に嫌な痛みが走った。どうも少し捻《ひね》ったらしい。

「なんでもないならいいんだが……。どうする？　続けるか？」

「あ、あのー、先に帰っててくださいますか？　私ちょっと、この辺を散歩していこうかなーって」

しらじらしい嘘でごまかそうとする琴乃の前に、周防が突然背を向けてしゃがみ込んだ。

「ほら。乗れよ。足でもくじいたんだろう？」

「ばっ、バカにしないでください！　ちょっと……靴擦れができただけです」

やれやれ、と周防がため息をもらす。

「俺の婚約者様は世話が焼けるな」

「あっ」

素早く手首を掴まれ、ひょいと彼の背中に担がれた。そのまま大股で歩き出すので、琴乃は必死で彼の肩にしがみつく。

「ちょっ……下ろしてください！」

「君に合わせて歩いていたら、会社に間に合わないだろう。これからシャワーを浴びて、朝食もとらなければならないんだから」

「だからって……！　私は大切な婚約者なんでしょう？　だったらなぜ、こんな恥をかかせるんですか」

彼の言うことはもっともだが、すれ違うランナーの視線が痛すぎる。

「ではほかを見るな。俺の肩に突っ伏していろ」

ぴしゃりと言い放たれ、琴乃は仕方なく周防の広い肩に額《ひたい》をくっつけた。化繊《かせん》のTシャツを通して、汗ばんだ彼自身の匂いと熱が伝わってくる。けれど、不思議と嫌な感じはしない。むしろ、彼も血の通った人間なんだと安心させてくれるような、男らしい匂いだ。

マンションのエントランスをくぐると、コンシェルジュがふたりとも飛んできた。昨夜とは違う人物だから交代したのだろう。

「周防様、お連れ様になにか？」

心配そうな顔つきでスマホを取り出す若い男性のコンシェルジュに対し、周防は首を横に振った。

「いや、医者は必要ない。軽い捻挫《ねんざ》だ」

「はあ……さようですか」

訓練されたコンシェルジュは、それ以上追及せずに見送ってくれる。

エレベーターの前にたどり着き、周防が身体を横に向けた。すかさず琴乃がカードキーをかざすと、待ってました、とばかりに扉が開く。

「素晴らしい。君とはうまくやっていけそうだ」

「そ、そうですか」

確かに今のは阿吽《あうん》の呼吸だったと自分でも思う。エレベーターが上昇を始めた。

「無理させて悪かったな」

「は、はい？　え……と、やだなあ。私の運動不足がばれちゃいましたね！」

突然しおらしいことを言うものだから、ついうろたえてしまった。

しかし、笑っているのは自分だけだとすぐに気づいた。

「ところで、俺を婚約者だと認めてくれたんだな」

「……え？」

琴乃はぴたりと笑うのをやめた。

「私……そんなこと言いました?」

「ああ、確かに言った。私は大切な婚約者なんでしょう? だったか。君に限っては、二言はないものと思っている」

(うっ)

先回りして逃げ道を封じられ、なにも言えなくなってしまった。覚えがないのは、筋肉質な身体に密着していたせいで余裕がなかったからだろう。けれど、喜びの滲んだ彼の声を聞いたら否定できなくて……ああ、困った。

「あの、もう自分で歩けますので……いっ——」

もぞもぞと身体を動かすと、太腿を腕で締め付けられる。

「いいから乗っていろ。それとも、お姫様抱っこのほうがいいか?」

「い、いいえ、結構です……」

赤くなった顔が正面のガラス窓に映ってしまわないよう、周防の広い肩に身を隠す琴乃だった。

第四章　強面無愛想の御曹司は白馬の王子様なのでした

「本日はご利用ありがとうございました。なにかございましたら営業所にご連絡ください！」

「わかりました。今日は本当にお世話になりました」

疲れているだろうに気持ちのいい挨拶をして去る引っ越し業者を、琴乃はエレベーター前で見送った。

今は土曜日の夕方である。朝一で家に戻り、当面必要なものをかき集めた琴乃は、昼に迎えに来たトラックに荷物を積み込んでもらいマンションへとんぼ返りした。

頼んだのは一番小さな二トントラックだ。母とは顔を合わせたものの、ろくに話もせずに戻ってきてしまった。さすがにもう怒りのほとぼりは冷めているけれど、メモに記したものをかき集めるだけで手いっぱいだったのだ。

家まで送ると出がけまで言っていた周防を置いていったのは、やはり正解だった。慌ただしく動く琴乃の背中に張り付いた母が、彼に手料理をふるまっているか、アイロンはうまくかけられるのかと、それはそれは、しつこく尋ねてきていたから。

「なにか俺がすることはあるか？」

振り返ると、周防が玄関の壁に背中を預けて立っている。今日、この質問をされるのはこれで五回目。とことん無愛想な彼は案外親切らしい。

「ありがとうございます。でも、全部引っ越し業者さんがやってくれたから大丈夫です」

「そうか。なら、コーヒーでも飲みに行こうか。疲れただろう？」

琴乃は笑って肩をすくめた。

「疲れたからこそ、ここでゆっくりしたいんです。家からエスプレッソメーカーをもってきたので、私がいれますよ」

この部屋には、ＩＨコンロが三口と、オーブン、食洗器付きの豪華なアイランドキッチンがある。ドラマにでも出てきそうなこのキッチンをいつか使ってみたいと思っていたが、コーヒーをいれるだけとはいえ、思いのほか早く機会がやってきた。周防の部屋にも同じものがあるのだとしたら、相当な宝の持ち腐れだろう。

その彼は、琴乃がコーヒーをいれているあいだ、琴乃が家から運んできたものをひとつひとつじっくりと眺めている。まるで博物館を訪れた人みたいだ。

「そんなに珍しいですか？　はい、コーヒーがはいりましたよ」

周防がこちらにやってきて、ソファに腰かけた。

「あれは君が作ったのか？　グリーンの石がついたネックレスのことだが」

「はい。あそこにかかっているのは全部私が作りました。ジュエリーラックも」

「へえ、たいしたもんだ」

マグカップを手に眉を上げる周防に、琴乃は内心ほくそ笑む。手作りのアクセサリーも、レザーを加工して作ったジュエリーラックも、当面必要なものではない。それでも、彼に見せたくてわざわざもってきたのだ。どうしてそんな気持ちになったのかはわからない。

琴乃はエスプレッソにコーヒーフレッシュを入れてスプーンでかき混ぜた。

「でも、せっかくおしゃれで生活感のない部屋だったのに、一気にイメージが崩れましたね。ごめんなさい」

「そんなことは気にしなくていい。君の部屋なんだから。……うん、うまいな」

コーヒーをブラックで啜《すす》った周防が感想を述べる。

「日本橋においしい豆を売ってるお店があるんです。いつもそこで買うんですよ」

「なるほど。こうして自宅でコーヒーを飲むのもいいものだな。ゆったりした気分が味わえる」

「私にしてみれば、コーヒーを飲むためだけに外出するほうが信じられませんけど」

周防が唸った。

「君と俺とはとことん趣味嗜好が逆のようだ」

その言葉を待ってました、とばかりに琴乃が身を乗り出す。

「ですよね！　私との結婚は諦めてくださって構わないんですよ？」

「なぜそういう考えになるんだ？　逆に正反対のほうが補い合えるだろう」

にやりと口角を上げる周防を見て、琴乃は口をすぼめた。

（なんでそうなるかなあ……！）

やっていることすべてが裏目に出ている気がする。じわじわと外堀を埋められていっているような……。やはり彼のほうが一枚も二枚も上手らしい。

「ところで、必要なものはちゃんと持ってこられたのか？」

「大体は……でも、朝がバタバタなので朝食は簡単に用意できるように調理器具とかも揃えたいです」

この一週間は周防と一緒に外で朝食をとっていたが、化粧に時間がかかる分朝は家でゆっくりしたいものだ。

「そうか、それなら明日は買い物に出かけよう」

「買い物……いいですね！」

ぱあっと楽しい気持ちに包まれ、琴乃は満面の笑みを浮かべた。じっとこちらを見ていた周防の目がきらりと光る。

「デート、だな」

「えっ」

「君も一緒に出かけることを望んでいただろう。明日は午後から出かけて、夜はレストランで食事でもしよう」

「は、はい……」

またもや罠にはまってしまったのは、自分が単純だからなのか、それとも彼の手腕なのか。

とはいえ、せっかくのショッピングだ。それに、周防はきっといつものように、琴乃が財布からお金を出すのを頑として拒否するはず……。ここはちゃっかりをきめ込み、明日は細かいことを忘れて楽しもうと決意する琴乃だった。

日曜日、遅めのランチを済ませた琴乃と周防は、ショッピングのためデパートを訪れていた。

周防のマンションからここまで、車で十五分。帰りは荷物が多いだろうと、今日は彼が車を出してくれたのだ。高級車の乗り心地もさることながら、紳士的な彼の運転を琴乃はすっかり気に入ってしまった。これからもぜひ、ことあるごとに乗せてもらいたい。

デパートに着いてびっくりしたのは、入り口の自動ドアを通過した途端に、どこから
か外商が飛んできたことだ。今日の彼はいつもの三つ揃いのスーツではなく、シンプルな白のシャツに黒のパンツ姿なのによく気づいたものだと感心する。

年配の担当者は周防に平身低頭で買い物のサポートを提案したが、丁重にお断りした。見知らぬ人を引き連れていては、ゆっくりと買い物を楽しむことができない。そう考え

ると、周防ももうまったくの他人という認識ではないのだな、と妙な感慨に浸る。

「えーと、炊飯器と電子レンジと、鍋、フライパン、食器は買ったでしょう？　あとは、菜箸とお玉とフライ返しと……」

調理器具売り場を歩きながら、きょろきょろと見て回る。

周防が呼べば、すぐにフロアの責任者がやってきて、買ったものをどこかへ運んでいく。聞けば、立体駐車場にある外商の窓口まで運んでくれているのだとか。おかげで手ぶらで売り場を見て回れるので大助かりだ。

「へえ、ずいぶんといろいろな道具があるんだな」

この売り場は周防にとって完全にアウェイらしく、ただ琴乃に付き従って歩いている。それだけでなんとなく優越感に浸れるから、不思議なものだ。

「調理器具は凝り出したらきりがないし、アイデアグッズもいっぱいあって奥が深いんですよ。……あっ、あれ！」

琴乃はたった今見つけた興味の対象に、小走りで向かった。そこは食器売り場だ。その一角に畳が敷かれた小上がりがあり、小さなコタツや火鉢など、和のテイストでまとめられた小物や家具がディスプレイされている。畳の上にちょこんと座った柴犬のぬいぐるみの前で、琴乃は足を止めた。

「うわぁ、かわいい～！　周防さん、犬！　柴犬！　かわいくないですか？」

「それも買うのか？」

追いついた周防が、琴乃が指さしたぬいぐるみをむんずと掴んで小脇に抱えた。琴乃はすぐにそれを奪い取り、売り場に戻す。

「もう、なんでそうなるんですか。かわいいって言っただけなのに。あっ、これもかわいい！」

ぷりぷり怒っていた琴乃は、ころりと態度を変えるとコタツの上に載っていた三毛猫の柄の湯飲みを手に取る。その隣で周防は、半ば呆れたような相槌を打った。

「そういうものなのか。君の考えることはよくわからないな」

「私だけじゃありませんよ。かわいいものを見たら、嬉しくなる女の子って多いんです。周防さんなら、女性の扱いには慣れてると思ってましたけど」

「俺が？　まさか」

周防が自嘲ともとれる笑いをもらした。湯飲みを戻した琴乃は、ほかに目ぼしいものはないかとあたりを物色する。

「ごまかしたって無駄ですよ。ちゃんと知ってるんですから」

彼が散々女性社員に言い寄られていることは、琴乃が周和セキュリティに出社した初日に由奈から聞いている。富と権力が服を着て歩いているうえイケメンな周防が、女性の扱いに疎いはずがない。それなのに、女性慣れした雰囲気がまったく伝わってこないものだから、かえって警戒してしまう。

和のコーナーを離れ、周防とふたりで茶碗を見ていた。どうせ食事を作るなら、ひとり分もふたり分も一緒だから、彼の茶碗も買おうか。

（でも、自分から言うのは恥ずかしいな……）

彼のほうから作ってほしいと頼まれたら、しょうがないなあ、というふりをして喜んで作るのだけれど。

どきどきしながらそんなことを考えていると、新たなディスプレイが目についた。

『おうちごはんで、ほっこり♪』

焼いた木片に、そう赤字で書かれたロゴのある棚に飾られているのは、落ち着いた柄が描かれた丸みのある茶碗と箸。汁椀や小鉢などもある。モダンなデザインの中にある、どことなくあたたかみのある雰囲気に惹かれて茶碗を手に取る。

すると、どこからともなく女性の売り場係員が近づいてきた。

「そちらの商品はデザイン違いがございまして、夫婦茶碗《めおとぢゃわん》になるんですよ。新婚さんですか？」

新婚、という言葉にどきっと心臓が跳ねる。

「あっ、あの……私たちは――」

「そうなんですか。ではセットでいただきます。箸もつけて。な？」

そう問いかけられて周防を見上げると、彼の顔にはこれまで見たこともない優しげな笑みが浮かんでいた。琴乃は驚きのあまり言葉を失う。

「お買い上げありがとうございます。ただいまお包みいたしますので」

商品を手にした係員が会計へ向かう。ハッと我に返った琴乃は周防に噛みついた。

「周防さん……！　完全に勘違いされたじゃないですか」

「いずれ夫婦になるんだからいいだろう？」

しれっと言い放つ周防がなんだか憎めなくて、琴乃は握ったこぶしをゆるゆると開く。

「もう……また勝手なことばかり言って……」

その時、周防の服のポケットの中でスマホが鳴った。

「電話だ。すぐ終わるから、ちょっとその辺を見ていてくれ。――お待たせいたしました。周防です」

足早に売り場を離れる大柄な後ろ姿を見送りながら、琴乃は息をついた。おそらく仕事の電話だろう。彼のスマホには、休日だろうが昼夜問わずいつでも連絡が入るのだ。

周防の言いつけを守って、琴乃は近くにある食器やカトラリーを眺めていた。今日は当面必要なものだけ揃えるつもりだったが、こうしていろいろ見ているとやはり欲しくなってしまう。

並べられた器を眺めていても、やはり周防のことが気になった。電話は思いのほか長引いているようだ。一度さっきの店員がやってきたが、彼が外していることを話すと、レジで待っていると言い残して戻っていった。

(周防さん、遅いな……)

彼のことを考えると、さっき見た優しそうな笑顔が目に浮かぶ。

彼のあの表情には、本当に驚かされた。琴乃が知る限り、彼が目を細めて笑みを浮かべたところを見たのは初めてだ。その表情は、元が端整な顔立ちなのもあってか、きらきらと輝いていて、目が離せなくなるくらいに魅力的で……

(ちょっ、ちょっと待って!)

琴乃は眉をひそめて深く息を吸った。

絶対にお見合いなんて阻止してやる! と息巻いていたのに、じわじわとほだされつつあることに恐れを感じる。この気持ちはいったいなんなのだろう? 彼のマンションに仮住まいして、日夜顔を合わせる生活が始まって約一週間。でも、たかだか一週間前に出会ったばかりの人に、淡い思いをいだくなんてありえない。いや、絶対に恋なんかしていない……!

少し気を落ち着かせようと、別のコーナーまで行ってみることにした。この場に留まっていると、どうしてもさっきの周防の笑顔――しかも破壊力抜群の――が頭に浮かんでしまう。

琴乃の足は、いつしか高級ブランドの食器コーナーへと向いていた。こういうものは実用的とは思えないけれど、目の保養にはいい。それに、目が飛び出るような価格のついた値札を見れば、ちょっとは頭も冷えるだろう。

さっきうろついていたあたりとは、明らかに雰囲気が違う棚を見上げる。白い棚のひとつひとつに並べられた皿やボウルは、艶や質感からして普段使いにはほど遠い。柄は手描きだと説明にあるが、琴乃にはプリントと手描きの違いがよくわからなかった。

（えーと、気になるお値段は……ええっ!?）

皿の前に置かれた小さな値札を見て、目を丸くする。さらに、別の棚に陳列されたディナーセットの値段に、思わず後ずさりした。

これは万が一割ってしまったら大変だ。買った客ならともかく、展示中に地震や事故で割れてしまったらどうなるのだろう。

さっき悩んでいたことなどすっかり忘れ、ため息をつきつつディスプレイを遠巻きに眺めていた。その視界の端に、小さな男の子が入ってくる。歳にして三、四歳といったところだろう。買い物、特に食器売り場などでは親に手を引かれて歩いている頃だと思うが、近くにそれらしき姿はない。

男の子のそばには、一般人ではなかなか手が出せないような高級食器が並んでいる。大丈夫だろうか――そう思った矢先に男の子の手が棚に向かって伸び、次の瞬間、耳をつんざくような音がフロア内に響き渡った。

直後、男の子は火がついたように泣き叫んだ。琴乃は素早く駆け寄り、サンダルを履いている男の子が破片を踏んでしまわないよう抱き上げた。

男の子が割ってしまったのは、よりによってディナーセットの一部の皿だ。ディスプレイに使われていた、ビニールでできたフルーツに触りたかったらしい。

「ちょっと、うちの子に何してるんですか！　……ひっ‼」

飛んできた母親らしい小柄な若い女性が、あたりに散らばった破片に気づき、その場で足踏みをした。琴乃は子供を母親の目の前に下ろし、説明を試みる。

「違うんです。あなたのお子さんの手が当たって、その拍子にお皿が落ちて――」

そう言って顔を上げた瞬間、目に飛び込んできた女性の顔に、琴乃は言葉を封じられた。

一瞬にして、過去の忌々《いまいま》しい記憶が洪水のようによみがえる。西日の差し込む喫茶店。怒りに震える手。幼さの残る顔に似合わない真っ赤なルージュ。それと、ココアの香り。

……ああ、こんな。こんなことがあるなんて。

「うちの子はそんなことしませんよ！　あなたがやったのを、この子のせいにしようとしてるんじゃないの？」

子供の手を取った母親が、鬼のような形相で睨みつけてくる。琴乃は震える口を開いた。

「そんな……私はただ――」

「じゃあどうしてあなたがうちの子を抱いていたんですか？　なにも関係がないとは言わせませんよ！」

母親がものすごい剣幕で怒鳴りつけたため、周りに客やら店員やら、人が大勢集まり始めた。その中から、血相を変えて飛び出した人物がひとり。

「お、おい、舞美《まいみ》。どうかしたのか？」

弱々しく妻の名を呼ぶ、懐かしくも憎らしいその声に、琴乃の全身の肌がぞわりと粟立った。琴乃の存在に気づいたのか、彼の顔にも驚愕が広がる。

ひょろりとした若い男性は、四年前に琴乃を振った坂本央士その人だった。二度と顔も見たくないと思っていた幼なじみと、まさか、こんな形で再会するとは。

妻のほうは、一度会っただけの琴乃のことはまったく覚えていないようだ。琴乃に弁解の余地を与えないためか、泣き喚《わめ》く我が子をなだめつつ、矢継ぎ早に謝罪を要求してくる。

彼女の声が耳に届いていないわけではない。けれど、央士とその家族に出くわしたショックがあまりに大きく、琴乃はなにも考えられなくなっていた。

「失礼。すまない、遅くなった。……どうした？　琴乃」

「周防……さん」

だから、人混みをかき分けて現れた彼の顔を見た途端、泣き出しそうになった。でも、ここで泣いたら負けだ。身の潔白を証明するためにきちんと事実を話さなければ。

店員が野次馬に声をかけ、人が散ったところでようやく話ができる状況になった。琴乃にしてみれば、話し合いもなにもない。母親が嘘をついていることさえ証明できればいい。

「それで？　私の婚約者がなにか？」

周防が坂本夫妻に対し、ぎろりと睨みを利かせる。央士は一瞬怯んだが、直後にカッと目を見開き、周防と琴乃の顔を交互に見る。

「その人、自分でお皿を割ったのに、うちの子に罪をなすりつけようとしたんです」

央士の妻が琴乃を顎でしゃくりながら、鼻息荒く言い放った。周防の立派な体躯《たいく》も、強面による圧も、彼女には効かなかったらしい。

琴乃は涙をこらえつつ、言いたいことを頭の中でまとめようとした。ところが、気持ちが焦るほど考えがまとまらず、ひと言も言い出せない。

そんな琴乃の手を、周防は黙って握る。琴乃は何度か深呼吸をしたのち、意を決して口を開いた。

「私はなにもしてません。商品に触れてもいませんし、だいいち、棚から一メートル以上離れていました。私が商品を眺めていると、そちらのお子さんが棚に近づいて――」

途中まで言ったところで、待ってください、と央士の妻が声を荒らげる。

「その人の言ってることは嘘です。私、見てました。うちの子が棚に近づいていったのは本当ですけど、私、その子を追いかけていったんですよ？　だから、ちゃんと見てました。間違いありません」

そして、隣で縮こまる央士を肘でつついた。彼はハッとして妻の顔色を窺いつつ、小声で助け舟を出す。

「そ、そうです。僕も離れたところから見てました。えっ……と、確かにうちの子も近くにはいましたが、そちらの……女性のほうが棚との距離は近かったですし……」

「ママぁ、あのねぇー」

「怜王《れお》君は黙ってて。いい子だから」

母親に強い口調で諭されて、子供はしゅんとなった。

琴乃は周防に握られた自分の手がじとりと汗ばんでいくのを感じながら、同時に並々ならぬ安心感を感じていた。四面楚歌にも思えた状況で、彼みたいな社会的立場の強い人が味方になってくれることは、なによりも心強い。

しかし、央士の妻は一歩も退く気配を見せなかった。これはもう、防犯カメラを確認しないと潔白を証明できないのでは――そう思っていたけれど。

「売り場の責任者はあなたですか？」

すぐ隣に立ち尽くす困り顔の年配の男性に、周防が声をかける。

「は、はい。さようでございます」

「そうですか。騒ぎになって申し訳ない。割れた皿の代金をこれで支払ってください」

周防がカードケースの中から取り出したカードを受け取ると、責任者はぽかんと口を開けた。

「これは……周防様でいらっしゃいましたか、失礼いたしました。しかし、こちらの商品は非常に高額でして、私の一存ではなんとも……。ここは店舗の責任者と相談させていただけませんでしょうか？」

彼は申し訳なさそうに言うが、周防は余裕に満ちた顔で手をかざした。

「いえ、店長のお手を煩《わずら》わせる必要はありませんよ。それより、時間が惜しいのでこの場はなんとかこれで収めてください。それから君たち」

矛先《ほこさき》がいきなり向いて、坂本夫妻はびくりと肩を震わせた。売り場責任者の丁重な様子を目にしたせいか、周防にただならぬものを感じたようだ。

「な、なんですか」

ツンと顎を上げる小柄な妻と、その隣で縮こまる央士を周防はしっかりと見据えた。

「子供は案外、親の姿を見ているものだ。君たちがずっとこのままなら、君たち親子にとって好ましい未来があるとは俺には思えない」

「なっ……！　なによ偉そうに！　ちょっと、央士くんもなにか言ってよ！」

「いや、まずいって」

顔を真っ赤にして憤慨《ふんがい》する妻に背中を叩かれても、央士はもじもじするだけだ。そこへ、売り場責任者があいだに割って入る。

「では、今回は周防様のお力をお借りしたいと存じます。どうぞこちらへ」

支払いのため、周防と琴乃が特別なサロンへ向かう横で、坂本一家は逃げるように売り場をあとにした。現場を片付けている従業員に詫びもせず、もちろん、支払いを肩代わりした周防に礼も言わずに。

大通りをひた走る高級車の車窓には、どことなく夜の気配を感じさせる夕暮れの街並みが流れていた。あれから琴乃と周防は、ほとんど口を利いていない。琴乃にしてみれば、口を開くと泣いてしまいそうだったし、周防も気まずくてどう声をかけたらいいかわからないのだろう。

「そろそろ六時か」

左手首の腕時計を確認した彼が静かに呟く。その声は拾われることなく、暗くなりかけた車内に落ちた。

もしもトラブルの相手がまったくの他人だったら、ここまでショックを受けることはなかっただろう。周防はなにも尋ねてこない。琴乃が押し黙っている理由も、事件の真相についても。

　しかし、琴乃から話しかけようにも、最初にあのことに触れないのは不自然な気がした。黙っていることで、不機嫌だと彼に勘違いされなければいいけれど。

　車が信号待ちで停まった。その時、膝の上に置いた琴乃の手を、さらに高い体温がそっと包んだ。そのまま彼の大きな手を握り返す。気を使わせてしまったらしい。

「今日は……大変な目に遭っちゃいましたね……！　買い物も途中になっちゃったし、本当はレストランで食事するはずだったのに」

　琴乃はわざと大きな声で明るく言った。けれど彼はなにも言わず、ただ琴乃の手を握る手に力をこめる。そこから伝わる無言の優しさに、胸が詰まる。

「あの……割れたお皿の代金、あとでお支払いしますので。私、こう見えて結構貯金あるんですよ！」

　へらへらとバカみたいに笑うが、やはり周防は黙ったままだ。

　ここへきて急に車が進まなくなったせいで、のろのろと進む車内に降りた沈黙が苦しい。すると、しばらくして周防がぽつりと口を開く。

「あの子供は、おそらく自分がやったと言いたかったんだろうな」

「周防さん……わかってたんですか？」

「ああ。君があんなことをするはずがない。それに、あの皿はいかにも子供が手を出しそうな高さにあった。子供が小さなうちは、親がきちんと見ていないとな」

周防の視線はまっすぐ前を向いたままだったが、琴乃を慰めようとする気持ちは伝わった。

ホッと気が緩んだ途端に涙が込み上げる。必死に目をしばたたかせると、動き出した車が左に寄せられ、路肩に停まった。

「俺は、君が泣いても困ったりしない」

まっすぐにこちらを向いた周防の目が、琴乃の心を見透かすように射貫《いぬ》く。琴乃は唾をのんだ。感情の読めない瞳の奥に窺えるのは、怒りと悲しみ、そして労わり。これが無愛想で、時に傲慢な彼の優しさなのかもしれない。

泣いてもいい、そう言われていると思ったら我慢ができなくなった。唇がぶるぶる震える。瞼《まぶた》の縁まで涙が盛り上がって、どんなに懸命にこらえても、もう……

手を伸ばしてきた彼に頭を抱き寄せられた瞬間、張り詰めていたものがガラガラと崩れた。

琴乃はわあわあと声を上げて泣いた。こらえていたものを出し切るように。さっきのあの子供のように。

濡れ衣を着せられただけだったら、こんなにも激しく泣き喚《わめ》きたい衝動には駆られなかった。相手が坂本夫妻だったから。久しぶりに会った央士がとてもつまらない人に見えたから。

周防は過去に琴乃の身に起きたことをなにも知らない。それなのに彼の胸を借りて泣いている、と思うと罪悪感でいっぱいになった。

ごめんなさい。本当にごめんなさい。

「琴乃……大丈夫。大丈夫だ」

耳に触れる彼の唇から、甘さを含んだ低い声が響く。鼓膜を通して、直接心に沁み込んでくるみたいに。その穏やかな声色に、琴乃は深い安らぎを覚えた。

彼に名前で呼ばれていることには気づいていたけれど、ちゃんと意識できたのは今が初めてだ。彼の声には心を落ち着かせる響きがある。不思議なことに、何度でも、何度でも名を呼んでもらいたいと思ってしまう。

昨日と今日で、彼という人の度量がいかに大きく、心が広いかということがわかった。きっと年齢的なものだけじゃない。生まれもったもの、育った環境、身を置いてきた立場、出来事――。彼を取り囲むすべてのものが、雄々しく社会に立つ梟雄《きょうゆう》たる人物を創り上げたのだろう。

ひとしきり泣くと、だいぶ気持ちが落ち着いた。周防に渡されたハンカチで目を押さえながら、彼の腕を離れる。

「周防さん。ありがとうございます……」

「礼を言われるようなことはしていない。それから、君から金を受け取るつもりもない」

ハンカチを持つ手を下ろして、周防のほうを向く。

「そんなわけにはいきません。周防さんはなにも悪くないのに」

ふ、と彼が前を見たまま笑った。

「それは君も同じだろう？　となると、確実に収入の多い俺のほうが支払うべきだ。……そもそも、俺は君と過ごす時間を少しも減らさないために、あのくだらない時間を金で買ったと思ってる」

「そ、そんなに……私との時間が大事でしたか」

「ああ。貴重なデートだからな」

車が再び動き出し、国道の大きな交差点を左折すると、通りの先に雲を突くような巨大なマンションが見えてきた。

彼の言う貴重なデートの時間ももう終わる。突然襲ってきた寂しさにうろたえていると、ふと妙案が浮かんだ。

「周防さん、今夜の食事はどうしますか？」

「あ？　……ああ、そういや腹が減ってきたな。予約していたレストランはもう通り過ぎてしまったが、どこかで食事でもするか？」

「すみません。外食はちょっと……今日は疲れちゃって」

気まずさに苦笑いすると、彼も頷いてくれた。

「あんなことがあれば当たり前だ。じゃあどうする?」

琴乃はバッグからスマホを取り出して地図アプリを開いた。

「マンションの近くにスーパーがあるらしいんです。そこで買い物をして、家で食べませんか? 私が作りますので」

「家で? 家のキッチンでいったいなにが作れるんだ?」

きょとんとして尋ねてくる周防が面白くて、琴乃は声を上げて笑う。

「なんだって作れますよ。あんなに立派なキッチンがあるんですから。周防さんも手伝ってくれますか?」

「それは構わないが――」

彼は珍しくうろたえた様子でこちらを見た。

「期待はゼロで頼む。台所に立ったことなんて一度もないんだから」

このマンションにやってきて一週間近くたったが、琴乃が周防の部屋に入るのは今日が初めてだった。こちらは琴乃が暮らしている隣の部屋とは玄関からして雰囲気が違う。エレベーター前の格子戸を開けると、ほのかな明かりに照らされた石造りのポーチがある。その奥に部屋の入り口となるスライド式のドアがあるのだ。

周防がカードキーをかざして先に中へ入った。続いて玄関に入った琴乃は、驚きのあまり、わあっと声を上げた。

こちらの玄関は琴乃の部屋と比べて何倍も広く、土間は和風建築で見るような黒い石造りだ。その端には白い玉石が敷かれており、竹垣を模したオブジェの前に南天の鉢植えが置いてある。あたたかみのある木の壁や天井、畳敷きの廊下。焼杉の飾り棚には、麻模様の丸いルームライトが優しく灯っていた。

(周防さん……渋っ！)

外観は現代風のタワーマンションなのに、中身は日本家屋を思わせる『和モダン』だなんて、度肝を抜かれる。これが彼の趣味なのだろうか。

そういえば、初めてホテルで会った見合いの日、彼は自分で着物を着ると言っていた。もしかして、家では着物で過ごしているとか……

物珍しくてぽかんと口を開けて眺めていると、スーパーの袋を両手にぶらさげた周防が振り返る。

「どうした？　取って食いやしないぞ」

「い、いいえ。別にそういうわけじゃ」

琴乃はパンプスを脱ぎ、いそいそと玄関に足を踏み入れた。

最初にこのマンションへ来た時は、あまりに突然な話に彼を警戒していた。『合意のないセックスは趣味じゃない』とはっきり言われたものの、その時はまだ信用できずにいたのだ。なのにこの自分の変わりよう……気恥ずかしくてむずむずする。

鉤状《かぎなり》になった廊下を右に行くと、そこは広い、とにかく広いリビングになっており、さらに右手の奥まった場所にあるキッチンに周防がいた。冷蔵庫に買ったものを入れている。

リビングをぐるりと見渡すと、会議室かというほど広い部屋の中心部に、カバーのかかったグランドピアノがあった。ほかに置かれているのはソファセットとテレビ、オーディオセットだけ。あまりにもきれいな部屋だ。人を信用しない彼は家政婦を雇うことはないらしく、掃除は自分でしていると昨日話していた。

「男の部屋がそんなに珍しいか？」

気がつけば隣に周防が立っていて、びくりと肩を震わせる。

「い、いえ……ものすごくきれいにしてるなあって」

彼はキッチンとリビングの仕切りに手をかけ、軽く笑い声を立てた。

「物が少ないからそう見えるだけだ。ジョギングやジム通いが趣味だと余計な物が増えなくていい」

彼自身がそう言うように、これまで見た部分――玄関、キッチン、リビング――のどこも、極端に物が少ない。寄り道したスーパーで、『こんなところに初めて来た』と彼が言うので、琴乃は驚いたものだ。買い物に行く習慣がないから雑多な物が増えない、というのもあるだろう。

「あのピアノは？」

さっきから気になってうずうずしていたが、ついにこらえきれずに尋ねる。ああ、と言って彼は、キッチンの中に戻った。

「あれは俺の実家からもってきた唯一のものだ」

「ピアノ、習ってたんですか？」

周防についていった琴乃は、彼と一緒になってデパートの袋から食器や調理器具を取り出し、キッチンの調理台に置く。

「最初は妹が習い始めたんだ。その横で見ていたらどうしてもやりたくなってね」

琴乃の頭に、社長室の書棚に隠すように伏せてあった写真が浮かんだ。中学生とおぼしき周防に、幼稚園くらいの女の子が抱っこされていた。

「妹さんとはいくつ離れてるんですか？」

「八つだ」

菜箸をパッケージから取り出しながら、彼が無表情で答える。

周防が渡してくるものを、琴乃は片っ端から洗って調理台に置いた。洗いかごも買ったが、琴乃の部屋に置くつもりのため、まだ袋に入ったたままだ。

「ということは……今二十七歳ですか？　私と歳が近いですね。いつか会ってみたいなあ」

くるりと周防を振り返るが、返事がないと思ったら背を向けてしゃがみ込んでいる。

「周防さん？」

こちらを向いた彼は、炊飯器を箱から出している最中だったらしい。

「先に米を炊いたほうがいいんじゃないのか？　時間がかかると言ってただろう？」

琴乃はハッと息を吸い込む。

「そうでした！　早くスイッチ入れないと！」

ふたりで腹の虫をぐうぐう鳴らしつつ料理を作り終えたのは、午後八時を過ぎた頃だった。目の前のローテーブルには霜降り肉のステーキとだし巻き卵、具沢山の味噌汁、ほうれん草のおひたしが並んでいる。

デパートでおうちごはんコーナーを見たからか、気持ちが『和』だった。それに、買ったばかりの茶碗を使いたかったというのもある。夫婦茶碗《めおとぢゃわん》なところが少し照れ臭かったが、和風の趣《おもむき》があるこのリビングにマッチしていて琴乃は満足だった。

ふたりで挨拶をして、早速料理に箸をつける。

味噌汁をひと口啜《すす》った琴乃は、染みわたる麹《こうじ》の甘味に頷いた。

（はあ……お味噌汁ってなんでこんなにホッとするんだろう）

ミディアムに焼いたステーキは包丁で切り分けてあるが、箸でも切れるほど柔らかい。これに、わさび醤油をちょっとだけつけて口に放り込む。

「ん～、とろける！　口の中ですうっと。周防さんも早く！　早く食べて！」

興奮のあまり、友達みたいな口調になってしまったけれど、それもいいだろう。食事の時くらい気を使わず楽しみたい。

周防も楽しげに笑みを浮かべ、琴乃の勧めに従ってステーキをひと切れ口に入れた。しばらく咀嚼《そしゃく》したのち、喉の奥から唸り声を上げる。

「うまいな。レストランで食べるステーキとは違ったうまさがある」

「でしょう？　あー……今日は和食にしてよかった。周防さんもお手伝いありがとうございます」

にこにこして言いつつ、だし巻き卵を口にする。これもいい味だ。だしをとる時間がなくて市販の液体だしを使ったが、なかなか本格的な味と言える。

「俺はなにもしていない。作ったのは君だろう？」

「ほうれん草を茹でたじゃないですか。あと、テーブルセッティングも。ひとりじゃあんな短時間で準備できませんよ」

琴乃が肩をすくめる。

「ならよかった。ところで、もっと食器を増やしたほうがいいかもしれないな」

「確かに。洋食器も欲しいですしね。じゃあ、今度またいろいろ見に行きましょうか！」

「うん、そうしよう」

周防の快い返事に笑みを返し、琴乃は食事を続けた。周防も琴乃が作った料理に次々と箸をつけていくが、その所作があまりにきれいで上品なので、つい見とれてしまった。背筋はピンと伸びているし、箸の使い方もきれいだし。やはり育ちがいいのだろう。彼が着物を着て食事する姿をぜひ見てみたい。

それから二十分とたたないうちに、ふたりの前に並んだ料理はきれいさっぱりなくなった。途中から酒も入って、すっかりいい気分だ。

周防の部屋にもかろうじて酒器はあった。スーパーで買ったリーズナブルな日本酒だったが、腹も満たされ、和やかな雰囲気のせいかおいしく感じる。

「こういう食事を久々に食べた」

彼がお猪口《ちょこ》を傾けながら、しみじみと呟く。

「そうですか。味はどうでしたか？」

琴乃はどきどきしながら尋ねた。彼には料理を作るのも好きだと言ったが、実は、母の勧めで一時期料理教室に通っていたこともあるのだ。自信がないわけではなかったけれど、黙々と食べている周防の感想には不安がある。

次の瞬間、彼の顔に満面の笑みが浮かび、琴乃の胸は大きく高鳴った。

「すごくいい味だった。それに、母親の手料理を食べたことがない俺でもノスタルジックなものを感じたよ」

普段は鋭い周防の目は緩やかに弧を描き、形のいい唇が大きく横に広がっている。

琴乃はどきどきと速まる胸の鼓動に戸惑った。この笑顔は反則だ。彼のこんな表情を見たらしばらくなにも考えられなくなってしまう。

なにか言わなければ——無意識に見つめていた周防の顔から視線を外し、直前の会話を思い返す。

そういえば、彼の母親とはどんな人だったのだろう。

一般的に見合いで知り合った相手であれば、仲人《なこうど》から受け取った釣書である程度のプロフィールを把握できる。しかし、琴乃の場合は事前になにも知らされていなかったうえに、仲を取り持った母とはあの日以来まともに口を利いていない。そのため、周防の家族構成や育った環境についての知識は、彼から聞いたこととネットで調べた情報のみだ。

それによると、周防の両親は彼が高校生の頃に離婚したらしい。あの本棚に伏せてあった写真はその少し前のものだろう。

「あの……周防さんのお宅ではどなたが食事を作っていたんですか？」

琴乃はおずおずと口を開く。胸の高鳴りもすっかり落ち着いた。

「知っているかもしれないが、うちは両親が離婚しているんだ。ただ、母はお嬢様育ちで家事などできないタイプだったから、住み込みの家政婦が食事や子供たちの世話をしていた。乳母みたいな存在だな」

お猪口《ちょこ》に口をつけながらそう話す彼の顔には、なんの感情もない。完全に過去のこと、といった具合だ。

「俺の記憶では、母はいつも俺たちのそばにいたように思う。時間に余裕があったせいか知識が豊富でね。俺たちに絵本を読んでくれたり、庭に咲いている花についていろいろと教えたりしてくれた」

「そういうお母さん、素敵ですね」

「ああ。俺は中間子のせいか甘えるのが苦手だったが、兄と弟はいつも母を取り合っていたよ」

ゆっくりと語る彼の顔は、往時《おうじ》を懐かしんでいるようにも見え、また、かすかな寂しさも感じられた。弟の下に女の子が産まれたあとは、母親を独占するのはさらに難しくなっただろう。ひとりっ子の琴乃にはよくわからない感情だ。

「どうでもいいことを話しすぎたな」

「そんなことありませんよ」

立ち上がり、ピアノのあるほうへ歩く周防の背中に向かって言う。彼はなにも応えず、落ち着いた和風のテイストでまとめられたこの部屋で唯一異彩を放つ、紺色のビロード製のカバーに指を触れる。

「食事のお礼に一曲披露しようか」

琴乃は目を見開いた。

「本当ですか？」

「ああ。久しぶりだから相当腕がなまっているだろうが。……君はピアノを弾くのか？」

たった今そのことを初めて気にしたというふうに、彼の視線が興味深げにこちらを捉える。いいえ、と琴乃は肩をすくめた。

「小さい頃に友達に誘われて教室に行ってみたんですけど、たったの三日で投げ出しちゃいました。私には向いてなかったみたいです」

周防が口元を綻ばせて、短い笑い声を立てた。

「ならよかった。君に聞いてもらおうと思ったものの、ここ数年調律していないから音が狂っているだろうと気になったんだ」

「私にはわからないと思いますので、お気になさらず」

彼がビロードの布を取り払うと、鏡のごとくぴかぴかに磨かれた立派なグランドピアノが現れた。日本でも有数の富豪がもつピアノだから、きっと超がつく高級品だろう。

琴乃がソファに座ると、彼は腕まくりをして椅子に腰かけた。白のシャツというレで立ちでピアノを前にする姿は素敵だけれど、筋肉質で大きな身体はとてもピアノを弾くようには見えない。ところが、彼が指慣らしを始めた途端、その疑念はどこかへ吹き飛んだ。そして始まる優しげな旋律。

周防は大きな身体を優雅に揺らしながら、甘い調べを奏で始めた。曲目はリストの『愛の夢』。あまりにも有名な曲だから、琴乃にもすぐにわかった。

序盤はゆっくりと静かに、柔らかな羽根で産毛を撫でるがごとく優しいメロディーから始まる。それから徐々に力強く、吹き荒れる情熱の嵐を感じさせるほど激しい演奏に変わっていくのが、この曲の特徴だ。

周防の無骨な指先が紡ぐメロディーは、彼にこんな一面があったのかと驚かされるほど繊細で美しかった。普段の冷たい表情からは想像もできないくらいに、優しく、甘美で、目を閉じていると天上の音楽でも聞いているような気持ちになる。

曲がクライマックスに差しかかる頃には、琴乃はうっすらと目に涙を浮かべていた。もっと、いつまでも、このままずっと、彼が弾くピアノの音を聞いていたい。そのくらいに心揺さぶられていた。

最後の一音が聞こえてからも、しばらくは口も利けずにソファで目を閉じていた。ゆっくり瞼《まぶた》を開けると、やはりたった今現実の世界に戻ってきたふうな顔をしている周防と目が合う。

琴乃は拍手をしながら立ち上がり、彼に近づいた。文字通りスタンディングオベーションだ。

「周防さん、……ああ。私、感動しちゃいました。すっごくよかったです！」

潤んだ目をしばたたかせて伝える。彼は照れたのか、ぴくりと眉を動かしたのち、「ありがとう」と言って視線を外した。

「あの……こんなことを言うのは失礼かもしれませんけど、周防さんがピアノを弾くのは意外な気がします。しかも、こんなに優しくて繊細な曲……」

「みんなそう言うだろうな」

照れ隠しなのか、彼は苦笑しつつそっと鍵盤を弾く。ポロン、ポロン、とかすかな音。

「俺がピアノに夢中になったのはよこしまな理由だ。母の気を引きたくて必死に覚えた」

やや投げやりに言った周防の顔を、琴乃は無言で見つめる。

「ものごころがつく頃から、兄と弟のあいだで比べられて生きてきた。ほとんど家にいなかった父とは、成績の話くらいしかしなかったよ。兄の時はこうだった、弟に抜かれるなと言われて、勉強も武道も生徒会も必死にやった。それでも一番を取れなかった日には、広い屋敷の納戸に隠れたこともある」

ただ適当に弾いていると思っていた彼の指は、いつの間にか優しげな調べを奏でていた。聞いたことがない曲だ。さっき聞かせてもらった愛の夢と比べると、ずいぶん難易度の低いものに感じる。

ほのかに苦いものを端整な頬に漂わせ、彼が続ける。

「だから、ただ優しいだけの母が三人とも心のよりどころだったんだろう。……ああ、当時は妹もいたか。跡継ぎ候補からは外れていた妹は屈託がなくて、おまけに歳が離れていたせいかかわいかったな」

懐かしさと寂しさがない交ぜになったような表情で語る周防の話に、琴乃の声はすっかり奪い取られてしまった。琴乃の家も地元では名家と言われているが、古くから同じ場所にあるだけで中身は一般家庭とそう変わらない。本物のセレブである周防の家とは、格も違えば背負う責務も違う。

母のわがままに少し振り回されたくらいで腹を立てている自分が、とても小さな人間に思えてきた。たったひとりの娘だからと大事にされ、たいした悩みもなく幸せな子供時代を送ってきたではないか。

彼のことを、無機質で冷酷で、決して人を信用しない堅物だと思っていた。けれど、それは間違いだったと今ではわかる。本当は誰よりも寂しがりやで、普通の愛情を求めている。ただ、立場やプライドから、本心を見せまいとしているだけ。

そんな彼を今でも支えているだろうひとりの存在が気になり、琴乃は口を開く。

「私はひとりっ子なので、仲良しの妹さんがいるのは羨ましいです。妹さん、今はどちらに？」

「死んだよ。もう七年も前になる」

琴乃は短く息を吸い、胸の前で手を握り合わせた。

「……亡くなった？」

うん、とピアノを弾く手を止めることなく、周防が頷く。

「まだ二十一だった。当時はウィーンに音楽留学していたんだが、その時に事故に遭ってね。なにもかもこれから、という頃に亡くなったもんで、家族全員悲嘆にくれたよ」

琴乃は震える眉をひそめた。

「そんな……私、なんと言ったらいいのか……」

「なにも言う必要はない」

そう言った彼の淡々とした口調といつもの無表情には、悲愴感なんてみじんも感じられない。

七年。……七年で、最愛の妹の死を乗り越えられるものだろうか。きょうだいのいない琴乃にはわからない。

周防は、ぱっとこちらへ顔を向けて、薄く笑みを浮かべた。

「この曲は俺の誕生日に妹が作ってくれた曲なんだ。毎年命日にだけ必ず弾いているんだが、今日は珍しくお客が来たのでね。この曲を聞かせるのは君が初めてだ」

彼が顔を前に戻したと同時に、穏やかな曲調が一転し、勇壮なメロディーへと変わった。スピードは緩く、ずーん、ずーん、と時折響く低音が、凱旋した王者が威風堂々と歩く様を思わせる。

まるで周防そのものだと琴乃は思った。彼の妹は、実際に彼自身をイメージしてこの曲を作ったのだろう。

琴乃は無意識のうちに、ピアノを弾く周防に向かってふらふらと歩を進めた。やや斜め後ろから眺める彼の横顔は本当によく整っており、睫毛が長く、鼻筋がすっと通っている。

さらに近づき、後ろから覗き込むようにすると、鍵盤の上を滑る彼の手が意外にもきれいなことに気づいた。指は長く節くれだっていて、腕まくりした前腕にも、手の甲にも、太い血管が走っている。

今まで出会った男性の中で、彼が一番美しいということは疑いの余地もない。逞しい首から続く大きな肩が、彼の指が動くたびに力強く盛り上がる。

万が一彼と結婚したら、当然肌を合わせることになる。このシャツの中に隠された胸は、どんなに厚いのだろう。腹筋はやはり割れているのだろうか。それから肌は……どんな色をしているのだろう……

気がつけば、周防からほんのわずかな距離に立っていた。突然ピアノの音が止まる。こんな中途半端なところで終わるの？　戸惑う琴乃の手首が、急に立ち上がった周防に引っ張られる。

「きゃっ」

だーん、という耳をつんざく不協和音が、ピアノからもたらされた。いきなり周防に抱きしめられ、よろめいた琴乃の腰で鍵盤が押されたためだ。

痛いほど強く掴まれた手首。のしかかる大きな身体。そして、琴乃の唇には、周防の熱い唇が押しつけられている。

琴乃は一瞬のうちにパニックになった。抱きすくめる彼の腕から逃れようと懸命にもがくが、とんでもない馬鹿力でぴくりともしない。あまりの力の差に抵抗する気も失せた頃、彼の唇が離れ、少しだけ身体が軽くなった。目と鼻の先から冷たく見下ろしてくる彼を前に、琴乃の口からはなんの言葉も出てこない。

「あっ」

次の瞬間、琴乃はいきなりふわりと抱き上げられた。そのまま数メートル離れた場所にあるソファまで連れていかれて押し倒されてしまう。

「急に君が欲しくなった」

そう言うや否や、覆いかぶさってきた周防に再び唇を塞がれた。のしかかられたせいで胸が苦しい。目を閉じる前に一瞬だけ捉えた彼の瞳はらんらんと輝き、強い欲望に囚われているようで……

強く押しつけられた唇が、琴乃の唇を滑らかにねぶり、半ば強制的に歯列をこじ開けた。肉厚の舌が侵入してくる。彼はその舌で琴乃の口腔を淫らに犯しつつ、大きな手で髪をぐしゃぐしゃとかき回した。

「んっ、ふ、あっ……やめ――」

琴乃はいやいやをするように首を振り、抵抗を試みる。しかし、がっしりと抱え込まれていて、埒が明かない。ほとんど唇を塞がれているせいで、必死の叫びも言葉にならない。

やがて、一方の手が乳房をまさぐり始めた。さらに、鋼鉄みたいに硬くなった股間を太腿に押しつけられた途端、ついに堪忍袋の緒が切れた。

脚を激しくばたつかせたところ、周防がわずかに腰を引いた。その瞬間に身体をよじり、ソファから転げ落ちる。すぐに立ち上がり、身を起こした周防の頬目がけて、右手を大きく振りかぶる。

バシン！　とものすごい音がして、自分の手がじんじんと痺れた。目の前には、相変わらず能面みたいな顔をして、ソファの上からこちらを睨みつけている周防がいる。

「あなたって、最低！」

ありきたりな捨て台詞を残して、琴乃は周防の部屋を飛び出した。

＊

「くそっ」

ついにやってしまった。ついに――

琴乃のぬくもりが残るソファに腰かけ、周防は両手で顔をこすった。

彼女が出ていってから何分経過しようとも、周防はその場を動けずにいる。そして、海溝のごとく、深い、深いため息をついた。

（……ああ、いったいなんてことをしてしまったんだろう。彼女は俺を嫌っているのに。俺との縁談をどうにかして断ろうとしているのに）

眉間を指で押さえつつ、終始いい気分でいられた今日一日を、頭の中で振り返る。

昼になり、女らしいカットソーとジーンズというこなれた格好でやってきた琴乃は眩しかった。初めて行った近所のレストランは意外にも味がよかったし、買い物と称するデートもできた。ただ、想定外のトラブルに遭ったのはかわいそうだったが……

夕食はうまかった。本当だ。どんな高級な三ツ星レストランでも、彼女が作る料理の味には敵うまい。惚れた女がひと口食べるごとに「おいしい」と目の前で相好を崩していたら、なおさらうまく感じるものだ。

にここと屈託なく笑う彼女の頬には、かわいらしいえくぼが浮かんでいた。バラ色の丸い頬も、時に困ったように寄せられる眉も、思い出すと胸がきゅっとなる。それから、ゆっくりした瞬き、髪を弄るしぐさ。あの声、あの匂い……

周防はもう一度ため息をつき、視線をリビングの真ん中にあるグランドピアノに置いた。

演奏の腕前を褒められて、有頂天になっていたかもしれない。自分の身の上を話し、妹の死を語り、ほだされそうになった彼女の同情を利用したのかもしれない。

ピアノの音に惹かれるようにして、琴乃が近づいてきたのにはすぐに気づいた。その距離が縮まるにつれ、自分が落ち着きをなくしていくことにも。そして……

指は鍵盤を押さえることに集中しながらも、すぐそばから漂ってくる彼女の匂いに、ついに自制ができなくなった。これはもう犯罪だ。欲しいものを力ずくで手に入れようとするなんて、独裁者か犯罪者のすることだ。

周防はローテーブルの上からお猪口《ちょこ》を取り、残っていた酒をあおった。苦い。さっきまでとは全然違う味がする。

初めて琴乃に会った時、誰でもよかったと言ったが、あれは真っ赤な嘘だった。本当は、親戚のつてでひと目写真を見た時から彼女のとりこだったのだ。

年始に撮ったと思われる家族写真。母親は着物姿だったが、彼女はスーツを着ていた。見合いの当日、ラウンジにやってきた彼女の着物姿を目にした瞬間に、周防の胸ははち切れんばかりに高鳴った。身体の中心が熱くなる。初めて会った相手なのに？　と自分でも戸惑うくらいに。

さらに驚いたことに、周防の肩書を聞いても、彼女は媚《こ》びず、恐れなかった。その強さと本心でぶつかってこようとする正直さに、彼女なら信じられると思ったのだ。横柄な態度をとってしまったのは、照れ隠しだった。

立ち上がり、ポケットに両手を突っ込み、自分が座っていた三人掛けのソファを苦々しく見下ろす。唇には彼女の滑らかな唇の感触が残っている。手には柔らかな乳房の感触。脳裏には、首筋から立ち上《のぼ》る女性らしい匂いの記憶が。

彼女が欲しい。彼女の愛が欲しい。

その熱情は、無理やり唇を奪った今、最高潮に達している。ひとりの女性をなんとしてでも手に入れたいと思ったのはこれが初めてだ。ただ欲望を解消するためではなく、手を取り合い、生涯ずっとそばにいてほしいと思う相手。

だからこそ、権力を振りかざし、形ばかりの婚姻関係を結ぶのは嫌だった。

周防が欲しいと願って手に入らなかったものなど、これまでの人生でひとつもない。彼女の身も心も、絶対に手に入れてみせる。そのためにすることはたったひとつ、我慢することだ。

（それができたら今頃こんなことになってないんだがな……）

また嫌な汗が滲んできて、シャツのボタンを胸まで外す。力なくソファに身を投げ出し、明日の朝、彼女と顔を合わせた時になんと言うべきか悶々と考える周防だった。

＊

翌日の午前八時。

早々に出社準備を整えた琴乃は、部屋のインターホンが鳴るのを、玄関前で息を凝らして待っていた。

昨夜はほとんど寝た記憶がない。瞼《まぶた》を閉じれば周防の顔が浮かんだし、優雅にピアノを弾く彼の長い指も、音も、一向に頭から消えてくれず、胸が疼く感じがした。

『急に君が欲しくなった』

そう言っていきなり迫ってきた彼の瞳は熱に侵されており、琴乃の中にあった彼の印象を一気に覆した。いつでも冷静で、無機質な人だなんてとんでもない。あの時の彼にはスマートさなんて一ミリもなかった。もっと言えば無様だ。

……でも、それがかえって琴乃をどきどきさせた。

獣じみた欲望をまっすぐにぶつけられた瞬間、感じたことのない興奮が身体中を駆け巡った。このままどうなってもいい――男を知らない自分にそんな感情が生まれたのは、酒に酔っていたからか。それとも、彼のピアノの音に酔ったのか……。

その時、玄関のインターホンが鳴り、琴乃は飛び上がった。考えにふけっていたせいで、隣室のドアの音すら耳に入らなかったようだ。

「おはよう」

「お、おはようございます」

現れた周防はいつもと変わらぬ無表情をしていた。今日は濃いグレーの三つ揃いのスーツに青いネクタイをしている。もちろん、謝罪なんて期待していない。むしろ、ひっぱたいてしまったことを謝ったほうがいいのでは、そう思っていたくらいだ。

「行こうか」

彼がエレベーターのボタンを押して、すぐに開いたドアからふたりして乗り込む。周防の左側に琴乃が立つのが、もうすっかり定着した。

（ああ……めちゃくちゃ気まずいなあ……）

何気ないふりを装いつつも、琴乃は緊張していた。そういえば、昨夜は夕食の後片付けもせずに周防の部屋を飛び出してしまったのだった。彼が洗い物をするなんて想像もできないから、もしかしてあのままで……？

「昨日のことを謝るつもりはない」

彼が急に口を開いたので、琴乃はぴくりと肩を動かした。

「だから君も謝る必要はない」

その言葉に、琴乃はおずおずと視線を上げる。ちらりと窺った周防の左の頬には、平手打ちした際に爪が当たったのか、ひっかき傷ができていた。赤く、生々しい傷に、ちくりと胸に走る罪悪感。

「もしかして……これもゲームの一環ですか？」

尋ねてみるが、返事はない。気になって彼を見上げると、冷たく光る眼差しと視線が絡み合う。

周防はしばらくのあいだ、黙って琴乃の顔を見ていた。その視線がいったん唇に落ち、再び瞳を捉えた時には、彼の唇の端はわずかに上がっていた。

「その考えはなかった。しかし、君が意識してくれたのなら大成功だったな」

一階に到着したエレベーターから周防が足を踏み出した。そのあとから小走りでついていきながら、琴乃は悔しさを噛みしめる。

「べ、別に意識なんてしてませんから！」

まさか、弄ばれたのだろうか。あんなに真剣な顔をしていたのに……！

とはいえ、大人の男の考えることは琴乃にはわからなかった。ほとんど表情を変えない彼だから、なおのこと。

ところが、エントランスを歩いている途中で手を握られて、怒りはどこかへ去っていった。いったいなにを考えているのだろう？　表で待っているだろう運転手に見られてしまうではないか。

自動ドアを出ると、思った通り迎えの車が来ていた。手を引かれたまま後部座席に乗り込むと、「ところで」と周防が身体をこちらに向ける。琴乃は自分から手を引っ込めた。

「周和セキュリティの会社概要についてすべて覚えたか？　会社概要はもちろん、資産状況や受賞歴についても」

「覚えました」

「グループ企業については？」

「……大体は」

やや自信をなくして返すと、突然いくつか質問が飛んでくる。沿革、資本金、昨年度の純利益、株式など。大株主の名前は苗字しか答えられなかったけれど、彼は満足そうだ。

「よろしい。なかなか有能だ。どうやって君をそばに置いておこうかと思案したが、やはり秘書にしてよかった」

周防が再び琴乃の手を握り、鋭い目つきでじっと見つめてくる。その瞬間、琴乃の脳裏に昨夜の口づけがよみがえった。カッと顔が熱くなり、どういうわけか勝手に頬が緩んでしまう。

「どうした？」

「い、いえ」

「どこか具合でも悪いのか」

手を引っ張られ、互いの顔の距離が近づくと、変な汗が噴き出てくる。なぜか笑ってしまう顔を見られたくなくて、思い切り下を向く。

「なんでもありません」

「なんでもないって顔じゃないだろう」

「ちょっ……本当にやめてくださいって、ば……」

気がつけば彼もくつくつと笑っていて、思わず顔を上げた。いつもは鋭く尖った彼の目尻が、穏やかに弧を描いている。大きく横に広がった唇から白い歯が覗き、頬が上がっていて……

（周防さんが笑ってる……）

その最高の笑顔を目にした途端、琴乃の胸は張り裂けんばかりに高鳴った。

あまりにも端麗で、きらきらと輝いて見えるほどの魅力的な笑み。彼の顔から目が離せない。どこまでも続く砂浜で、ずっと探し続けていたきれいな貝殻を、やっと見つけられたような――

周防の顔に見とれていたことに気づき、慌てて彼の手を振りほどいた。

「か、からかわないでください！」

琴乃はぷりぷりと怒ったが、あくまでも『ふり』。

出会った当初は、彼がこんなに楽しそうな顔をするなんて想像もできなかった。それだけに、周防の笑顔は強烈に琴乃の胸に焼きつけられたのだ。

「じゃあ行ってくるよ。今日は会合のあとで懇親会があるから、緊急以外の用件はメールにしてくれ」

「わかりました。行ってらっしゃいませ」

外出する周防をエレベーター前で見送った琴乃は、扉が閉まった直後にくるりと背を向けた。あーあ、と伸びをする。昨夜眠れなかったしわ寄せが今頃やってきたようだ。

秘書室の隣にある給湯スペースでコーヒーをいれ、重役になった気分が味わえる豪勢な自席についた。やっぱりひとりはいい。気楽にやれるから、ということでは決してなく、秘書の仕事だけに集中できるからだ。すべて抱え込まず、雑多な仕事は総務に依頼するように——と周防から言われている。

コーヒーをひと口啜《すす》り、琴乃は日課であるメールのチェックを始めた。会社のホームページに記載している問い合わせ先が社長宛てのため、朝から結構な数のメールを読まなければならない。

これらのメールは、周防個人のアドレスにも同じものが届いている。一度尋ねてみたところ、彼はこのメールを全部見ているようだ。たびたび起こるようなクレームには、業務改善を命じているらしい。

メールを関係各所へ振り分けたのち、気になった島田典代のメールをもう一度開いてみる。嫌がらせのメールがまた来たのだ。

『お前をつぶしてやる』

強い悪意を感じるその一文に目を走らせて、思わず身震いした。以前にもこういったメールが届いたが、周防には『よくあることだ』と一蹴された。しかし念のため、コンプライアンス部に相談のメールを送る。

しばらくすると受付から内線がかかってきた。

「はい、秘書室です」

――あ、琴乃ちゃん？　由奈でーす。

「由奈ちゃん！　おはよう」

相手は同い年の平良由奈だ。

――ねえねえ、琴乃ちゃんてば、受付のカウンターになにか忘れ物してなぁい？

「忘れ物？　えーと、なにかあったっけ」

慌ててデスクの上を見回してみるものの、心当たりはない。

――取引先の名簿。思い出したかな？

『名簿』の部分を一字ずつ切るように言って、由奈が笑いまじりに告げる。

琴乃は、ああっ、と奇声をもらした。金曜日の帰り際に周防に渡すつもりでプリントアウトして持って下りたものの、受付に寄った際に平良と話し込んで、忘れてきてしまったようだ。

「ごめーん、あとで取りに行くから預かっ――」

――もしもし、壇さん？

途中でいきなりこわばった声に切り替わったため、びっくりした琴乃は言葉をのみ込んだ。町田さゆりだ。いきなり受話器を奪われたのか、後ろで由奈が抗議する声が聞こえる。

――あのね。こんなに重要な書類を人の出入りが多いカウンターに置き忘れるなんてありえないわよ。あなた、社長に認められたたったひとりの秘書なんでしょう？　秘書としてはおろか、社会人としても自覚が足りない。はっきり言って新人以下。こんな人が秘書についているだなんて、社長がかわいそうになるわ。

ものすごい勢いでぴしゃりと言われたため、電話にもかかわらず琴乃はがたがたと震えた。

「申し訳ありませんでした、以後気をつけますので……」

――もう二度とやらないでちょうだい。こっちも暇じゃないのよ。

再度、申し訳ありません、と平身低頭で電話を切った。そして、深々とため息をつく。

確かに、社外秘の資料を別の場所に置き忘れるなんて、とんでもない初歩的なミスだ。自分が悪いのはもちろんだが、さゆりの言い方は正直気になる。

この会社に初めてやってきた日に、由奈から聞かされた話をふと思い出す。周防の秘書が長続きしない理由を尋ねた時の、彼女の返答だ。

『もしかして、さゆりさんが嫌がらせとかしてたりして』

なんの根拠もない、ただの冗談だろうとその時は思っていた。しかし、さっきの辛辣な言い方はどうだろう。久々に置かれた秘書の座を射止めた琴乃に、嫉妬している？

まさか、あの嫌がらせのメールも……

いやいや、と琴乃はかぶりを振った。彼女が周防のことを好きで、新しい秘書が憎かろうとも、さすがに嫌がらせメールはないだろう。子供ではないのだし、だいいち、あのメールは周防に届いたもので、自分に宛てられたものじゃない。

「だめだめ、考えるだけ時間の無駄！　もうやらなければいいんだし、切り替えていこう」

席に座り直し、周防に頼まれていた文書の作成画面を開く。

琴乃はどちらかといえば楽天的な性格なのだ。自分の身に起きた嫌なことなど、さっきいれたコーヒーを飲み干す頃にはもう忘れていた。

第五章　愛の力は強いのでした

琴乃が周防のマンションで暮らし始めてから、一か月が過ぎようとしていた。季節は変わり、少し前まで硬かった桜の蕾も、すっかり春の顔だ。美しい薄桃色の花びらが、今にも綻びそうになっている。

キスをされてからしばらくは警戒していた琴乃だったが、今では互いの部屋を行き来するくらい心を許すようになっていた。

あっけらかんとした琴乃自身の性格もあるが、反省したらしい周防が『許しを得るまではなにもしない』と再度約束してくれたことが大きい。

週二回の早朝ランニングに加え、週末はどこかへ出かけて趣味を共有する生活が続いている。

周防の誘いで、ふたり一緒にジムで汗を流したり、逆に、向こうのキッチンで、彼に簡単な料理を教えることもある。もちろん、買い物だって一緒だ。彼の部屋のソファで映画を見ては、ああだこうだと感想を話すことも。

そうするうちに、最初は理解不能だった彼も、ごく普通の感情を持った男であることがわかってきた。いや、むしろ今では、軽妙で辛辣で謎かけみたいな彼とのやりとりを、琴乃自身楽しんでいる。

……そう、彼と話すのは楽しい。機知とからかいに満ちた手探りの会話は、恋の駆け引きを思わせる。

あれからキスのひとつもしていないのは、ひとえにふたりの意地の張り合いによるものだろう。

今のところ勝負は五分五分の状態といったところ。ちょっと気を抜けばすぐに足をすくわれそうな状態だが、琴乃はなんとか耐えている。おそらく彼のほうも。

「では、この書類を部長にお渡しください。それから、さきほどメールで送った発注物のリスト、見ていただけましたか？」

入り口から見て一番手前の席の女性に、周防から預かった書類を手渡しつつ、琴乃はへりくだって尋ねた。総務部のオフィスである。琴乃よりいくらか年下と思われるショートカットの女性が、こちらを上目遣いに見上げて回転椅子を後ろへ向けた。

「木本《きもと》さーん、なんかメール来てますー？　秘書室からぁ」

間延びした口調の彼女に対し、その後方にいた年配の女性がパソコンの画面を確認する。

「あ、来てますね。発注しておきますので」

「はい。ではよろしくお願いいたします」

年配の女性から視線を前に戻すと、ショートカットの女性が値踏みするような目で琴乃を睨みつけている。こんな女のどこが、といったところだろうか。琴乃が来る前は、周防の雑用を引き受けていたのは総務の女性たちだから、恨みたくなるのは無理もない。

失礼します、とドアを閉めてから、琴乃は深く息をついた。

他部署へ顔を出す際には、いつも蛇の巣穴にでも突撃する気持ちになる。けれど、それも慣れてきた。先々週あたり、琴乃が周防の婚約者だという噂が一気に広まってから、風当たりがますます強くなったのだ。

（そりゃあ、毎日同伴で出退勤してればね）

しかし、周防はもちろんのこと、琴乃も噂を否定するつもりはない。

その理由はふたつある。ひとつ目は、噂とは騒ぎ立てるほどドツボにはまるものだと、ふたりともわかっているから。それからふたつ目は、最近ふたりの距離が近づきつつあるせいで、この結婚が急速に現実味を帯びてきたことだった。

秘書室に戻り、コーヒーを片手にメールのチェックをした。それから、スケジュールの確認と落とし込み、会食や訪問のアポイント取りを行う。周防に言われていた社内報の文章は午前中に書き終えたので、比較的ゆったりと仕事ができる。

かすかな通知音とともに、タスクバーに新着メールのアイコンが表示された。クリックして受信トレイを開くや否や、琴乃は眉をひそめる。

「あー、まーた来た……」

例によって嫌がらせのメールだ。タイトルが無記入なのですぐにわかるようになったが、同じ犯人だろうか。

しかし、そのメールを開いてみてびっくりした。いつもはシンプルに短く、主語すらないような文章なのが、今日届いたものは画面が黒く見えるほど、びっしりと文字で埋め尽くされている。

それを目で追っているうちに、胸にもやもやと嫌なものが広がった。メールの内容は、周防が都内に愛人を複数囲い、月に億を超える手当を支払うために会社の金を流用していること、また、その愛人のうちふたりを妊娠させ、ひとりには手切れ金として一億円を渡し、もうひとりには子供を産ませ通い夫のような生活をしているのだと、リークするものだ。

琴乃は怒りに震えた。内容は告発と見えなくもないが、これはまったくのでたらめだ。毎日琴乃とほぼ一緒に過ごしている周防が、通い夫なんてできるわけがない。それに、彼がそんな人ではないということは、自分が一番よくわかっている。

思わず立ち上がり、うーっと唸った。いったい誰がこんなメールを……

こういった不審なメールが届いた場合はコンプライアンス部に知らせるようにしているが、実際はスルーされているも同然だった。これまで実害がなかったことと、送信者の特定にかかる手間が無駄だと周防は言う。社員にはくだらないことに時間や心労をかけてほしくないのだそう。

彼は強い人だから、平気でいられるのだろう。でも、さすがにこんなメールが届いたら嫌な気分になるだろうし、琴乃に見られたと知ってプライドが傷つくかもしれない。

どうしたものかと思案していると、いきなり社長室のドアが開いた。周防が戻ってきたらしい。心臓が飛び出るほど焦りつつ、件のメールを急いで別のフォルダに移す。

「ただいま」

人ひとり通れるくらいに開いていたドアの陰から、周防がぬっと顔を覗かせた。

「お、おかえりなさい」

立ち上がって言うと、周防が怪訝《けげん》な顔をする。

「どうした？」

「い、いえ。なにも」

「そうか。コーヒーを頼む」

少し疲れた様子で言った彼は、秘書室に入ってきて椅子に腰かけた。琴乃が他部署の人と打ち合わせができるようにと、最近になってテーブルと椅子を置くようになったのだ。

すると、琴乃のパソコンからまたメールの新着を告げる音が鳴った。琴乃はどきりとしたが、そのまま給湯室に向かおうとする。

「メールが来てるぞ？　見ないのか？」

「先に周防さんにコーヒーをいれようかと」

「俺はあとでも構わない」

こちらをじっと見つめてくる彼の眼差しが、なにかを訝《いぶか》しんでいるようだ。琴乃は重い足取りでデスクに戻り、受信トレイをクリックする。が――

メールを開いた瞬間、思わず目を見張った。宛先は『社長室』でも『お問い合わせ』でもなく、琴乃個人のアドレスだ。やはりタイトルのないメール本文にはこうある。

【周防将偉との結婚を諦めろ　どうなっても知らないぞ】

（なんなの、これ）

たったこれだけだったが、琴乃を恐怖に陥れるには十分だった。すっかり気が動転してしまい、削除ボタンにカーソルを重ねる。

すると、マウスを掴む右手に大きな手がいきなり重なり、琴乃は思わずひゃっと声を上げた。

「消すな。証拠が残らなくなる」

振り返ると、氷のように冷たい目をした周防が、ぴたりと背後に寄り添っていた。いつの間にか後ろへ回り込まれていたらしい。

「以前に、君宛てにこういうメールが来たことは？」

肩をそっと撫でられて、琴乃は少し落ち着きを取り戻した。静かに首を横に振る。

「これが初めてです」

「ほかに、今日なにかあったか？」

周防が戻ってくる直前に届いたメールが即座に頭に浮かんだが、すぐには言い出せずに無言になる。

「琴乃」

彼は隣にかがみ込み、困ったように眉を寄せた。

「頼む。俺にだけは隠し事をしないでくれ」

じっと覗き込んでくる真剣な眼差しに、琴乃はすぐに観念した。

「実は……周防さんが帰ってくる直前にメールがあったんです」

「いつものやつか？　無視していればいい」

「それが、今日のはいつもとは違っていて……」

マウスを操作して、『急ぎでないもの』と書かれたフォルダをクリックする。見たくない文章が表示され、琴乃は画面から視線を逸らした。立ち上がった周防は、その文章を無言で読み始めた。

やがて「なるほどな」とだけ言うと、再び琴乃の前に腰を落とす。

「このメールの内容を君は信じるか？」

「いいえ」

「本当のことを言ってくれ」

琴乃の頬に指で触れながら尋ねる彼の声は、あくまでも優しい。眼差しは穏やかで、石のように固い彼の心は微塵も揺れていないのだということが伝わってくる。

琴乃は泣きたくなった。こんなメールで動揺してしまう自分が悔しい。彼をこんなふうに言われたのが悔しい。

こんな気持ちになるのは、周防のことをもう好きになっているからだと痛いほど自覚する。

彼の口車に乗って、勝負なんて始めるから。だから言わんこっちゃない。『君のほうから首を縦に振る』――そう言っていた周防の思うつぼではないか。

「俺はそんなに器用な男じゃない。君ならわかってくれると思うが」

まっすぐに覗き込んでくる瞳に、こくりと琴乃は頷いた。

周防はとても不器用で真面目な、朴訥《ぼくとつ》とした堅物だ。最初は意地の悪い傲慢な男かと思っていたけれど、あれは本心を隠すための鉄仮面だったに違いない。後継者となるべく厳しい競争の中で育てられたため、素の自分を見せないよう強固な殻で守っているのだ。

琴乃はもう一度深く頷いた。

「あなたを信じます」

「それでいい」

男らしい顔に浮かんだ魅力的な笑みに、琴乃の頬はぽっと熱くなった。やっと見せてくれるようになったこの笑顔には本当に弱い。普段の冷たく整った表情とのギャップで、胸が苦しくなるほどどきゅんとなってしまう。

給湯室でコーヒーをいれた琴乃は、打ち合わせスペースのテーブルにカップをふたつ置いた。周防のは来客用のコーヒーカップ、琴乃は自宅からもってきた愛用のマグカップだ。

「俺宛てのメールはともかく、君が心配だな。今夜から俺は東京を離れることだし」

彼好みの熱いコーヒーを啜《すす》りながら周防が呟く。

周防が今夜から札幌へ出張だったことを思い出して、琴乃はがっかりした。今日は水曜日で、彼が戻るのは金曜の午後。彼がいない二日ものあいだ、どうやって過ごそう。

彼に出会う前は実家でどう暮らしていたのか、思い出せないくらいに今が輝いている。

琴乃はわざと大げさな笑みを作り、隣に座る周防の腕に手をかけた。

「大丈夫ですよ……！　秘書室には鍵をかけておきますし、外に出れば人目もあるんですから」

しかし彼は、琴乃の手に自分の手を乗せて深刻な顔をする。

「犯人が外部の人間とは限らない。……いや、むしろ俺は社内の人間を疑っている。実を言うと、あのおかしなメールは君が来る前はぱたりと止んでいた」

「え……？　一件もなかったんですか？」

硬い表情で頷く周防の顔から目が離せない。彼の腕に乗せた手に嫌な汗が滲むのを感じて引っ込めようとすると、その手が強く握られた。

「余計な心配をかけまいと今まで黙っていた。しかし、君にまで危害が及ぶのなら話は別だ。俺がいないあいだ、腕利きのボディーガードをふたりつけよう」

「ボディーガード？　そんな大げさな――」

思ってもみなかった事態に顔を上げるが、張り詰めた彼の表情を見た途端に言葉をのみ込んだ。

狼みたいな目が炯々《けいけい》と光っている。強い決意――琴乃を絶対に守るという決意が窺えて、ぞくりと背中が冷えた。

「そんな悠長なことを言っていて君になにかあったら、俺は自分を殺したくなるだろう。

だからこれは、俺のためでもある。幸いうちはセキュリティ会社だ」

「周防さん……」

唇が震えるのを抑えようと、琴乃は口元にギュッと力を入れた。案ずるような顔でこんなことを言われたら、なにを言っていいのかわからなくなる。

好きだと言われたことは一度もない。でも、今の言葉はきっと本物。そもそもが、腹の探り合いみたいな器用なこともできないふたりなのだ。

琴乃は彼の瞳をじっと見つめながら、大きな手を握り返した。

「私、信じてますから。いろいろと不安ですけど、きっと犯人は見つかると思ってます。それに、周防さんといると……その、守られているというか、安心できるというか……あ、あれ？」

言っているうちにわけがわからなくなってきて、とんでもないことを口走ってしまった気もする。

胸がどきどきして今にも壊れそうだ。握った手からそれが伝わらなければいいと思いつつ、下を向く。

しばらくのあいだ沈黙が続いた。最初は心地よく感じていたそれが気になりだし、琴乃は顔を上げる。すると、周防はあらぬ方向を向き、片手で琴乃の手を握ったまま、もう片方の手で口元を押さえていた。

「周防……さん？」

「あ、いや……」

珍しくうろたえた様子でこちらを向いた彼の顔は、ほんのりと上気している。ええっ、と琴乃は心の中で声を上げ、勢いよく顔を背けた。

（す、すすす周防さんが照れてる……！）

琴乃の前でだけは比較的笑顔を見せるようになった彼だが、こんな無防備な顔は今まで一度も晒したことがなかった。いけないものを見てしまった気になって、ますますなにも言えなくなる。すると、彼がコホンと咳ばらいをした。

「琴乃」

「は、はい……？」

「突然だが……君にキスしても？」

ぼん！　と身体から火を噴きそうになる。

「あっ、あのっ……き、きき、キスですか？」

周防がくすっと笑みをこぼした。ハッとするほど妖艶な顔をして、琴乃の頬に手を当てる。

「焦りすぎだ。いつかみたいに叩かれちゃ堪らないから、許可を取らないと」

「そんないじわる言って……」

おずおずと顔を上げると、端整な顔がすぐそばに迫っていた。彼が笑いながら唇を寄せるものだから、頬に息がかかる。琴乃の心臓は壊れんばかりに拍動を強めた。彼も同じようにどきどきしてくれていたら嬉しい……。

瞼《まぶた》を閉じると同時に、羽根みたいに柔らかな感触が唇に触れる。ちゅ、と優しく吸われると、血液がぐるぐると身体中を駆け巡るような感じがした。

（ああ……）

琴乃は吐息をもらしながら、もっと深い口づけを求めようと無意識のうちに前のめりになった。

待ち焦がれていた。ずっと。

あの日、無理やり唇を奪われてからというもの、彼の唇に目がいってしまって仕方がなかった。心の距離が近づくにつれ、『許しを得るまではなにもしない』と言われたことが寂しくて、枷《かせ》があるように感じて。

本当は、心の底でこうされることを願っていた。もちろん、キスの先だって——

そのせいか、琴乃はあまりにも気負いすぎていた。握った周防の手がぴくりと動き、唇が音を立てて離れる。

「力を抜いて」

唇同士をくっつけたまま、彼が囁く。唇にかかる吐息が艶めかしくて、くらくらする。

どうやら思い切り彼の手を握りしめていたらしい。

「痕になった」

「ごめんなさい」

恥ずかしさのあまり、小声で謝る。

「いや。嬉しい痕だ」

「きゃっ」

彼の笑い声が聞こえたかと思うと、琴乃の身体はひょいと抱き上げられた。

膝の上で横抱きにされ、大柄な彼をやや見下ろす体勢になった。どぎまぎする。密着した彼の身体が筋肉質だからか、余計に背徳的な気持ちになってしまう。

「琴乃」

蠱惑的《こわくてき》に揺れる彼の瞳の中に、戸惑う自身の姿があった。周防が、琴乃の髪に手を差し入れる。

そして、掴まれたうなじが優しく引き寄せられる。

互いの唇が再び重なった途端、琴乃の身体は強く抱きすくめられた。肺から空気が押し出される。弾力のある胸の筋肉は意外にも柔らかく、包まれるような心地よさだ。

柔らかな周防の唇が、ちゅ、ちゅ、と小さな音を立てて琴乃の唇をついばんでいく。

まるで、大切な宝物を愛でるように。愛おしいものに深く気持ちを伝えるかのように。

琴乃はその口づけにうっとりする反面、迷いも感じていた。

出会いは最悪だった。琴乃にとって周防は仕組まれた見合いの相手で、彼にとっては、『誰でもよかった』形ばかりの婚約者候補。実際、彼みたいな人の結婚には愛なんて必要ないのだろうと思っていた。

なのに、日を重ね、一緒にいる時間が長くなるごとに、優しさを内に秘めた冷たい仮面が、ぽろり、ぽろりと剥がれていく。気づけば顔つきも柔らかくなり、よく笑うようになった。さっきだって、あんな照れた様子まで見せて……

周防の指が顎にかかり、琴乃は口を開けた。するりと舌が忍び込んでくる。艶めかしくうごめくそれが、琴乃の舌を絡め取り、ゆっくりと上顎をなぞる。

「ん……ふ」

重なった唇の隙間から、自然と吐息がもれた。鼻腔をくすぐるのは、コロンの香りと男らしい彼自身の匂い。大きな手に背中をまさぐられて、まだ知らない女の悦びが全身を駆け巡る。

薄く瞼《まぶた》を開けると、こちらをじっと覗き込む瞳と視線が絡み合った。

琴乃は瞬間的に彼の腕から逃れようと身をよじる。けれど、決して逃すまいと、周防の腕にますます力がこもる。

「だ……め」

「往生際が悪いな」

周防が唇を離さずに言うから、吐息が口の中に流れ込んできた。再開する情熱的な口づけ。巧みにうごめく唇と舌での愛撫によって、身も心もとろとろに溶けていく……。

（これが大人のキスなんだ）

ぼうっとする頭の片隅に浮かんだ言葉を反芻しつつ、琴乃は甘いキスに酔いしれた。


（なんだか大事になっちゃったなあ）

定時を回り、ふたりのボディーガードに前後を挟まれるようにしてエレベーターを降りながら、琴乃は嘆息した。

夕方、周防がスーツケースを片手に出張に出る頃、すれ違いでスーツ姿の男性ふたりが社長室に入ってきた。いずれも三十過ぎくらいの強面の男性で、周防に引けを取らない体格をしている。彼の話によると、普段は海外からやってくる要人の警護をしている人たちらしい。

周防が出かけたあと、彼らのうちひとりは社長室にいて、ひとりはエレベーター前で見張りをしていた。社長室と秘書室とのあいだのドアは開けたまま。まるで戒厳令《かいげんれい》でも敷かれたような重苦しい空気の中仕事をしていた琴乃にとって、時々入る周防からのメッセージだけが救いだった。

前を歩く年かさの男性——門倉《かどくら》というらしい——に、琴乃は後ろから声をかける。

「あのー、私が今どこに住んでいるかご存じですか？」

「はい。社長からすべて伺っておりますので」

「あ、ああ……そうでしたか」

ということは、すでに広まっている噂を周防が肯定したことになる。こういった要人の警護に当たるような人が口が軽いとは思えないけれど、あまり多くの人に知られたくはない。

地下駐車場にはいつもと違う車が用意されており、門倉が後部座席のドアを開けてくれた。そこへ琴乃は身をかがめて滑り込む。

「私、今日は実家に帰ろうと思うんですけど、だめですかね？」

「いえ。それはご自由にどうぞ」

無表情で返した門倉が隣に座り、ドアを閉めた。助手席にはもうひとりのボディーガード、伊島《いしま》が乗り込む。

車は地上への坂道を上《のぼ》りきり、夕暮れの都会の道路に吸い込まれた。道は混んでいる。周防が出た時は比較的すいていてよかった。

それから三十分ほど走り、見知った道に入ると急に懐かしい気持ちが込み上げてきた。家へ戻るのはほぼひと月ぶりだ。もはや自宅というより、実家と呼ぶにふさわしい。

戦火をかいくぐって生き延びた壇家は、都心近くの閑静な住宅街にある。地下鉄の駅に近いことから人気も高く、周りはマンションや瀟洒《しょうしゃ》な豪邸ばかり。琴乃の家は古いだけあって、門や塀が区の文化財に指定されており、おいそれと改築できないのが悩みの種だ。

きれいに整備された道路は歩道を広くとってあるため、車道は狭い。仕方なく、車は家から二百メートルほど離れた場所に停めてもらった。琴乃はスーツ姿のいかつい男ふたりを従えて、歴史的建造物に見えなくもない自宅の数寄屋門《すきやもん》をくぐる。

「あらー、琴乃！　久しぶりねえ」

木でできた古い引き戸を開けると、飛んできた母がけたたましい声を上げた。相変わらず元気そうだ。今どきの中高年は若者よりも元気かもしれない。

「ただいま、お母さん。お元気そうで」

「元気も元気よ。あなたこそ――あら、どなたかいらしてるの？」

そう言って怪訝《けげん》な顔をする母の視線は琴乃の後ろ、だいぶ遠くを捉えている。

「あ、ああ、なんでもないの。ちょっと待ってね」

琴乃は急いで門まで走り、外に立っているふたりに声をかけた。

「今日は送っていただきまして本当にありがとうございました。ではこれで」

そそくさとお辞儀をして戸を閉めようとしたところ、グローブみたいな手が木戸を掴む。

「……まだなにか？」

「社長には二十四時間お守りするようにと言いつかっておりますので、こちらで待機いたします」

険しい顔で告げる門倉に対し、琴乃は「えっ」と目を丸くした。

「いやあ、それには及びません」

「社長の言いつけを我々が守らないわけにはいきません」

若手の伊島がぴしゃりと言い放つ。琴乃は眉をひそめた。

「でも……あなたがたも寝ないわけにはいかないでしょう？　それとも、うちでよかったら泊まっていかれます？」

「それでは社長に叱られます。交代でここに立ちますのでご心配なく」

厳めしい顔で言い返す門倉は、まるで周防のコピーロボットだ。でも、ここに夜通し立たれたら琴乃が困る。スーツ姿の屈強な男がひと晩じゅう立っていたら何事かと思われるだろう。

「うちには家族がいますし、周和セキュリティの防犯システムが入っているので大丈夫です。明日に備えるためにも、お願いですから休んでください」

琴乃は頭を下げて必死に懇願した。すると、願いが通じたのか彼らが顔を見合わせる。

なにやらひそひそと小声で話したのち、年長者の門倉がこちらを向いた。

「では、我々は車におりますので、少しでも異変がありましたら必ず電話してください。朝になったらお迎えに上がります」

「ありがとうございます！　……あ。お食事はしていかれます？」

「いえ、結構です」

門倉は冷たい表情でそう返して、伊島を引き連れてもと来た方向へ歩いていった。

（無愛想なところはボスに寄せているのか、それとも、憧れてるのかなあ……）

車を停めた広い通りまで歩くふたりの後ろ姿を見送りながら、首を捻《ひね》る。周防が腕利きと認める、大学時代の剣道部の後輩だという彼らは、出会った当初の周防そっくりだ。

「あら、お帰りになったの？　セールスかなにかかしら」

琴乃が振り返ると、いつの間にか母が後ろに立っていた。一瞬ギョッとしたが、すぐに素知らぬ顔をする。

「う、うん。そうみたい」

門扉《もんぴ》に鍵を下ろし、先立って玄関へ向かいながら、琴乃はホッと胸を撫で下ろした。我が家に駐車スペースがなくてよかった。ここで待機なんかされたら、夜通し停まっている黒塗りの車があると、母に通報されるところだった。

「はあ〜あ！　ただいま、私のベッド」

夕食時、両親からの質問攻めにひと通り付き合うという苦行を終えた琴乃は、自室のベッドに背中からダイブした。

ぎしぎしと派手にきしむスプリングが懐かしい。周防が用意してくれたベッドはこんな音なんてしないが、長年連れ添ったこのベッドにはやはり愛着がある。

（ホント、家に帰ってくるの、久しぶりだな……）

頭の後ろで両手を組んで、改めて部屋を見回す。

よく見れば、古いのはベッドだけじゃなかった。こうしていったん離れてしまうと、それまで見慣れていた自宅のすべてのものが、なんとなく別のものに見えてくるから不思議だ。

子供の頃から知っているシミがついた天井も、鴨居《かもい》にかかっている賞状も、タンスの脇に提げられた、初任給で買った安物のバッグも。

もちろん嫌になったわけじゃない。抱いているのは、ここは本当に自分の部屋なんだろうか？　という純粋な驚きとかすかな違和感だ。一度外で暮らしてしまうと、こんなふうに思うのかもしれない。

「あー、早く帰りたいなー……い、いや、私、何言ってんの!?」

不意に口をついて出た言葉に、自分でびっくりして飛び起きる。しかし、少し考えてこれが本心だと認めた。せっかく帰ってきた家だけど、帰りたいのはここじゃない。伝統的な日本家屋はひと部屋が狭いし、マンションと違ってなにかと不便だ。この部屋に至っては、周防の部屋の玄関くらいの広さしかないのではないか。

古めかしい壁掛け時計を見ると、針は八時ちょうどを差している。いつもなら、周防とふたりでレストランで夕食を食べている頃だ。

今晩彼はなにを食べたのだろうか。出張先は札幌だから、新鮮な海鮮か、それとも取引先と一緒にジンギスカンか。この時間だと、食事はもう終わっているかもしれない。

だとしたら、今頃なにをしているだろう。なにをしていてもいいけれど、頭の片隅では私のことを考えてくれているといい。

「ああ〜〜……」

琴乃はベッドの上で、ダンゴムシみたいに丸くなった。

（私、周防さんのことばかり考えてるじゃん……）

夕方、周防をエレベーター前で見送ってからこの方、彼が完全に頭の中から消えたことなど一度もない。なんでも行動をともにすることがルーティーンになっていたのだ。ベッド以外はほとんど一緒だったのに、三日もひとりきりだなんて……

すると突然、秘書室でのキスを思い出してしまい、がばりと身を起こす。

あの甘いひとときを思い出すだけで、どきん、どきん、と胸が張り裂けんばかりに高鳴った。

『突然だが……君にキスしても？』と言った時の、彼のはにかんだ顔。

『琴乃』と呼んだ時の声の響き。

そして、甘く淫らに琴乃を翻弄する意外にも柔らかな唇。艶めかしい舌の動き……

「きゃーっ……やだぁ……」

思わず両手で顔を覆った。あの時の一部始終を思い出すだけで口元が緩み、目尻がだらしなく垂れ下がる。ああ、こんなことになるなんて。こんな気持ちになるなんて。

このときめきを知ってしまった直後に離れ離れになるとは、生殺しというほかない。

もともと琴乃は、あまり女らしいほうではなかった。その自分が、急に恋に目覚めてしまったみたいなのも、すごく気恥ずかしい。

しばらくベッドの上で悶えていた琴乃だったが、ふと妙案を思いついた。このままでは、周防のことが気になって夜も眠れなそうだ。ここは秘書であることを利用して、明日の行動について確認のメッセージでも送るべきではないか。

ベッドの下に手を伸ばし、バッグからスマホを取り出した。にやにやしながらメッセージアプリを開くと、なにやら玄関のほうから声がする。

（お客さんかな）

声を無視して周防にメッセージを打ち始めたが、すぐに指を止めた。襖《ふすま》の向こうからは大声で話しながら近づいてくる母の足音。

「それでねえ、あの子ったら急に帰ってきたのよ。ちょっと待っててね。——琴乃？」

がらっと襖《ふすま》が開いて、満面の笑みを湛えた母が顔を覗かせた。

「ねえ、央士君があなたに会いたいって来てるんだけど」

「ええっ⁉」

慌ててベッドから立ち上がる。

「え？　で、なんて？　もしかしているって言っちゃったの？」

「当たり前じゃない。ほら、早く」

背を向けて戻ろうとする母の腕を、琴乃は素早く掴んだ。

「無理。ねえ、無理だから。私はいつの間にか出かけちゃったことにして」

「あら、なあに？　変な子ねえ。せっかく幼なじみが会いに来てくれたんじゃないの」

怪訝《けげん》な顔を向けられるが、無理もない。母は琴乃が央士と別れた本当の理由を知らないのだ。

両親は近所に暮らす央士の子供を、琴乃と別れたあとに付き合った妻とのあいだにできた子だと思っている。

「とにかく私はいないって言って。——ひっ」

部屋の前で押し問答をしていると、いきなり廊下の曲がり角に央士が顔を出した。急いで部屋の中へ逃げ込もうとした時、琴乃を不運が襲う。中途半端に開いた襖《ふすま》に、足の小指をしたたかにぶつけたのだ。

「いった～～～！　もうっ！」

「まったく、なにやってるの……」

うんうんと呻《うめ》きつつうずくまる琴乃の後ろで、母は呆れ声だ。しかもその隣で央士が笑っている。この前なにをしたか忘れたのだろうか。このこのこの！　と、心の中で叫んだ。

「おばさん、ちょっと琴乃をお借りしてもいいですか？」

「ええ、いいわよ」

「はあ⁉」

勝手に進められる会話に、痛みがどこかへふっ飛び、すっくと立ち上がる。さっきまで甘美で情熱的な思い出に酔いしれていたというのに、今一番嫌いな男とふたりきりになるなんて冗談じゃない。

「ほら、行ってきなさいよ。央士君、琴乃の結婚式にはぜひ来てちょうだいね」

「ちょっ……！」

やたらと上機嫌な母にぐいぐいと背中を押され、前からは央士に手を引かれ、無理やり玄関まで連れてこられる。

（うっ）

央士に手首を掴まれているというだけで身の毛がよだつ。あとで念入りに洗わなければ。

引きずられるようにして玄関を出た琴乃は、数寄屋門《すきやもん》の外に出るなり央士の手を振り払った。

「ちょっと、どういうつもり？」

「相変わらず気が強いなあ」

数歩先を歩く央士が、白い頬でへらへらと笑いながら言った。昔はこの優男みたいな顔が好きだったが、今は軽薄そうに見える。いや、実際軽薄なのだ。あんたの奥さんよりはマシだよ、と言い返したいのをぐっとこらえた。

「どこに行くの？　私は特に話すことないんだけど」

「『うさくま公園』だよ。懐かしいだろう？」

うさくま公園はここから一番近くにある、都会にしてはまああの規模の公園だ。もちろん正式な名称ではない。ウサギの形をしたすべり台、ブランコ、鉄棒やうんてい、クマのデザインのスプリング遊具などがあり、同じ幼稚園に通う子供たちでよく遊んだものだ。

うさくま公園までは、琴乃の家から約五十メートル。さらに二十メートルほど先へ進むと央士の家がある。ボディーガードの乗った車が待機している道とは逆方向だし、スマホも忘れてきてしまったので少し不安だ。

学習塾を横目に見て、区民センターを過ぎると公園が見えてきた。グリーンのフェンスで囲まれた内側には注意書きの書かれた看板があり、街灯に照らされた樹木が黒くそびえている。

腹の虫が治まらない琴乃は、央士からだいぶ遅れて公園に足を踏み入れた。けれど、あまりにも久しぶりに見た光景に、わあ、と感嘆の声を上げた。仲良しの友達ばかりが集まってよく遊んだあの頃、あんなに広くてどこまでも駆けていけた公園が、ものすごく小さく見えたからだ。

ブランコは今の自分が立ちこぎなんてしたら、梁《はり》の部分に頭をぶつけそうだった。うんていも鉄棒もやたらと低く、最初は上《のぼ》るのが怖いくらいだったウサギのすべり台も、せいぜい二メートルくらいの高さしかない。そういえば、このすべり台の途中から落ちて泣いたこともあったっけ。

小学校に上がってからも何度か来た記憶はあるけれど、その頃にはもっと大きな別の公園がホームグラウンドになっていた。高学年になり、興味の対象が女の子同士でのおしゃべりや手紙交換、お絵描きなど、屋内でできることに移ってしまったために、あまり外で遊ばなくなった。

「懐かしいな……」

小さく呟くと、央士がくるりとこちらを向いて笑う。

「まあね。俺はよく来るけど」

ふうん、と気のない相槌を打ちながら、琴乃は両手を握りしめた。そうか。彼には小さい子供がいるのだった。結婚目前の相手を差し置いて仲良くなった人とのあいだにできた子が。

央士がブランコに飛び乗り、立ちこぎの姿勢をとった。

「なあ、琴乃。このブランコでよくふたり乗りしたよな。学校では禁止されてたけど、仲間内ではやっててさ。みっちとトモが落ちて怪我したよね」

「あったあった。あの頃ケータイとか持ってなくて、学校まで走って知らせに行ったんだよね」

せっかく力を込めていた口元が自然と綻んでしまう。央士に対しては腹が立つものの、やはり思い出は今でもきらきらと輝いている。

琴乃はブランコを囲む柵に腰かけ、央士を視界の隅に捉えた。確か、彼の身長は百七十センチにも届かなかったはずだ。その彼の頭でも梁《はり》にすれすれ、ということは、百九十センチ近くもある周防では、ブランコのてっぺんから顔が出てしまうだろう。……いや、彼なら筋トレと称して、支柱の梁《はり》で懸垂《けんすい》でも始めるかもしれない。

その姿を想像した琴乃は、くすくすと笑いをもらした。

「なんだよ。昔を思い出してたの？」

央士が話しかけてきたので、ぷいと横を向く。

「別に。好きな人のことを考えてただけ」

きぃっ、とブランコがきしむ音がした。振り向くと、央士が地面に下りてこちらへ近づいてくる。琴乃は立ち上がった。いくら相手が元恋人でも、暗がりにふたりきりではちょっと心細い。

ところが、身構える琴乃の不安を裏切り、彼はいきなり頭を下げた。

「ごめん！」

「……は？」

深く腰を折った央士の細いうなじには、茶色い髪がかかっている。こんなところでいきなり頭を下げられても、と周りを見回すが、幸か不幸かほかに人はいない。

「急にどうしたの？　もしかして、いつかのデパートでのこと？」

琴乃が尋ねると、央士はおずおずと顔を上げて、こくりと頷いた。

「あの時は本当にごめん。俺、琴乃に謝りたくて……でも、どうしたらいいのかわからなくてずっと悩んでたんだ。そしたら今日、お前が家の前の道を歩いているのを見かけてさ」

（あー、見られてたのか……）

しくじった、と琴乃は口を曲げた。

「なあ、琴乃」

「な、なに？」

央士が急に距離を詰めてきたので、琴乃は後ずさりした。

「さっきおばさんが結婚式がどうとか言ってたけど、嘘だよな？　あのデパートでお前と一緒にいた男、お前のこと『婚約者』とか言ってたけど、違うだろ？　あんな男趣味じゃないよな？」

「だったらなんだっていうのよ。ちょっと、こっちに来ないで」

「なんでだよ。別れたって幼なじみなのは変わらないだろう？　そうだ！　同窓会やらないか？　俺と琴乃とで幹事やってさ。みっちとトモにも協力してもらって。……あっ、そういや、前にあいつらもやりたいって言ってたんだ」

饒舌に語りながらずんずんと近づいてくる央士が怖い。気づけば公園の奥のほう、暗がりに足が向かっており、ボディーガードを車で待機させてしまったことを悔やむ。

「わ、私、もう帰らないと」

さりげなく入り口へ向かうように大回りし、央士と距離を取る。

「すぐ近くじゃないか。子供でもないいんだし」

「こっ、子供じゃないから警戒してるんでしょう……！」

その時、勢いよく砂を蹴った央士が琴乃へ向かって手を伸ばした。

琴乃は急いで逃げようとしたが、元来、運動嫌いの身だ。早朝ランニングの成果もむなしく、あっけなく捕まってしまう。

琴乃は央士に後ろから抱きすくめられた。いくら線が細いとはいえ、そこはやはり男だ。もがいても逃れられるわけもない。

「あの時再会して、やっぱりお前のことが好きだとわかったんだ」

央士の荒い息まじりの声が耳をかすめる。

「やめて……！」

「俺はやっぱりお前と結婚するべきだったんだ。だからこうして、夜にでもたまに会えないかな？　なにもしないから」

「はあ⁉」

央士の勝手な言い分に、頭の中が一気に沸騰した。

大人の男女がたまに会って話すのも、食事をするのも構わない。しかし央士は既婚者だ。しかも、こうして妻ではない女に好きだと言い、後ろから抱きしめてもいるのに、『なにもしない』とは寝ぼけているのか。

「央士……」

琴乃は静かに震えた。久方ぶりに名前を呼ばれたせいなのか、「ん？」と、上機嫌に尋ねる声がする。

次の瞬間、琴乃は胸の前で握りしめた両こぶしを思い切り突き上げた。周防に教わった、後ろから羽交い締めにされた時の脱出術だ。無事に抜け出した琴乃は振り返りざま、反動でよろめいた央士の股間目がけて、素早く蹴り上げる。

「うあ――っ!!」

つま先がほんのちょっとかすめただけで、彼は断末魔の叫びを上げてその場にうずくまった。当たった感触はへなちょこなものだったが、周防の言う通り強烈な痛みだったらしい。

（ちょっとやりすぎた？）

ちくりと胸が痛んだが、わずかに頭を上げた央士の顔を見た途端、そんな生ぬるい気持ちは吹っ飛んだ。

「あんた馬鹿なんじゃないの!?　この前周防さんに叱られたばかりでしょう？　もう二度とうちに来ないで！」

大声で啖呵《たんか》を切った琴乃は、大股で公園をあとにした。

走って家に戻るとけたたましく戸を閉め、塩でも撒いてやろうとキッチンに飛び込む。塩の入った容器を掴んだところで驚いた母が飛んできた。

「ちょっと琴乃！　どうしたの？　央士君は？」

琴乃はふーふーと荒く息をつき、困惑している母の顔をちらと見た。

「……なんでもない」

塩を元あった場所に戻して、キッチンから出る。

ふたりのあいだになにがあったかなんて、口が裂けても言えない。央士の家は近すぎるから、ご近所の噂になっても困る。母もこんな話は聞きたくないだろう。

自室に戻った琴乃は、ベッドに突っ伏して涙で濡れた頬を枕にこすりつけた。

……悔しい。心から悔しい。央士に関することだけでなく、小さい頃からの大切な思い出までもが、ぐちゃぐちゃに踏みにじられたみたいだ。今となっては、どうしてあんな男を好きだったのか、まったくわからない。

『琴乃は央士君と結婚するんだよね』

『じゃあ許嫁《いいなずけ》だね』

大人たちにそう囃《はや》し立てられ、『彼のお嫁さんになるの』とデレデレしていた小さな自分に腹が立つ。あんな情けない男の妻になろうとしていただなんて。

「周防さぁん……」

彼の大きい懐と逞しい身体を思い出したら、余計に泣けてきた。また母が入って来たら困るから、枕に口を押しつけてわんわん鳴く。

だから、スマホが鳴っているのにしばらく気づかなかった。自分の泣き声を聞くのが嫌で、枕で耳まで覆っていたのだ。ベッドに転がしてあったスマホの画面を見ると、相手は周防だ。

その瞬間、打ちひしがれていた気持ちが一瞬で晴れた。急いで頬を拭い、鼻を啜《すす》ってから通話ボタンをタップする。

「もし……もしも……し」

――琴乃？　どうした？

甘く、まろやかに響く低い声。それを耳にした途端、また涙が込み上げてくる。でも、いきなり泣き出したら彼はびっくりするだろう。

しばらくのあいだ、どうにかして涙を引っ込めようと奮闘した。けれど、いくら瞬きをしても涙が乾くことはなく、結局我慢できずに泣き出してしまう。

いったん泣いてしまうと、なかなか止められないのが悪い癖だ。電話の向こうで、彼がなにも言わずに待ってくれるのがありがたい。

「う、う……ううっ、ごめ、ごめんな、さい」

しゃくりあげながら無様に謝る。

――俺のことは気にするな。待ってるから。

その優しい言葉が嬉しくて、琴乃はかえって泣きじゃくった。それでも、落ち着くまで二分とかからなかったのは彼のおかげだ。すんすんと鼻を啜《すす》り、ティッシュをむしり取る。

「ごめんなさい……いきなり泣いて」

――いや。構わないが……なにかあったのか？

「母と……喧嘩しました」

鼻を拭きながらもごもごと言う。嘘をつくことは辛いけれど、離れている彼をあまり心配させたくない。周防は苦笑ともとれる笑いをもらした。

――またか。まあ、あの母親ならわかるが。

「あんまり母のことを悪く言わないでください。あれでいいところもあるんですから」

そうだな、と楽しげな声で彼が言った。その顔を想像しただけで自然と口元が綻ぶ。

「それで、今日の仕事はうまくいきました？　……といっても、会合だけかもしれませんが」

――ああ。札幌はこれまであまり力を入れてこなかったが、だいぶ人脈が広がったと思う。橋爪《はしづめ》先生や稲本《いなもと》さんと提携の約束も取りつけた。

「橋爪先生と⁉　周防さん、やりましたね！」

琴乃はついさっきまで泣いていたことなど忘れて、涙が乾いて突っ張った頬を緩めた。

橋爪誠《まこと》は札幌のみならず北海道を代表する大物政治家で、稲本は総合病院をいくつも束ねる医療法人のトップである。どちらもつながりをもっておけば、今後芋づる式にコネクションを引き出せる可能性のある人物だ。

「ちなみにお昼はなにを食べました？」

――橋爪先生の支援者がやっている料亭で、海鮮と酒を少し。

「へえ、おいしそう～！　で？　夕食は？　今お部屋ですか？」

話したいことが次々とあふれてきて、それでもこらえつつ尋ねる。彼は最初、琴乃の質問に根気よく答えていた。しかし、ホテルのアメニティにまで話が及ぶと、スマホの向こうで噴き出すような音が聞こえた。

――ずいぶんと熱心な秘書だな。

「う……だって、周防さんのことが気になって仕方がないんです。ごめんなさい」

彼がまたくすくすと笑う。

――いや。君に束縛されるのはいい気分だ。

琴乃はどきっとして、スマホを強く握りしめた。

「そっ、束縛だなんて……！　も、もういいです。切りますね」

――そうか。元気が出たようでよかった。

「へっ？」

――明日のスケジュールはメールで送っておいたから、出社したら確認しておいてくれ。じゃ、おやすみ。

「お……おやすみなさい」

寂しさを覚えながら、スマホに表示された通話終了のボタンをタップする。けれど、彼の声が名残惜しくて、いつまでも画面から目が離せない。

ベッドに大の字になって横たわると、会話の最後のほうで周防が言っていた言葉が脳内でリフレインされた。

『元気が出たようでよかった』

確かに、今は自分でもびっくりするくらいに気持ちが落ち着いている。さっきまで、全身から棘が生えたみたいに心が荒《すさ》んでいたのに。

はあーっとため息をついて、ごろりとうつ伏せになる。

やはり彼は素敵な人だ。あんなに冷たい顔をしているのに、ふわりとあたたかく包み込んでくれる包容力。それに、ちょっとやそっとじゃびくともしない強さも、琴乃のペースに合わせてくれる余裕だってある。

要するに、大人なのだ。今まで結婚しなかったのは相手がいなかったわけじゃなく、頑なで不器用で、人を簡単に信じないからなのだろう。こうして平凡すぎる自分に相手役が回ってきたことに感謝しなければ、と思う。

またしても、夕方秘書室で交わした口づけを思い出し、唇に指を触れる。彼のあの、男性的な形のいい唇で愛を語られたら、どんな感じがするのだろう。低く、官能を揺さぶる声で、『愛してる』なんて言われたら……

「はぁっ……好き」

枕をぎゅっと抱きしめて、瞼《まぶた》の裏に周防の顔を思い浮かべる。冷ややかな目元が弧を描く瞬間、横幅の広い唇に浮かぶ皮肉めいた笑み。そして、彼の男らしい匂いを記憶の中にたどりながら、このひと月のあいだ常に頭につきまとっている疑問に首を傾げた。

でも、どうして私なんだろう――と。

第六章　ついに線と線が交わったのでした

閉じたブラインドの隙間から入り込む強い日差しが、白い絨毯《じゅうたん》に黒々とした影を落としている。

金曜日の正午過ぎ。周和セキュリティの社長室を、琴乃はさっきから意味もなく行ったり来たりしている。

【昼過ぎには戻れると思う。昼食は済ませていくから君もそうしてくれ】

周防からメッセージが届いた瞬間、琴乃は胸がいっぱいになった。

彼が帰ってくる。二日ぶりに会える。

そう思ったら居ても立ってもいられず、仕事を切りのいいところまでさっさと終わらせ、社長室を掃除しまくった。コンビニで買ってきた昼食を手早く済ませ、社長室で待機する。いつ連絡が来てもいいようにスマホだけはしっかりと握りしめた。

（それにしても、彼と会ったら最初になにを話そう……）

うろうろしながら考えていたら、ポーン、と廊下でエレベーターの到着を知らせる音が鳴り響く。びくりとした琴乃は、おぼつかない足取りでドアへ駆け寄った。しかし、そこへ到着するより早くドアが開く。

「ただいま」

入り口に立つ周防を見た途端、胸が張り裂けそうに高鳴った。

彼の緩んだ口元は、ドアを開ける前から笑みを浮かべていたことを物語っている。滑らかに流れる髪も、ビシッと決めたスリーピースのスーツ姿も……ああ、やっぱり素敵だ。

「おかえりなさい……」

結局、いろいろと考えた甲斐もなく、琴乃はもじもじと小声で言った。うん、と低く返した周防が、スーツのジャケットを手渡してくる。大人っぽい彼のコロンがふわりと香り、また一緒にいられることに喜びを感じた。

「君にお土産を買ってきた」

応接用のソファに腰を下ろし、小型のスーツケースを引き寄せながら彼が言う。

「お土産ですか？　わあ、嬉しい。なんでしょう」

スーツケースを開けた周防が、一番上に載っていた紙袋から取り出したのは四角い箱だ。無言で手渡してくる彼の口元が、照れ臭げに歪んでいる。

「ありがとうございます！」

満面の笑みで箱を受け取った琴乃は、周防の向かいの席に着き、慎重に包み紙を開けた。箱から出てきたのはマグカップだ。すらっと縦長のスタイルで色はコーラルピンク。柄はなく、落ち着いたデザインが好きな琴乃はひと目で気に入った。

「素敵……！　嬉しい……」

思わず頬ずりまでしそうな琴乃の前で、周防も同じような大きさの箱の包みをがさがさと開けている。

「お揃いだ」

ことん、とテーブルに置かれたものを見て、琴乃は目を丸くした。彼の前にあるのは、明らかに同じデザイン、けれど湖みたいな深い青緑色をしたマグカップだ。

なにも言えなくなった琴乃は頬を熱くして俯いた。たかが見合い相手のために、忙しい出張の合間に彼がひとりでお土産を選ぶなんて信じられない。しかも、いそいそとお揃いのカップを取り出して見せてくるとは……

こんなにかわいらしいことをするなんて、以前の無愛想な彼からは考えられなかったことだ。彼は変わった。

（もしかして、私のために変わってくれたの……？）

「あ、あの……」

どうしよう、なにか言わなくちゃと焦るけれど、なにを言っていいのかわからない。

すると、席を立った周防がこちら側に回り込み、琴乃の隣に座った。とくとくとく……と琴乃の心臓が恋心を刻む。

なんで隣に来たの？　なんでこんなにもぴたりと寄り添うの……？

「出張先では君のことばかり考えていた」

「えっ……」

彼がぽつりとこぼした言葉に、ぱっと顔を上げた。周防の視線は膝の上で組んだ両手、やや落ち着きなくこすり合わせる指先に向けられている。

彼のこの癖を琴乃は知っていた。常に本心を偽って生きてきた彼は、人に正直な気持ちを伝えるのが苦手なようだ。彼でも緊張するのだと知ってはじめは驚いたけれど、今はもう……

もう気持ちを隠している場合じゃない。隠してなんかいられない。琴乃は勇気を振り絞り、ごくりと唾をのむ。

「私も……同じでした。水曜日、周防さんがこの部屋を出てからずっと、あなたのことが頭から離れなくて……寂しくて、いつも一緒にいたのに、って……」

それは紛れもない、正直な気持ちだった。

どこでなにをしていても、周防の顔や声、話した時のことがずっと頭から離れない。どうせ考えてしまうのだからと、彼に会えない時間、彼のことだけを考えながら琴乃は――

「あっ、そうだ。ちょっと待っててください」

彼に渡すものがあったことを思い出し、ぱたぱたと小走りに秘書室へ向かった。デスクの足元に置いたバッグから丁寧にラッピングした小さな包みを取り出し、いそいそと社長室に戻る。

ソファで上半身をこちらに向けたまま、周防は身じろぎもせずにいた。琴乃は期待と不安を落ち着かせようと唇を噛みつつ、彼のもとに駆け寄る。

隣に座り、おずおずと包みを差し出した瞬間、形のいい彼の目が大きく見開かれた。

「これは……？」

「あの、プレゼントです。……たいしたものじゃないんですけど」

「プレゼント？　なにかな。開けてみても？」

嬉しそうに口元を綻ばせて、周防が尋ねる。琴乃がこくりと頷くのを見届けると、彼は包みをほどき始めた。

その男らしい指の動きを目で追いながら、琴乃は胸の前で両手を握りしめて祈る。

喜んでくれるといい。時間がなかったから本当に簡単なものになってしまったけれど、自分で使うものよりも何倍も丁寧に、心を込めて作ったのだ。

小さな包みの中から出てきたのは、真新しいヌメ革でできた、シンプルな名刺入れだった。

彼の手になじむよう、ほんの少しだけサイズは大きめ。シンプルな二つ折りのケースではあるが、蓋を開くと右下に彼のイニシャルがワンポイントとして刻印されている。

紛れもない一点ものの名刺入れを手の中でひっくり返しつつ、周防は目を細めたり見開いたり、眉を上げたりと忙しい。やがて目が合うと、彼は信じられないといった様子で眉を寄せた。

「これを君が？　手作りなのか？」

「はい……レザーはまだ初心者なので自信がないんですけど、周防さんに似合いそうかなって」

まるで十代の女の子みたいにどぎまぎして、小声で伝える。

「ありがとう。嬉しいよ。早速今日から使わせてもらう」

にっ、と周防の口が横に広がり、とびきり魅力的で屈託のない笑みが浮かんだ。つられて琴乃も安堵の笑みをもらす。

本当に、本当に不安で堪らなかったのだ。普段から高級品に囲まれて暮らしている彼が、手作りのものを身に着けてくれるのかどうか。

周防はまだ名刺入れをひっくり返して、ためつすがめつ眺めている。ここまで喜んでもらえるとは思っていなかったので、逆に身の縮む思いだ。

「……いや、すごいな。俺は不器用だから、こういった細かくて根気のいる作業ができる君には感心する。ここにイニシャルが入ってるが……俺のことを考えながら作ってくれたのか？」

ちらりと鋭い目がこちらに向けられる。頷きながら、琴乃は顔を火照《ほて》らせた。まっすぐに見つめてくる視線が熱くて、身も心も溶かされそうだ。

彼は軽く笑い声を立てると、名刺入れを箱に丁寧に戻した。それから、膝に置いた琴乃の手に、ふしくれだった大きな手を重ねる。その手が膝の下へと潜り込んだかと思うと、身体がふわりと浮いた。

「きゃっ」

急いで周防の肩を掴んだ琴乃だったが、気づいた時には彼の膝の上に横向きで座っていた。

彼が出張に出かける前に、秘書室で口づけを交わした時と同じ体勢だ。どきどきと胸を高鳴らせつつ、端整なその顔をまじまじと見下ろす。

浅黒く日焼けした周防の頬は、ほんのりと上気していた。加えて、少年みたいにきらきらと輝く切れ長の双眸《そうぼう》。そこにいつもの険しさはなく、あふれんばかりの期待と緊張とで満たされている。

「君にそこまで思ってもらえるとは……これは夢かな」

ぱちぱちと瞬きをする周防の美しさに、琴乃の視線は奪われた。長い睫毛に縁どられた、情熱的な瞳から目が離せない。

ん？　と無言で問いかけられ、彼をじっと見つめていたことに気づく。

「周防さんも正直に自分の気持ちを言ってくれたから……」

くすっと周防が笑った拍子に、彼のまなじりに皺が寄る。

「この三日間俺のなにについて考えてた？」

「そ、そんなこと言えません……！」

「教えてくれないなら、勝手に想像するだけだな。おそらくは俺の――」

「だっ、だめぇ！　言います。言いますから……！」

こんもりと逞しい胸を押すと、彼がくすくすと声をもらした。

「え、ええと……先週一緒に焼肉に行った時の会話を思い出してました。走ってる時とか、ジムで筋トレする周防さんの姿とか、それから、札幌に発つ前に……その……秘書室で――」

「秘書室で？」

かすれた声で囁かれ、どきっとして周防を見る。目を細め、からかうように口角を上げた彼の顔がそこにあった。

「秘書室で、あの……キ、キスした時のことを――」

ぼっ、と火がついたように顔が熱くなり、途中で言うのをやめた。

「も、もういいでしょう？　恥ずかしいです」

顔を背けて頬を両手で押さえると、肩と腰に手がかかる。そのまま強く抱きしめられ、息が止まりそうになった。

「……参ったな。とても仕事をする気分にはなれない」

（周防さん……？）

聞いたこともない熱のこもった声。琴乃の心臓はどきどきとうるさく騒ぎ立てる。

背中や腰をまさぐる周防の手が、彼の思いと欲望を伝えているかのようだった。耳殻をくすぐる吐息は荒く、獰猛《どうもう》な獣みたいだ。

その時、周防が身じろぎをして、琴乃の太腿になにか硬いものが当たった。布越しにでもわかる熱にたじろぎ、思わず腰を引く。ところが、かえって強く抱きすくめられ、お尻の真下、ちょうど脚のあわいにフィットしてしまう。

その滾《たぎ》ったものがなんであるか、まだ男を知らない琴乃にもはっきりとわかった。彼は欲情しているのだ。ここはオフィスの社長室で、まだ就業中だというのに。

「す、周防さん」

琴乃は震えながら、周防の腕をスーツが皺になるほど握りしめた。

彼が雄になる瞬間が怖い。

しかし琴乃の意に反して、周防は優しく琴乃の額《ひたい》の生え際を撫でた。

「琴乃。俺はあの勝負を下りる」

「えっ」

素《す》っ頓狂《とんきょう》な声を上げた琴乃は、焦がれた瞳で見つめてくる周防の顔を覗き込んだ。神経質そうに寄った眉、情けなく歪んだ口元が彼らしくない。

「勝負っていうと……あの『私を落としてみせる』っていう、あれですか？」

こくり、と周防が頷く。

「俺の負けだ。……いや、最初から俺に勝ち目はなかった。初めて会った時から君に惚れてたんだから」

琴乃は鋭く息をのみ、周防の顔を凝視した。本来は野性的な強い眼差しが、琴乃の顔のパーツの上をふらふらとさまよっている。

今、自分はなにを聞いたのだろう？　あの見合いの席でひとめ惚れでもしたかのような彼の口ぶりに、頭の中がクエスチョンマークで埋め尽くされる。

周防が座ったまま身体を横にずらしつつ、琴乃に覆いかぶさってきた。自然と、ソファに押し倒される形になっても、琴乃は放心していた。

だって、意味がわからない。それじゃあ、今までの駆け引きはいったい何だったのだろう?

大きくて筋肉質な身体にのしかかられ、琴乃は息をひそめた。

胸の奥にあるのは緊張と高揚、それと不思議な安らぎ。

男性の身体は硬いものだと思っていたけれど、力を入れていない筋肉はふわふわと柔らかいのだと、彼と出会って初めて知った。

端整な顔が近づいてきて、琴乃は瞼《まぶた》を閉じた。

すぐに柔らかな感触が唇に舞い降りてくる。

一瞬だけそっと触れ、すぐに離れて、また押しつけられる。

ちゅ、ちゅ、と触れるだけのキスの合間に、押し殺した息が唇を撫でた。

彼はきっと、我慢しているのだろう。その証拠に、太腿に押しつけられた彼の身体の中心は、硬く漲《みなぎ》っている。

焦れてきた琴乃は薄く瞼《まぶた》を開けた。すると、いつもの半分くらいしか開いていない彼の瞼《まぶた》の奥に光る瞳と、視線が絡み合う。

「舌を出して」

周防がかすれた声で囁く。

ちょっと戸惑ったものの、琴乃は素直に応じた。互いに目は開けたまま。突き出した舌先に、ちょんと周防の舌が触れ、琴乃は喉の奥から呻《うめ》きをもらす。

少しだけ高い温度の彼の舌先が、琴乃のそれをゆっくりと舐《ねぶ》った。先端を優しく撫で、側面へ滑らかに移動して、するりと裏側にまで潜り込む。

巧みにうごめく舌に翻弄され、琴乃はすっかり息を上げた。唇を合わせるだけのキスに比べて、なんていやらしい感触。ぞくぞくと腰を襲う震えが止まらない。

いつの間にかうっとりと目を閉じていたらしく、口の端からこぼれた唾液を舐めとられて瞼《まぶた》を開ける。その瞬間、飛び込んできた周防の顔に目を奪われた。

（周防さん……なんて顔してるの……？）

困ったように寄せられた眉と、愁いを帯びた目元。至近距離にある端整な顔がすっかりとろけきっている。

嬉しさのあまり身震いが起きた。彼のこんな顔は見たことがない。これまで纏っていた硬い鎧を脱ぎ捨て、すべてをさらけ出したような……

すぐにもう一度キスが降ってきて、琴乃は太い腕にしがみついた。今度のは、さっきみたいに焦らすようなキスとは違う。はじめから強く唇を押しつけてきて、奥深くまでねじ込んだ舌で貪《むさぼ》られる。

周防の部屋で、初めて唇を奪われた時がちょうどこんな感じだった。けれど、琴乃の気持ちがその時とはまるで違う。

今はもっと、深く、獰猛《どうもう》に愛してほしい。昂《たかぶ》る欲望を抑えきれず、彼の首に腕を回して引き寄せる。

くちゅ……くちゅ……という淫らな音とともに、情熱的な口づけは延々と続いた。ふたりのこぼす吐息で室温まで上がった気がする。

やがて、名残惜しそうに唇を離した彼が、額《ひたい》を琴乃の額《ひたい》にくっつけた。

「キスがうまくなったな。なにがあった？」

唇を触れたままで、笑いながら囁く。その甘ったるい口調に、思わず胸が熱くなった。

「周防さんに会えないあいだに練習を……」

「練習？」

「い、いや、ちがっ……！　わっ、忘れてください」

とんでもないことを口走ってしまったようだ。慌てて首を横に振るけれど、彼はくすりと笑い、困ったようにため息をつく。

「なんて子だ……俺をおかしくさせる気か」

再び甘い口づけが落ちてきて、琴乃は周防の首に腕を回した。さっきよりも、一段と深いキス。歯列の隙間からするりと入り込んできた肉厚の舌が、すぐに琴乃の舌に絡みつき、まるでじゃれ合うように追いかけっこをする。

「んんっ……！」

上顎をちろちろとくすぐられ、びくんと背中を反らした。

その反応に興奮したのか、周防が低く呻《うめ》く。

琴乃の太腿に硬く張った彼自身をしたたかにこすりつける。

ここがベッドの上じゃないことが信じられなかった。夢中で互いを求め、今や周防の手は琴乃の尻をまさぐり、琴乃は彼の腰に脚を引っかけている。

琴乃のその場所はすっかり濡れそぼっていた。彼の猛々しい雄を求めて、こんこんと蜜をあふれさせる密やかな泉――

ポーン、とエレベーターが到着する音が聞こえたのはその時だ。

ふたりは同時にびくりとし、磁石が反発し合うがごとくに素早く離れた。髪と服装の乱れを急いで直していると、誰かがドアをノックする。

「俺、変じゃないか？」

いまだ興奮が収まらない様子で彼が尋ねる。琴乃は笑いながら彼の曲がったネクタイを直し、口元についたルージュを指で拭った。

「オッケーです」

「よし」

くるりと背を向けて、周防が入り口ドアに向かう。

「誰だ？」

「人事部の佐々木《ささき》です」

ドアの外でか細い女性の声がする。彼女は確か、琴乃より少し年上の、人事部の一番奥に座っている目立たない人ではないだろうか。

テーブルの上のマグカップとプレゼントの包みを片付けつつ、周防が開けたドアのほうをちらりと見た。思った通り、ドアの外にはカーディガンを羽織ったやせ型の女性が立っている。

「お忙しいところ申し訳ございません。実は、秘書の壇さんにお知らせしたいことが……」

「えっ。私ですか？」

くるりと振り向いて言うと、女性は不安そうな面持ちで頷いた。

数分後、琴乃は社長室に招き入れられた佐々木と、テーブルを挟んで対峙していた。隣には周防が座っている。

「よかったらどうぞ。私のおすすめのコーヒー豆なんです」

緊張している様子の佐々木に向かい、琴乃はにこやかにコーヒーで満たされたカップを手で示した。

社長室を訪れる社員は大抵怯えているように見える。それは周防に対する畏怖《いふ》の念と、この豪華で広すぎる室内に原因があると琴乃は睨んでいる。

ありがとうございます、と佐々木はカップを持ち上げてひと口啜《すす》った。

「それで、私に用ってなんでしょうか」

琴乃が尋ねると、佐々木は「実は……」とのろのろと口を開く。

「昨日の午後、人事部のデータベースに誰かが侵入した形跡があったんです。社員の個人情報が入ったファイルで、壇さんのデータが見られた可能性があります」

「なんだって？」

大きな声を上げたのは周防だ。琴乃は彼をちらりと見て、佐々木に視線を戻した。

「私のことを誰かが調べようとしたってことですか？」

「ええ。その件でシステム室に連絡したところ、コンプライアンス部からも、壇さんが嫌がらせのメールを受けたことがあったと聞いて……」

琴乃は周防と顔を見合わせた。周防が身を乗り出す。

「それで、システム室はなんと？」

「は、はい……システム室の調べでは、データベースにアクセスしたのは受付のコンピューターからだったみたいです」

「受付!?」

琴乃は思わず腰を浮かしかけた。

周防が出張に発つ前、琴乃に届いた嫌がらせのメールの犯人を、彼は社内の人間ではないかと疑っていた。しかし、まさかそれが受付の女性のうちどちらかかもしれないとは……。

琴乃が無言で向けた視線に対し、周防が頷き返す。そして佐々木に向き直った。

「その件ではこちらも大変困っているんだ。君が知っていることはそれだけか？」

「それが……」

彼女は言いよどんで目を伏せた。が、意を決した様子で顔を上げると、琴乃をじっと見つめる。

「あなたが来る前――一年くらい前になるけど、秘書がいたという話は知ってますよね？」

琴乃は緊張しながらこくりと頷く。

「実は、その秘書だった人を追い出したいから、協力してくれと頼まれたことがあるの。受付の平良さんに」

「ええっ⁉」

驚きのあまり琴乃は、背中をぴんと伸ばし、口を開けたまま固まった。

受付にいるふたりのうち、どちらかが犯人の可能性があると聞いて思い浮かぶのは、町田さゆりの顔だ。目が合った時の冷たい表情、辛辣な口ぶり。もろもろ思い当たる節があるのは町田のほうで、仲良くしていた平良では絶対にない。

佐々木が眉をひそめて続ける。

「その時も、人事部にある従業員のデータを見せてくれないかと言われたの。これは人づてに聞いた話だけど、『住所がわかれば、手紙を出したりしてストーカーがいるように思わせることができる』『公衆電話から自宅に留守電を入れて、精神的に追い込んだら楽しそう』と同期に言っていたみたい」

「そんな……平良さんが？」

琴乃は自分の両肘を抱きかかえるようにしながら震える。

「だが、今回も平良さんが犯人だと疑う理由は？」

周防に尋ねられた佐々木は、膝の上で両手を握り合わせた。

「平良さん、いろんな部署の同期に壇さんの陰口を言って回ってるみたいなんです。うちの部署には彼女の同期がいないのでまだましなんですが、隣の総務の人たちがよく給湯室で噂しているので……壇さん、大丈夫ですか？」

「は、はい。……大丈夫です」

必死に取り繕おうとするものの、こわばった笑みしか作れない。初めて話す彼女が親身になってくれているのは本当にありがたかったが、ショックが大きすぎる。

よし、と隣に座る周防が膝を叩いた。

「その件は俺のほうでいったん預かろう。社員を簡単に疑うわけにはいかないから、少し時間をもらって詳しく調べたい。佐々木さん、よく話してくれたね」

「い、いえ」

周防に笑みを向けられた佐々木が、ぽっと頬を染める。

そうなのだ。普段むっつりしている彼の笑顔にそういうパワーがあることは、琴乃が一番よく知っている。ただ、この顔をほかの女性に見られるのは、あまりいい気がしない。

そんなふうに思った自分自身に驚きつつ、琴乃は佐々木に丁寧に礼を言い、エレベーターまで彼女を見送った。


日中はあたたかな日差しの降り注ぐ三月の東京も、さすがにこの時間になると肌寒さが戻ってくる。

時刻は午後八時過ぎ。琴乃は今、周防とふたりで周和セキュリティにほど近い場所にある、一流ホテルのバーを訪れていた。眼下に広がるのは、地上に銀砂を撒き散らしたような見事な夜景。青白く発光するビル群の中、手が届きそうなところにそびえる東京タワーが、太陽みたいに燦然《さんぜん》と輝いている。

窓際のボックス席から望む景色は、最上階だけあって素晴らしい眺めだ。おいしい酒ときれいな夜景がダブルで味わえるなんて最高だ。

総務部の佐々木を見送ったあと、ふたりそれぞれの部屋にこもり仕事をした。

嫌がらせの犯人は平良由奈かもしれない――その一報は確かにショックだったけれど、ほかならぬ周防が味方なのだから、万事うまくいくはずだと信じられる。それよりも琴乃の心を揺るがしたのは、佐々木が来る直前に周防と交わした甘い口づけだ。

柔らかな感触が残る唇に指で触れては、あの時の彼の様子を思い返す。

とろけるような眼差し。

切ないため息。

低く囁かれた言葉――

もしもあのまま、社長室へ誰も上がってこなかったらどうなっていたのだろう。まさか、あの先も……？

そんなことを考えていたため、五時を回ったあたりで秘書室のドアが開いた時は、飛び上がらんばかりに驚いた。

『どうした……？』

『べっ、別に……なんでもありません』

『そうか。今夜はホテルのディナーを予約してあるから、早く上がろう』

再びドアが閉まると、琴乃はデスクに突っ伏して思い切り息をついた。欲望を抑えきれなかった彼に再度唇を奪われるのでは——そう思ったことはこの先も絶対に内緒だ。

「寒くないか？」

L字型になったソファのもう一方の辺、そこに悠然と座る周防に尋ねられ、琴乃は物思いから現実に引き戻された。

「大丈夫です」

そう返してから、周防がさっき肩にかけてくれたジャケットを引き寄せた。憧れの『彼ジャケ』はあまりに大きすぎて、実際の琴乃の肩よりも左右二十センチは落ちている。

闇と同じ色をした彼の瞳は、まばゆい光できらきらと輝いていた。

ロックグラスと都心の夜景がよく似合う、ラグジュアリーな大人の男。グラスを傾けつつちらちらと盗み見るが、このバーにいる客の中で、彼が一番の美丈夫《びじょうふ》であることは間違いない。

（今日はどうして、ここに誘ってくれたんですか？）

聞けない言葉が胸の内で、ぐるぐると駆け巡る。周防との食事はいつも高級料理店ばかりだが、ホテル内の飲食店に誘われたのは初めてだ。

妙な期待をしてしまうのは、昼間のあのキスのせいだろう。それと、愛の告白みたいなあの言葉。

『俺の負けだ。……いや、最初から俺に勝ち目はなかった。初めて会った時から君に惚れてたんだから』

（んっ……！）

あの時の彼の焦がれた表情を思い出してしまい、頬が緩むのを抑えようと口元に力を込めた。

「どうした？」

「い、いえっ」

訝《いぶか》しげな顔を向ける周防に対し、ふるふると首を横に振る。

「ところで、俺がいないあいだになにもなかったか？　仕事の話ではなく、君のプライベートの時間に、ということだが……」

「えっ？　えーっと……特になにも」

一瞬不意を突かれたことで、返事がしどろもどろになった。

彼には央士と会ったことも、危ない目に遭ったことも話していないのだ。あの翌日はボディーガードに門のところに立ってもらい、安心して過ごすことができたのだから、わざわざ嫌な思いをさせる必要もないだろう。

「いろいろしてくださってありがとうございました。周防さんのおかげです」

「そうか。ならいいんだ」

彼はぽつりと言って、ウイスキーのグラスを傾けた。琴乃もどうしたらいいかわからずに、グラスに刺してあったブドウの粒を口に放り込む。

今夜はどうにも会話が続かない。食事もとうに済み、互いのグラスが空きそうになっている今、そろそろお開きにするべきだ。

落ち着かない気持ちでちらりと見た周防は、やけに神妙な面持ちをしている。彼はグラスに残ったウイスキーを流し込んでから、ゆっくりと口を開いた。

「今日は君に話があってここに誘ったんだ」

「話……ですか？　なんでしょう」

「今度、札幌で新規事業を立ち上げることになった。周防グループとして、初めて飲食業界に参入する」

「おめでとうございます。今回の出張はその件だったんですね？」

うん、と頷く周防。

「現地の調査を任せている会社に同行して店舗や工場用地の視察をしたり、同業者にもいくつか会ってきた。それでだ」

彼は、袖を肘までまくった腕をテーブルに乗せ、力強い目でこちらをまっすぐに見る。

「今後しばらくは、札幌とこっちを行ったり来たりの生活になると思う」

琴乃は息をのみ、テーブルの下の両手を固く握りしめた。

「それって、どういう……」

「あまり往復するのも時間の無駄だから、周和セキュリティの札幌支社にしばらく席を置くことにした。もしかしたら、月の半分以上向こうにいるかもしれない」

「そ……そうですか」

静かに応じてみせるものの、秘書職で培ったポーカーフェイスは彼の前では役に立ちそうもない。しかも、こんな内容では……。

周防が深く息を吸い込み、口を開く。

「今日の昼間、君に言ったな？　出張のあいだ、ずっと君のことを考えていたって」

彼の眼差しが熱い。急速に頬が熱くなるのを自覚しつつ、琴乃はこくりと頷いた。

「今回の出張で思い知ったよ。今の俺には、そう何日も君と離れていることはできない。だから、そろそろ返事を聞かせてほしい」

周防が後ろへ手を回し、トラウザーズのバックポケットからなにかを取り出した。テーブルに置かれたのはカードキーらしきものだが、マンションのとは違う。

「このホテルに部屋を取ってある。俺との結婚を承諾してくれるならキーを取ってくれ」

琴乃はひゅっと息を吸い込んで、両手で口元を覆った。

心臓が、ドッドッドッと早鐘を打ち、手足が震えそうになる。こんなに急に人生の大きな選択を迫られるなんて思わなかったから、返事なんて用意していない。

……いや、考える時間はたくさんあったはずだ。そうそう引き延ばすものではない見合い相手への返事を、彼はひと月あまりも待ってくれた。ハメられたお見合いだった琴乃のために、隣の部屋に住まわせてまで、彼という人を感じさせてくれたのだから。

「す……周防さん……」

震えがちな息をつき、彼を見る。

腕組みをして目を閉じている周防は、緊張しながら返事を待っているのだろう。端から見たらそうは映らないかもしれないが、今となってはわかる。

カードキーにゆっくりと手を伸ばしたものの、直前で引っ込めた。

これを手に取ったら、彼と過ごす一夜が待っている。確かに望んでいたことだが、処女である琴乃にとっては一大決心だ。

でも、今となっては彼をほかの女性に渡すなど、一ミリも考えられなかった。離れているのも嫌。

たった二日間会えないだけでどうにかなりそうだったのに、月のうち半分以上もひとりだなんて、とても耐えられる気がしない。

「周防さん、もういいですよ」

琴乃は静かに言った。しかし周防はなかなか応じない。

「寝ちゃったの？」

くすくす笑いながら覗き込むと、瞼《まぶた》を開けた彼が、恐る恐るといった具合に顔を上げた。ちら、とテーブルの上を見て目を丸くすると、テーブルに両肘をつき、深いため息とともに顔を覆う。

琴乃の手には、しっかりとカードキーが握られていた。もちろん、断る気なんてはじめからさらさらない。

(この人、本当に私のことが好きなんだ……)

両手で顔を覆ったまま微動だにしない周防を前に、得も言われぬ幸福感に包まれる。胸の奥には、狂おしいほどの緊張と高揚感、それから、ほのかな自信。

裸になり、素肌を突き合わせるのは正直言って怖い。けれど、彼だって本当はそんなに強くないのだろう。きっと、好きな人の前でだけは……

「ありがとう」

やっと顔を見せた周防は、安堵と照れのためか、そう言って唇を噛む。琴乃はテーブルの下から手を出して、カードキーを弄んだ。

「もしかして、緊張してました？」

「ああ。でも、君ほどじゃない」

「え？」

視線を上げたところ、困ったみたいに眉を寄せる周防の表情が目に入る。

「まったく……なんて顔してるんだよ」

頭を抱き寄せられた途端に、涙がぽろりと頬を転げ落ちた。

（えっ？　えっ？　私、なんで泣いてるの……？）

震える唇でなんとか笑おうとしているのに、涙がぽろぽろとこぼれてくる。

いろいろな思いが胸にあふれて、自分でもなにがなんだかわけがわからない。今はただ、これから訪れる初体験への恐怖を前に、彼の腕のぬくもりを感じていたいと願った。


絨毯《じゅうたん》が敷かれた床の上を琴乃がひっきりなしに歩き回るのは、周防が出張から戻った午後と、これで本日二度目である。洗面所と呼ぶには巨大すぎるブースの外で、シャワーの音が止むのを、心臓が口から飛び出る思いで待っている最中だ。

周防に手を引かれて入った客室は、さきほどまでいたおしゃれなバーの真下にあるスイートルームだった。リビングと主寝室はとてつもなく広いうえに、高い天井から下がったシャンデリアが、王の居城かと思うくらいにゴージャスだ。そういった豪奢《ごうしゃ》な造りの寝室やゲストルームがいくつもあり、窓の外にはさっきとは逆方面の夜景が望めるらしい。

しかし、今の琴乃にはカーテンを開けて外を見る余裕すらなかった。先にシャワーを済ませたものの、とてもベッドでゆったりと寝転んでなんかいられない。

シャワーの音が止み、洗面所に周防が出てきた気配があった。びくりとした琴乃は一目散に逃げ、ベッドへ潜り込む。

「さっぱりしたな」

どこか部屋の隅のほうで低い声が響く。それから周防は、室内を動き回り、冷蔵庫を開け、ミネラルウォーターを取り出した。グラスに水を注いだあと、また冷蔵庫を開けてペットボトルを戻し、テーブルに置いたグラスを手にする。

シーツに包《くる》まりつつも聞き耳を立てているせいで、今彼がなにをしているかわかってしまう。彼に抱かれるのが怖くて緊張しているのだ。下手にこの歳まで処女を守ってしまうと、こんなにも恐ろしくなるものらしい。

「琴乃」

「ひゃあっ!!」

不意に近くから聞こえた声に、飛び上がるほど驚いた。周防がキングサイズのベッドを沈ませて、近くにやってくる。

「どうした? 具合でも悪いのか?」

今度は耳元で声がした。ドッドッドッ、と心臓の音がうるさい。

「い、いえ、そういうわけじゃ」

「じゃあなんでそんなに包《くる》まってるんだ」

「あっ」

シーツをはぎとられ、思わずバスローブの前をはっしと押さえる。

この部屋に入ってから、初めて周防のことをちゃんと見た。彼は琴乃が着ているベージュのバスローブと色違いの、紺色のバスローブを羽織っている。タオルドライしただけの髪が額《ひたい》にかかり、スーツを着ている時よりもだいぶ若い印象だ。その鋭い目が、琴乃のボディラインを確認するようにゆっくりと移動するのを、琴乃は見逃さなかった。

「よかった。どこも悪くなさそうだ」

「あっ、当たり前です」

言いながら、ベッドサイドのほうににじり寄る。

「ところで、それ以上端に寄るとベッドから落ちるぞ?」

「えっ」

自分の左脇を見ると、すぐ横に絨毯《じゅうたん》敷きの床が見えた。そして視線を正面にした瞬間、至近距離に周防の顔があって、またびっくりする。

「琴乃」

いきなり喉元にキスを落とされ、琴乃はがたがたと震えた。

あたたかく湿った感触が軽い音を立てながら移動し、耳の脇へと潜り込む。首筋に吐息がかかると、もう我慢できなくなった。

「ああ、だめっ」

「なにが」

低く、甘い声に鼓膜を揺さぶられ、ぞわりと腰が震える。

「だっ、だめじゃないけど、だめなんです」

「どうしても嫌だというならやめるが……」

「そ……そうじゃなくて」

どうしたらいいかわからず、琴乃は困ってしまった。この歳になって自分は処女だと伝えるのが、こんなに難しいことだとは思わなかった。

誰にでも『初めて』はある。みんなはいったいどうしているのだろう……

こちらをじっと見下ろす周防の眉が、ぴくりと寄った。

「君はまさか――」

コホンと咳ばらいをする。

「処女……なのか？」

強い目にじっと見据えられ、琴乃は穴に入りたい気持ちになった。

「笑わないでください」

「笑ってなんかない。……ニヤついてはいるかもしれないが」

ちらりと見た周防の顔は、確かに楽しんでいるというよりも、嬉しそうに見える。

「よかった」

「え？」

ホッとしたような表情で目を閉じる周防に、琴乃は困惑した。再び瞼《まぶた》を開けた彼の目が喜びに満ちていたため、なおさら。

「君があの男に穢《けが》されなくてよかった。あんな男に」

「あの男って？」

「君の近所の幼なじみだ。確か、坂本央士といったか。彼と付き合ってたんだろう？」

琴乃は胸元を押さえて、がばりと身を起こした。

「どっ、どうしてそれを？」

しかし彼は、平然とした顔で琴乃を見る。

「悪いが、調査会社に君の身辺を調べさせた。当然だろう？　君は周防グループ次期総帥の婚約者なんだから」

「あ、ああ……そう、ですよね」

再び横たわると同時に、ベッドの真ん中へ引き寄せられ、そっと抱きしめられた。

周防グループ次期総帥の婚約者——その言葉の重さがのしかかった途端、急に初体験に対する恐怖が薄れた。あの周防将偉の妻になるのだというプレッシャーが、恐怖を凌駕した形だ。さっきは彼に対する思いだけで結婚を承諾してしまったけれど、もしかしてとんでもない決断をしてしまったのでは……？

太い腕に抱きすくめられ、琴乃の頬には、はだけたローブから覗く周防の裸の胸が触れた。そこはまだしっとりと濡れていて、心地よい弾力がある。

「本当のところ、デパートでやつに会った時の君の反応を見てからずっと気になっていた。もしも君にとって苦しい過去ならば、今でなくてもいいから話してほしい。痛みを共有したい」

「周防さん……」

まるでビジネスの会話みたいな言葉だったけれど、優しい口調のおかげですっと心に沁み込んでくる。

「いいえ。今話しますから、聞いてもらえますか？」

うん、と低く返された声が、頭の上で響く。

琴乃は央士との馴れ初めから、婚約中に現在の彼の妻と浮気され、子供まで作られた経緯を洗いざらい話した。身体の関係を迫る央士を断り続けていたら、気づけばそんなことになっていたのだとも。

周防がそれを、ふんふんと頷きながら親身になって聞いてくれるのが嬉しかった。やっぱり少しだけ泣いてしまったけれど、話し終える頃には、何年ものあいだ胸につかえていた棘が溶けてなくなっていることに気づく。

琴乃の頬に残る涙を指で拭って、彼が唸る。

「そんなことがあったとは、君も辛かっただろう。しかし、身体を許してもらえずにほかの女に走るとは、虫唾《むしず》が走るほど安い男だ。まったく腹立たしい」

「でっ、ですよね！　あの男が今もうちの近所で暮らしてると思うと、私、頭にきちゃって――」

「違う。君のことだ」

　ぎろりと睨まれて、琴乃は思わず固まった。

「……はい？」

「俺の愛する女がそんな男と付き合っていたなんて反吐《へど》が出る。いったいあいつのどこがよかったんだ？」

「え……ちょっ――」

　まるで最初に出会った頃みたいな冷たい口調だ。責められた気持ちになった琴乃は、いじいじと周防のローブの襟元を指で弄ぶ。

「それが……今となっては私にもまったくわからないんです。同い歳というのもあって、話してると楽しかったし、あの頃は優しかったんですよ？　でも……」

「でも？」

「不真面目だったし、嘘はつくし、他人の悪口は多いし――」

「クズだな」

周防が鼻を鳴らす。思い返せばだめなところばかりが次々と浮かび、本当にどうしてあんな男が好きだったのか信じられない。

「それに、私とそんなに背も変わらないんです。体力もないし、楽器だって弾けないし」

「それで？」

「ヒョロヒョロで、筋肉なんてゼロだったし……」

「……誰かと比べてるのか？」

気がつけば、周防が真上からくつくつと笑いながら覗き込んでいる。

「ち、違っ……！」

熱くなった顔を、ぷいと横へ向けると、顎を掴まれて元の位置に戻された。

目の前には、唇の端に官能的な笑みを浮かべた、非の打ちどころのない顔。照明をバックにして翳《かげ》りを帯びていても、その瞳には漲《みなぎ》る欲望が見え隠れしている。

「ちゃんと俺を見てくれ」

強い目力に気圧《けお》されて、無言で従う。

「俺は、君がきれいな身体のままでいてくれたことに感謝しているんだ。ありがとう」

「えと……やっぱり、周防さんも処女がいいんですか？」

彼は目を閉じて首を横に振った。

「そういうわけじゃない。ただ、君が聡明だったおかげで、あの情けない幼なじみに穢《けが》されずに済んだんだ。感謝したくもなるだろう？」

そのおどけた口ぶりに、琴乃はくすりと笑みをもらした。それにつられたのか、彼の頬も緩む。

「周防さんの言う通りですね」

ふふ、と声を出して笑うと、穏やかな表情を湛えた彼が、唇に指で触れてくる。

「君の笑った顔が好きだ。ぴんと張った唇も、丸く盛り上がる頬も、白くて小さな歯も……」

熱い身体が覆いかぶさってきて、琴乃は反射的に目を閉じた。

すぐに唇に降ってくる柔らかな感触。彼を全身で受け止めるべく、太い首に両腕を回す。

まるで大切なものに触れるかのような、優しい口づけだった。唇だけに留まらず、頬や額《ひたい》、鼻先や瞼《まぶた》と、あらゆるところへ落とされる。そのどれもが繊細で心地よく、すでに夢見心地だ。

口内へ忍び込んだ肉厚な舌が、ぬるりと琴乃の舌を絡め取った。ぎこちない琴乃の動きと違って、滑らかな周防のそれには優雅ささえ感じる。いったい幾人の女性と身体を交えれば、こんなに上手になるのだろう。

ほんの一瞬嫌な考えが頭をよぎり、周防の首に回した手に力をこめる。

……いや、彼がどれだけ女性経験が豊富でも構わない。今は間違いなく、自分だけを愛してくれているはずだ。

琴乃は勇気を出して、積極的に周防の舌を追い求めた。

彼の吐息がどんどん荒くなってくることに、無上の喜びを感じる。不器用ながらも唇と舌で彼を愛し、流れ込んでくる唾液で喉を潤す。

「ん……っ」

周防の手が腰のあたりに触れ、背中をぞくりと震えが襲った。さらにその手が身体の前面に回ってきて、バストをそっと押し包む。

汚れた下着をまたつけるわけにはいかず、琴乃のそこは無防備だ。

彼はしばらくのあいだ、柔らかな感触を楽しんでいるみたいだった。けれど、やがてその手はバスローブの内側に滑り込み、徐々にきわどい場所へ攻め入ってくる。

「ふっ……！」

胸の頂に指が触れた途端、じんと甘い痺れが駆け抜けた。首を反らしたせいで唇が外れ、やっと吐息を逃すことができると安心したのもつかの間、今度は反対側の突起があたたかな感触に包まれる。

「は、ああっ、待って……周防さんっ」

「もう待てない」

「うっ、あんっ」

甘い責め苦から逃れようと、逞しい肩に爪を立てた。しかし、この大きな身体にのしかかられていては、逃げることなどかなうはずがない。

周防の熱い舌と唇が、薄桃色をした蕾を優しく攻める。舌で執拗にこね回したり、淫らな音を立ててしごいたり……。もちろん、もう片方を指で愛撫することも忘れない。

愛撫されているのは胸なのに、なぜか脚のあいだがむずむずする。

さっきから、太腿に彼の硬くなった部分がこすりつけられているのが、琴乃にもわかった。琴乃の秘められた場所も、熱く疼いている。

（本当に、ここに周防さんのものが……？）

その時のことを考えると、不安と期待で胸が張り裂けそうだ。

……怖い。でも、怖くない。相手がほかならぬ彼なら、喜びのほうがはるかに勝る。

「琴乃はきれいだな。肌も白い。俺は君を気持ちよくできてるか？」

周防が顔を上げ、とろりとした目で見つめてくる。いつも眉間に寄っている皺も今はない。

琴乃はこくりと頷いた。自分から伝えるのは恥ずかしいから、こうして聞いてくれるのはありがたい。

官能的な笑みを浮かべる彼の顔に見とれていると、バストを弄んでいた手がするすると移動した。腰を指で軽く撫で、ヒップをくすぐり、太腿に触れる。まるで鳥の羽根でそっと愛撫されているような感触だ。

「や……んっ……くすぐったぁい」

堪らずくすくすと声をもらすが、そんな余裕はすぐに吹き飛んだ。腿のきわどい場所にあった彼の指が、ぴたりと閉じた脚のあわいに滑り込もうとしたから。

「んっ！　そこは……だめっ」

びくりとして、思わず周防の首にしがみつく。はずみで動かした膝のあいだに、彼の膝が割り込んできた。片脚が巨体にのしかかられ、もう片方の脚を手で押さえつけられて、秘められた場所が空気に触れる。

「ふ……うっ！」

生まれてこの方、誰にも触られたことのない部分に軽く周防の指が触れた。

たったそれだけで、まるで雷に打たれたかのように快感がほとばしり、弓のようにのけぞってしまう。

くちくちと、淫らな音がベッドの上に響き渡る。とてもじっとなんてしていられず、腰をよじった。

自分で思っていたよりも、そこは潤っていたようだ。ねばついた粘液の絡んだ長い指に、硬く膨らんだ花芽を優しくいたぶられるたびに、びくんと身体が跳ね上がる。

「あっ……はあ、あんっ……！」

（も……無理……）

琴乃は恥ずかしさのあまり、頭の下から引き抜いた枕で顔を覆った。だって、気持ちがよすぎてふしだらな声が自分でも止められないのだ。

「隠すなよ」

「あっ」

枕を無理やりはぎとられ、だらしのない顔がほのかな明かりのもとに晒された。はあはあと喘ぎつつ、冷たく見下ろす周防をねめつける。

「いやん……もうっ……」

「かわいいな。その顔、正直堪らない」

ぐっ、と太腿に熱いものが直に押しつけられて、琴乃は息をのんだ。彼もローブの下には下着をつけていないらしい。

凶悪さを感じるほど昂《たかぶ》った彼自身の先端から滲み出たもので、太腿が濡れる。半分無意識で腰を引くと、周防がぴくりと眉を動かし、手を止めた。

「俺に抱かれるのが怖いか？」

「怖いです……もちろん。でもそれは、周防さんが相手だからというわけじゃなく、初めてだから……」

「そうか。じゃあ、試しに触ってみるといい」

周防の上腕にあった琴乃の手が掴まれ、彼の股間へ導かれた。

「握ってくれ」

蠱惑的《こわくてき》な眼差しで囁かれた言葉に従って、琴乃は紺色のローブの中へ手を伸ばす。不思議な感触のものが指先に触れた途端、恐れをなして手を引っ込めかけたのだが――

「ほら」

すかさず彼にむんずと掴まれ、かえってしっかりと握らされてしまう。

「お……おお、おっきい!!」

その初めての感触に驚き、つい正直な感想が口を突いて出た。あたたかく、すべすべと柔らかい皮膚の内側には、鋼鉄みたいな塊がある。

周防がローブの前を少しだけはだけたので、恐る恐る目を向けた。すると、彼の素肌よりも色の濃い、グロテスクともとれる物体がそそり立っている。琴乃が目を丸くしたことに気をよくしたのか、周防がふふんと鼻を鳴らした。

「褒め言葉と取っていいんだよな?」

「ほ、褒め……?　わかりません」

手の中で、びくんと脈を打つ彼の分身から目が離せなかった。これが一般的に大きいかどうかなんて、男性器をちゃんと見たのが初めてなのだから、わかるはずがない。

以前に友達の家でパジャマパーティーをした時に、女性向けのアダルトビデオを見たが、恋人役の男性の股間にはしっかりモザイクがかけられていた。

周防がおもむろに仰向けに横たわったため、琴乃の手から昂《たかぶ》りが離れる。

「琴乃。俺をまたいで足のほうを向いてくれ」

「こう……ですか？」

疑問に思いながらも、言われた通りの体勢になる。濡れた秘部が周防の引き締まった腹部に触れて変な感じだ。するといきなり、お尻を掴まれてぐいっと引き寄せられた。

「ひゃっ」

前にのめった琴乃の目と鼻の先には、真っ黒な下草から生えた巨大なものが揺れている。それに気を取られていると、脚のあいだに息がかかり、なにかがぬるりと秘所に触れた。

「ひゃあぁんっ……！」

その瞬間、衝撃的な感覚に襲われて思い切りのけぞった。

甘く、もどかしく、せつなくなるような心地よさ。びくびくと勝手に脚がわななく。

脚だけじゃない。なんらかの方法で愛撫されている花びらまでもが震え、とぷりと蜜をこぼしたのがわかる。

「周防さん……あっ、は……っ、なにしてるんですか？　あんっ！」

ちゅぱ、と音がして、そのなにかが秘所から離れた。

「何って、舐めてるんだよ」

「や、やっぱり……！　そんなことしちゃだめっ」

彼の顔の前にとんでもないところを向けていることに改めて気づき、周防の身体から下りようとする。しかし、すぐに腰をがっちりとホールドされた。

「俺がしたいからしてるんだ。そのあいだ、君も俺のをじっくり観察しているといい。そのほうが恐怖心も薄れる」

言い終えるや否や、再び甘い責め苦が始まった。

琴乃は喘ぎながら太い腕からの脱出を試みるが、体格的に厳しい。あえなく観念して、引き締まった腹筋に頭をこすりつける。

「あっ、んんっ……お尻の、穴は……見ないで」

「もう遅い。全部見えてるよ」

「は……っ、そん、な」

頭が変になりそうなくらいに気持ちがいいのに、心だけがおいてけぼりだ。目の前で揺れている立派なものを眺めつつ、ふしだらな喘ぎをもらすことしかできない。

そういえば、あの友人宅で見たビデオでも、やはり男女がこうして上下逆さになって向かい合い、互いの性器を口で愛撫していた。世の中のカップルは、みんなこういうことをするものなのだろうか……？

琴乃は喘ぎながら、直立した赤黒いものに手を伸ばした。彼の正式な婚約者になるのならば、試さなくてはいけないだろう。

それはある意味、開き直りにも似ていた。硬く漲る幹《みなぎ》を口元に引き寄せ、丸々とはち切れんばかりに膨らんだ先端へ舌を伸ばす。

ぺろりと舐めた途端、手の中で男根が大きく跳ねた。さらに舐める。まるでソフトクリームを食べるように、左回り、右回りと舌を動かし、まんべんなく。

すると、琴乃の足元から低い呻《うめ》き声が聞こえた。心なしか、手の中の昂《たかぶ》りがさらに膨らんだ気がする。なんだか楽しくなってきた。

あのビデオで女性がしていた様子を思い出し、硬く締まった幹の部分を上下にさすってみる。そうしながらも丸く張り詰めた頭部に舌を這わせると、彼の太腿がぶるぶると震える。

ビデオの中の女性はこれを根元まで口に含んでいたが、周防のそれは少し大きすぎるようだ。不器用に先端部分だけを咥えつつ、舌先で幹とのあいだのくびれをなぞったり、露の滲んだ裂け目をちろちろとくすぐる。

「無理するな」

足元で周防が言っているが、耳を貸す気なんてさらさらない。

たとえ下手でも、彼が時折呻《うめ》き声をもらしたり、彼自身がぴくりと反応するのが嬉しくて、楽しいから。こうしていると淫らな気持ちが高まってきて、泉からこんこんと蜜があふれてくるのも不思議だ。

「ああ、こんなんじゃ俺は……くそっ」

小さく呟いた周防が腰を引いたため、琴乃は彼の身体からごろりと落ちた。仰向けになったところを琴乃の足元ににじり下がった周防に押さえつけられ、両腿を抱きかかえられる。下腹部の向こうに、彼の黒い髪が揺れているのが見える。

「はんっ……」

直後に、あたたかくぬるりとした感覚が、左右の襞の下から上へと撫でた。下から上へ、下から上へとなぞり、上端にある小さな突起をつつく。

その蕾を弄られると、どうも弱いようだ。優しくいたぶられるたび膝がびくびくと跳ね、身体の奥に甘やかな感覚が膨れ上がっていく。

彼みたいに立場のある人が、ひとりの男として自分の脚のあわいに顔をうずめているなんて、信じられない思いだ。もしかしたらこれは、セックスよりも親密な行為かもしれない。

琴乃はうっとりした心地で快感に身をゆだねていた。濡れそぼった秘所に熱い吐息が当たり、彼の興奮が伝わってくる。

「指を入れるから、痛かったら言ってくれ」

言い終わるが早いか、琴乃の胎内にぷつりとなにかが侵入してきた。ゆっくりと、入り口をならすようにうごめき、慎重に奥へ入ってくる。

そのなんとも言えない違和感に、琴乃は眉をひそめた。痛くはない。けれど、タンポンすら使ったことがない琴乃にとっては、侵襲自体が恐ろしい。

「きついな。大丈夫か？」

「は……い、なんとか」

脚のあいだから伸びてきた彼の手を握る。

「ゆっくりならしていくから。痛かったら言うんだぞ」

その言葉の通り、周防は敏感な蕾を舌先でくすぐりながら、蜜洞を丁寧に指でなぞる。あふれた蜜を洞内に塗り込めるように。狭い道を押し広げるように。

その動きはとにかく優しく執拗で、慈しみにあふれていた。経験のなせるわざなのか、決して焦ったりせず、あくまで琴乃のペースに合わせてくれる。

どれくらいの時間がたっただろうか。淫らな水音と、琴乃の激しい喘ぎだけが室内に響き渡り、掴んだ周防の頭が次第に汗ばんできた。そのうちに愛撫されている場所に未知の感覚が生まれ、妙な焦りを感じ始める。

「ん……周防さん、待って」

「どうした？」

尋ねつつも、周防は愛撫の手を止めない。ちゅ、と蕾に吸いつかれ、琴乃はびくりと足を跳ね上げた。

「なんか……んっ……、変な感じが」

かすれた声で言いながら彼の手を握ると、強く握り返してくれる。

「いきたいなら我慢しなくていい」

「い……く？」

これが俗に言う『イく』ということなのだろうか。

ぼんやりした頭の隅っこで考えるうちに、その未知の感覚がどんどん強くなっていく。なにかが身体の奥からせり上がってくる恐怖で押しつぶされそう。

「あ、あ……怖い……なにか、くるっ……ああっ――」

口にした瞬間に快感が最高潮に達し、全身が強い戦慄《せんりつ》に襲われた。

甘い痛みと切ない喜びを同時に味わうような、奇妙な感覚。はあはあと激しく喘ぎながら、周防の頭を脚で締めつける。

そのあとに訪れた安らぎが身体中に広がっていくのを、琴乃は不思議な気持ちで味わっていた。

目を閉じたまま深いため息をこぼす。いつの間に隣に来たのか、横を向くと周防がいた。

「いったのは初めてか？」

彼はベッドに片方の肘をつき、穏やかな眼差しを琴乃に向けた。もう片方の手の指は、琴乃の中に入ったままだ。ゆっくりと出し入れが続けられているため、彼の顔を直視するのが恥ずかしくて堪らない。

こくりと頷いておずおずと上目遣いに見ると、妖艶な笑みを浮かべた彼がいる。覆いかぶさってきた周防の唇に、琴乃の唇はすぐに奪われた。甘く、慈しむように優しく、それでいて欲望にまみれたキス。

周防は口を大きく開け、琴乃の口内に深く舌を突き立てた。舌を絡めとるだけでなく、頬の粘膜や上顎、舌の裏まですべてを舐め尽くす。

それと同時に、琴乃の胎内にある指がゆらゆらとうごめいた。武骨な指はいつの間にか増やされており、蜜洞を苛《さいな》む圧迫感がすごい。でも、彼の昂《たかぶ》りはその何倍も太いのだ。

淫らな音とともに、指が引き抜かれる。その頃には琴乃の息はすっかり上がり、まだ男を知らぬはずの身体が、彼を欲してきゅんきゅんと叫んでいた。

周防の息遣いも荒々しい。彼も同じ気持ちでいるらしいことに、なんとも言えない喜びを感じる。

唇を離した周防がバスローブを脱ぎ、ベッドの下にはらりと落とす。

琴乃は思わず目を細めた。

彼の一糸纏わぬ裸体は神々《こうごう》しいほどに均整が取れていて、まるでギリシャ彫刻かなにかみたいだ。こんもりと盛り上がった胸と、六つのブロック状に割れた腹筋の下でそそり立つ肉柱が、男性性を強く主張している。

周防は琴乃のローブも引きはがし、床に放り投げた。空調の効いた空気がさあっと肌を撫でたが、産毛が粟立ったのはそれが理由ではない。欲望に満ちた鋭い視線で見下ろされ、琴乃自身、はっきりと自分の欲情を感じたからだ。

「きれいだ」

うっとりと目を細めた周防は、しばし琴乃の裸体に見入っていた。やがて、頬にあてられた彼の指が下へ滑り、バストの先端に触れる。

「あっ」

琴乃はびくりとして首をのけぞらせた。さらにその手が腹部を這い、下草の中に忍び込む。

そこはもう、自分でもわかるくらいにびしょびしょに濡れていた。そっと花芽を弄られただけで、また達してしまいそうになる。

琴乃の膝は、周防の手によって押し広げられた。彼が頭上を探り、戻ってきた手が掴んでいたものを見て息をのむ。

彼の指が摘まんでいるのは、避妊具と思われる銀色のパッケージ。それを歯で破り、中から半透明の薄い膜を取り出す。装着するところをじっと見ていると、彼が顔を上げて唇を歪めた。

「こういう時は見て見ぬふりをするものだ」

「だって……怖いんです」

琴乃は小声で言って視線を外す。

二十八にもなって、という自覚はあるものの、言わずにはいられない。下腹部で揺れるものが、さっきまで受け入れていた指のサイズとはあまりにもかけ離れているからだ。友達から散々破瓜《はか》の痛みを聞かされていた琴乃には、セックスを楽しむ余裕なんてまったくない。

「できるだけ痛くないようにするから」

琴乃の頬に手を当て、じっと見下ろす周防の目を見つめる。その双眸《そうぼう》は優しく揺れていて、琴乃を安心させたいという彼の気持ちが伝わってくる。

頷いた琴乃は、周防の背中に両手を回した。ぐっと力をこめると、蜜口に彼の昂《たかぶ》りの先端が密着する。

「我慢できそうになかったらちゃんと言うんだ。いいな？」

「はい」

静かに返すと、周防は琴乃の脇に手をついた。そして、もう一方の手を自分自身に添えて愛液をなじませ、先端を蜜口に押し込む。

「う……」

赤熱した硬いものが、それを受け入れるにはやや小さい入り口を慎重にこじ開けた。無意識に顔をしかめて痛みに耐えるが、さらに奥へと押し進められると、こらえきれずに周防の背中に爪を立てた。

「大丈夫か？」

周防が腰の動きを止め、心配そうに眉を寄せる。

琴乃は深く頷いた。今ここでやめてしまったら、次がもっと怖くなる。それに、彼と結婚すると決めたのだから、いつかは通らなければならない道だ。

「痛いよな。すまない」

低く囁かれたかと思うと、強い圧迫感が下半身を襲った。

痛い。身体の奥が引き裂かれるかと思うほど。涙が勝手に滲んできたが、部屋の明かりがほのかな間接照明だけなのが幸いだ。

じわじわと塊が奥に進められるにつれ、痛みは募っていった。どのくらいの時間がたっただろうか。やがて動きを止めた周防が、琴乃の目尻に溜まった涙をすくう。

「よく頑張ったな。偉かったぞ」

ゆっくりと覆いかぶさってきた彼が、大きな腕で琴乃を包み込み、優しく頭を撫でた。

その途端、頑張って引っ込めた涙がまた滲んできて、ぱちぱちと瞬きをする。

「優しいんですね」

「俺は君が大好きなんだ。好きで好きで堪らない。そういう相手には、自然と優しくなるだろう?」

眉を上げ、相好を崩す周防の眩しい笑顔に、琴乃は胸がむずむずする思いがした。

今の彼は、出会った頃とはまるで別人に見える。冷たい表情に愛想のない言葉。どうして自分と見合いなどしたのかと思っていたくらいだ。

頬に触れる節くれだった手を握り、戸惑いの表情を向ける。

「周防さん……なんで? いつから?」

彼は静かに笑う。

「言っただろう? 初めて会った時から君に惹かれていたって。……いや、親戚から渡された写真を見た時からだな」

「えと……じゃあ、見た目だけで?」

「そうじゃない」

周防が目を細めると、上下の睫毛が重なり一段と濃く見えた。

「君とこうなるということは実際に会って話してみて確信した。ひとめ惚れと言っていいかもしれない」

「えっ……。そんなふうには見えませんでした。だって、あの時――」

「まあその話はあとでもいいだろう」

　焦がれた眼差しが迫り、琴乃の唇にそっとキスが落とされる。

「察してくれ……もう限界なんだ」

　琴乃の唇は、周防の熱い唇にぴたりと覆われ、貪《むさぼ》るように吸われた。欲望の限りをぶつけるキスは歯が当たるほど獰猛《どうもう》で、息が上がるくらいに激しい。

　歯茎、歯列、舌の裏側までをも強くこすられ、吸い上げられる。上顎を執拗に舐められて、腰ががくがく揺れる。

　それと同時に、隘路《あいろ》を押し広げている塊がゆっくりと動き出した。くちゅ、くちゅ、という愛液をこねる音までがスローで奏でられ、ものすごく卑猥なことをしている気分だ。痛みは相変わらずそこにあるものの、大好きな人とつながった喜びが勝る。

　淫らな水音とともに周防が唇を放し、唾液が銀の糸を引いた。彼はため息をつき、琴乃の額《ひたい》にこつんと頭をくっつける。

「今夜はひどいことをするかもしれないが許してくれ。こんなに誰かを欲しいと思ったことは初めてなんだ」

　はにかんだような彼の表情があまりにも色っぽくて、琴乃の背中にぞくりと震えが走る。

　女性に慣れていると思っていた彼がこんなことを言うのは、あまりにも意外だ。驚く反面、それ以上の喜びで胸が弾《はじ》けそうになる。

「嬉しい……。思い切り抱いてください。私を……」

琴乃は唇を噛み、彼の背中に手を回した。周防が低く呻《うめ》く。再び覆いかぶさってきた彼が、噛みつくかのごとく琴乃の喉に吸いついた。

「ああっ……はっ……」

喉元をぬらぬらした感触が這う。バストを揉みしだくのは、ざらりとした武骨な手。指先が胸の先端を摘まんだ瞬間、びくんと身体が跳ねた。

「琴乃……琴乃」

周防は吐息まじりに名前を呼び、ゆっくりと引いた腰を波にも似た動きで前に突き出した。

鋼鉄みたいに硬いものが、胎内の入り口から奥深くまでを一気に貫く。

そしてもう一度。

さらにもう一度。

くちゅん、くちゅん、と淫らな音とともに、欲望の塊が胎内を行き来する。

「ああ……んんっ……周防さんっ……」

そのたびに、琴乃はふしだらな声を上げてのけぞった。痛みが消えたわけではない。けれど、自分自身の身体で彼を感じ、深くひとつになれる喜びが痛みをも凌駕する。

「将偉だ。名前で呼んでくれ」

彼が琴乃の唇に向かって囁いた。ぺろりと舐めてきた舌に自分の舌を絡ませつつ、琴乃は彼の名を呼ぶ。

「将偉……さん、好き。大好き……。ああっ」

急に息を荒くした将偉に激しく突かれ、彼の腕にしがみついた。その手を剥がされ、奪われ、両手を恋人つなぎの状態でベッドに縫い留められる。

「琴乃……かわいい。俺のかわいい女」

ひどいことをするかもしれない——さっき言った言葉の通りに、彼は何度も腰を引き、屹立したもので矢継ぎ早に胎内を突いた。ぐちゅぐちゅという激しい水音と琴乃の喘ぎに合わせて、バストが波を打つ。その胸の頂に吸いつかれ、甘噛みされ、彼自身を抱きしめる隘路《あいろ》がさらに締まる。

「う、う……将偉、さんっ、それ……だめぇ」

つないでいたはずの彼の手の片方が、琴乃の身体の中でもっとも敏感な花芽を苛《さいな》んだ。いくつもの箇所を同時に攻められ、身体を駆け抜ける甘い疼きが止まらない。

無意識のうちに腰が揺れてしまう。花芽への刺激の強さに引っ張られたのか、胎内の痛みがだいぶ薄れたように感じる。けれど、そのうちに痛みとは別の感覚が生まれてきたことに、自分でも驚いた。

「感じるか？　琴乃」

ちゅ、と音を立てて乳首を放し、彼が囁く。琴乃はこくこくと頷いた。

「ふっ、う、……気持ちいい……」

「いつでもいっていいから」

身体を起こした彼が、琴乃の脚を持ち上げてその下に自分の膝を入れた。互いの距離が近くなり、性器が密着する形になる。

再び腰が押し出されると、下腹の裏側に甘い疼きを感じた。もどかしいような、さらに欲望を掻き立てられるような、不思議な心地よさ。どこだかはっきりとしないその場所を探り当てようと、彼の昂《たかぶ》りを求めて腰をさまよわせる。

「気持ちいいのか？　そうだったら言ってくれると助かる」

将偉がこちらに熱い眼差しを向けた。

「んっ……。それが、あの……そこ、そのあたりが……」

自分でもよくわからないため、中途半端に告白する。

彼は「わかった」とだけ言い、小刻みに腰を振り始めた。ぐずぐずにとろけた胎内で、欲望の塊が探るようにうごめく。彼はすぐにその場所を探り当てると、そこだけを執拗に攻めてくる。

「あ……あっ、将偉さん、そこ……！」

琴乃はいまだ自分の手をシーツに押しつけている彼の手をきつく握りしめた。

はじめはぼんやりと感じていた快感が次第にはっきりしてきて、短く、浅く、喘ぎをこぼす。硬く漲《みなぎ》った先端にくちくちとそこを嬲《なぶ》られるたび、もどかしい快感が膨らんでいく。さらに、時々入り口から奥までをひと息に突かれると、どうしようもない気持ちになってしまう。

「は……あ、私、私……っ」

「いってくれ、琴乃。君が達するところを見たい」

「将偉さんっ……！」

腰がぶつかる音がするほど激しく突かれ、身体の奥からとてつもない快感がせり上がった。呼吸が乱れ、太腿がわななき、頭の中が真っ白になる。

背中をのけぞらせたまま、琴乃はいつまでも痙攣していた。それが収まると、今度は全身がふわふわした甘い陶酔《とうすい》に包まれ、身体がすっと冷えていく。

彼を置き去りにしていたことに気づいたのは、唇に羽根が触れるようなキスが落とされた時だ。瞼《まぶた》を開けると、これまで見たこともない穏やかな表情を湛えた将偉の顔がある。

「琴乃」

笑みを浮かべた彼が、鼻先同士をくっつけてくる。

「愛してる」

突然の告白に琴乃は息をのみ、ぱちぱちと瞬きをした。それから、焼け石みたいに熱くなった顔を両手で覆う。

「もう……なんでこのタイミングなんですか」

「絶頂した時の君の顔を見たら言いたくなった」

「ちょっ――」

くすくすと笑う将偉の胸を押して、無言の抗議をする。そう言う将偉の分身は、今も琴乃の胎内に置かれたままだ。時々ぴくりと脈を打ち、その存在を主張している。

そういえば、彼は自分と一緒に達することができたのだろうか……？ ついさっきまで処女だった琴乃には、男性の生理がわからない。

「あの、将偉さんは？ えっと……今……どんな？」

「いったかいかなかったか、ということか？ その答えならまだだ。俺はもっと楽しみたいから」

熱のこもった瞳で囁き、彼がふわりと覆いかぶさってくる。背中を抱きしめられ、シーツの上でごろりと回転すると、ふたりの上下が入れ替わった。

肩をぐっと押され、琴乃は将偉の上にまたがった状態で身体を起こした。

上から見下ろす見事なまでの肉体が、さながら筋肉でできたベッドのようだ。こんもりとした胸はドーム状に丸く盛り上がり、腹部には完璧なシックスパックがお目見えする。

「すごい筋肉……」

琴乃は呟いて、きれいに割れた筋肉の溝に指を這わせた。

胸の谷間をなぞり、正中線の上をすーっと滑らせ、へそから右へ。……そして、また左へ。

ちら、と将偉の様子を窺うと、彼は頭の下で腕を組み、うっとりと目を閉じている。

こうして見ると、彼は本当に整った顔立ちをしている。

形の良い額《ひたい》とそこにかかる艶のある髪、まっすぐでりりしい眉、きれいな二重瞼《まぶた》、長い睫毛に縁どられた切れ長の目……

この瞼《まぶた》の中に、一見怜悧《れいり》でありながらも情熱を秘めた、優しい瞳があることを、琴乃は知っている。

そしてすっと通った鼻は太すぎず、バランスがいい。

唇は形がよくて厚みがあり、思いやりにあふれた彼の心を象徴していると言っていい。

この唇が愛を囁く時、決まって琴乃の腰にはぞくりと震えが走る。

……そう、彼の声は低いのに甘く、ブラックコーヒーにはちみつを添えたみたいに、まろやかな声をしているのだ。初めて出会った時に最初に見つけた彼の特徴が、『声がいい』ということだった。

琴乃にされるがままだった将偉が、ついにくすくすと笑い声をもらした。彼の腹筋が盛り上がると、琴乃の身体の中にあるものまでもが、いっそう硬くなる。

「いい加減にしないと大変なことになるぞ」

「あんっ」

くん、と彼が腰を突き上げたため、蜜洞を甘い痛みが突き抜けた。将偉がニヤニヤしながら目を開ける。琴乃は期待と不安に胸を高鳴らせ、唇を舐めた。

「おいで」

目の前に広げられた太い腕に躊躇《ちゅうちょ》していると、素早く身を起こした彼に手を捕らえられた。そして、両手を恋人つなぎに握られる。

「あ、は……っ、あ、あっ……！」

将偉がにやりと唇を曲げるのが目に入ったかと思うと、猛烈な攻め立てが始まった。下から連続で突き上げられ、身体の奥に快楽の灯がともる。

バストが痛いくらいに揺れた。握り合わせた手は汗まみれで、ふたりが結びついた場所も、すでにどちらの体液かわからないものでぐしょぐしょに濡れている。

「あんっ、あ、はあっ、将偉さんっ……激しいっ」

琴乃は歯を食いしばり、迫りくる快楽を逃した。蜜洞を襲う甘い刺激はさらに強く、男女の交わりでは初心者の琴乃を、ぐいぐいと快感の淵へ押しやる。

最奥を何度も突かれているうちに、さっき絶頂を迎える前に感じたような切迫感が生まれた。

けれど、まだ足りない。感じれば感じるほどに欲望を掻き立てられ、もっと激しく攻めてほしいと、身体の奥が悲鳴を上げる。

「ああ……最高だ。君が感じている顔がよく見える」

激しく腰を突き上げながら、すっかり息を荒くした将偉がかすれた声で煽ってきた。その眉間には深い皺が寄り、瞳は潤み、頬はピンク色に上気している。

(彼が興奮している)

(産まれたままの私を見て)

(私の身体が心地よくて)

そう考えた途端に、蜜洞がきゅうと締まった。将偉が顔を歪めて呻《うめ》く。それすらも嬉しくて、彼を咥え込んだ肉鞘がひくひくとうごめく。

「んっ、ふ……将偉さん、私、また――」

彼の手を強く握ると、突き上げる腰の動きが変わった。

「ああっ……！」

ストロークが大きくなり、抜けそうなほど引かれた昂《たかぶ》りが、一気に奥まで突き入れられる。

それを何度か繰り返され、身体の奥の炎が爆発寸前まで高まった。

「あ、あんっ、もう……だめぇっ」

浅く短い呼吸を繰り返したのち、琴乃は再び絶頂に達した。

全身が粟立ち、がくがくと身体が痙攣する。全身の血が逆巻いた。熱感と冷感に繰り返し襲われ、そのあと、身も心も天に昇るような至上の愉悦が訪れる。

「あ、はぁ……将偉、さん」

喘ぎながらくたりと脱力する琴乃の身体を、将偉が抱き留めた。

もう頭がどうにかなりそうだ。これ以上この快楽が続いたら、本当に壊れてしまうんじゃないだろうか。

将偉が火照《ほて》った頬を琴乃の頬にこすりつけ、唇にキスをよこした。琴乃はだらしなく弛緩《しかん》した唇でそれを受け止め、汗ばんだ彼の背中に手を回す。

淫らで情熱的な口づけを交わしながら、身体を横向きにされた。ぬるりとした感触とともに彼が胎内から出ていくと、一抹の寂しさに襲われる。

琴乃はベッドの真ん中でうつ伏せにされた。その上に将偉が覆いかぶさると、密着した彼の肌が汗で濡れているのがわかった。

「琴乃……」

ずしりとした重みを背中に感じた直後、男らしく、セクシーな声が降ってくる。

「将偉さん」

琴乃は彼の名を呼び返して、密かに笑みを浮かべた。身体全体を預けられているわけではないから、むしろ心地よい重みと言っていい。柔らかな筋肉にすっぽりと包まれるのは幸せな心地がする。

将偉が琴乃の足元のほうに少し下がった。すぐさま漲《みなぎ》ったものが脚のあいだにねじ込まれ、秘めやかなあわいの内に戻ってくる。

「う……う、ふ……っ」

琴乃は乱れたシーツを握りしめて呻《うめ》いた。さっきよりも侵襲がきつく感じるのは、うつ伏せのこの体勢のせいなのか、それとも、一度彼が抜けたあとだからか。

「大丈夫か？」

将偉が琴乃の手を握りつつ、背中に向かって尋ねてくる。琴乃は眉をひそめたまま、うんうんと頷いた。しかし、ひとたび律動が始まるとやはり痛みを自覚してしまう。

「本当に大丈夫なのか？」

塊が奥へ入るたびに呻《うめ》くせいか、将偉が心配して声をかけてきた。けれど、この痛みが彼自身なのだと思うと自然と唇に笑みが浮かぶ。

「将偉さん……、んっ……私、嬉しいんです。ちょっと、痛いけど、でも……」

へへ、と妙な笑いをもらして、琴乃はシーツを握る手に力を込めた。

この気持ちを伝えるのは難しい。痛みはあれど、その奥には確かな快楽がある。それと、握られた手から伝わる彼の愛情と慈しみ……。それらのものが混然一体となって琴乃を包み込んでいるから、自分でもどう表現していいかわからないのだ。

わかっているのは、将偉は自分を愛し、自分は将偉を愛しているということ。だから、彼のことを全身全霊で、丸ごと受け止めたい。

将偉がついたため息が、汗ばんだ琴乃の背中を撫でた。その唇が、肩、腕、背中、うなじと、そこここにキスの雨を降らせる。

「琴乃……愛している。君が嬉しいなら俺も嬉しい。わかるか？　俺の気持ちが」

荒々しい息遣いの中、将偉が後ろで囁く。琴乃はこくこくと頷き、滲んできた涙をシーツにこすりつける。

将偉の手が、改めて琴乃の手を握り直してシーツに縫い留めた。そして、熱い杭を肉床に打ちつけるがごとく、激しく律動する。

もはや琴乃には、口からこぼれる淫らな声を止めるすべも、思考もなかった。

すでに痛みは感じず、内壁をぐちゅぐちゅと音を立てながら行き来する昂《たかぶ》りがもたらす快感に、身をゆだねるのみ。

背中を打つのは、将偉の身体からこぼれた汗。彼と交わるぐずぐずにとろけきった場所に生まれた快感の塊が、破裂しそうなほど膨らんでいる。

「あっ、はっ、私、また……お願い将偉さん、今度は一緒に……っ」

背中をのけぞらせる琴乃を、将偉が抱きしめる。

「わかった」

彼の狂おしげな声が聞こえた途端、昂《たかぶ》りがいっそう硬さを増したように感じた。獰猛《どうもう》な野獣のごとく、激しく、なりふり構わず胎内を犯される。

強い切迫感が、琴乃を絶頂へと駆り立てた。汗でぐしょぐしょになったシーツを握りしめ、息も絶え絶えになりながら喘ぐ。

「あ、あっ、あ……い、いくっ……！」

「琴乃……、琴乃……っ」

「ああっ――」

その瞬間、極限まで膨れ上がった快感の波にのみ込まれて、一瞬意識が飛んだ。全身の血液が逆流するかのような感覚。くらくらするほどの絶頂感と悪寒に交互に襲われ、琴乃は意識を闇に手放した。


翌日琴乃が目を覚ましたのは、もうずいぶん日が高くなった頃だった。

「う……う、ん……ええっ？」

まだ幾分重い目をこすりつつ瞼《まぶた》を開けると、見慣れぬ光景が視界に飛び込んできた。

思わず飛び起きて、広くて豪奢《ごうしゃ》な室内を見回す。高い天井には丁寧にカッティングされた照明があり、壁際には見るからに高級そうな家具が並んでいる。自分がいる大きなベッドの乱れたシーツを見て、昨晩なにがあったかをすべて思い出した。

「よかった。目が覚めたか」

声がしたほうに目を向けると、バスローブ姿の将偉が寝室に入ってくるところだった。胸元から覗く筋肉の谷間が眩しい。彼の手には、ティーポットらしきものが載ったトレイがある。

「ご、ごめんなさい。私……」

彼の顔を見た途端、昨夜の爛《ただ》れた一部始終がよみがえってきて、カッと頬に熱が集まる。自分がなにも身に着けていないことに気づいた琴乃は、急いでシーツを身体に巻きつけた。

かちゃり、と音を立てて、彼がベッドサイドのテーブルにトレイを置く。ベッドに上がってくると、琴乃の頬に手を当て顔を覗き込んできた。

「身体は大丈夫か？　琴乃」

「は、はい」

（い、イケメンがいる……！）

形のいい唇から発せられた自分の名前の響きに、今さらながらにときめいてしまう。

昨夜の彼は激しい律動の合間に、うわごとみたいに何度も『琴乃』と呼んだ。

将偉が息をついて頬を緩める。

「そうか。やっと安心した。昨日は途中で気を失ってしまったみたいだったからな」

渡されたティーカップを、頭を下げて受け取りつつ、琴乃は目を丸くした。

「そうだったんですか？」

「ああ。それから一度も目を覚まさなかったから、気にかかっていたんだ。ところで――」

コホン、と小さく咳をする。

「よかったか？　……その、俺とのセックスのことだが……」

ちらりとこちらを一瞥したのち、緊張した面持ちで紅茶を啜《すす》る将偉がかわいらしい。

琴乃は思わず笑みをこぼした。いつも自信満々かと思えば、時々こんなふうに子供みたいになってしまう彼が愛しい。

「反則ですね……」

「ん？　反則？」

将偉がカップから顔を離して、眉をひそめる。

「あ、いえ。それはこっちの話で……。あの、昨日の夜は素敵でした」

ちょっとだけ大人になったつもりで格好つけてみたものの、やはり背伸びしすぎたようだ。すぐに顔が熱くなって、ごまかし半分に紅茶を飲む。

将偉はなにも言わずに、琴乃の手からカップを奪った。自分のカップと一緒にトレイに戻すと、不意にベッドに押し倒してくる。

「琴乃」

いきなり熱い口づけが降ってきて、琴乃は喘いだ。

「ん、んんっ……周防さんっ」

「将偉だ」

「将偉……さん」

彼をファーストネームで呼ぶことには、背徳的なためらいがある。婚約者とはいえ会社ではボスだ。今後仕事を続けていくうえで、どうしたらいいのだろうか。

耳の脇から差し入れた長い指で琴乃の髪をまさぐりつつ、彼は戯れるようにキスを落とした。

ちゅ……ちゅ……とまるで小鳥がついばむように、角度を変えながら、唇の感触を味わうキスを繰り返す。唇をつけたまま、彼が口を開いた。

「琴乃はかわいいな。昨日は本当にすまなかった。つい夢中になってしまって……痛かったろう？」

「ううん。大丈夫です。将偉さんが優しくしてくれたから」

「……抱きたい」

ため息まじりに琴乃の唇に囁いた彼が、太腿に腰をすりつけてくる。その感触があまりに硬く漲《みなぎ》っていたため、琴乃は思わず息をのんだ。

「まだ痛い？　……よな」

心配そうに顔を覗き込んでくる表情の中に、少し残念そうな気持ちがひそんでいるのが見て取れて、琴乃は噴き出した。

「ごめんなさい。中はまだ痛いと思います」

今のところ痛みは感じないが、昨日あれだけ酷使してしまったのだ。彼が入ってきたら痛むかもしれない。

それでも彼は名残惜しいのか、琴乃の身体をゆるゆると撫で始めた。頬にあった手がシーツの中へと潜り込み、バストを弄ぶ。指先が胸の先端を弄り出したので、琴乃は吐息をもらした。

「ん……将偉さん」

「なんだ？」

もう一方の頂にキスを落とされ、琴乃はびくりとのけぞった。

「あの、んんっ……！　昨日のこと、覚えてますか？　将偉さんが私にひとめ惚れした、って言ってた話」

ちゅぽ、と音を立てて乳首を解放し、彼が顔を上げる。

「覚えてるよ。あれは本当のことだ。そもそも、写真を見た段階で気に入っていなければ今回も断った見合いだったが――」

琴乃は彼の頭を両手で抱え、彼の目線と並ぶため身体をずらした。

「今回も？　将偉さんも何度か見合いを持ちかけられていたんですか？」

「そりゃあ、この歳まで独身でいたら周りが黙っちゃいないからな。君も初めてではなかったんだろう？」

将偉が琴乃を抱えて寝転がったため、琴乃は彼の胸に頭を乗せる格好になった。

「ええ、私を心配した母が話だけはいくつも持ってきたんですが、実際にお会いしたのは将偉さんが初めてで」

「なるほど。俺も会ったのは君が初めてだ」

えっ、と琴乃は顔を上げた。

「そうなんですか？」

「ああ。まず写真を見た段階で、なんとなく感じるものがあるだろう？」

「確かにそうですね。でも、私ずっと疑問だったんです。将偉さんほどの人が、どうして私と結婚したがってくれるのかって」

将偉が軽く笑い声を立てる。

「あの日、ホテルで君を見つけた時、年甲斐もなく胸がときめいたんだ。あの短い時間の中で屈託なく笑ったり、怒ったり、戸惑ってみたり。ころころと変わる君の表情に惹かれて、もっと知りたくて堪らなくなった。なにより、正直なところが気に入った」

「正直なところ？」

楽しそうに語る将偉の顔を見つめたまま、琴乃はぱちぱちと瞬きした。

「ああ。生まれ育った境遇のせいか、俺はなかなか人を信用することができない。だが、君は信じられるとひと目見てわかった。ひとつ屋根の下で一緒に暮らしている妻を信用できないなんて、悲しいだろう？」

「その気持ちはすごくわかります」

こくこくと頷いて同意したのは、つい昨日、平良由奈に裏切られたかもしれないと知ったせいだ。

まだ、彼女が犯人だと決まったわけではない。しかし、過去にも別の秘書に対して嫌がらせをしようとしていたという話を聞いてしまったからには、もう今までみたいに心を開くことはできないだろう。

将偉に対しては、見合いの席でひどいことを言ってしまったといまだに申し訳なく思っている。しかし、なぜか印象はよかったみたいだ。あの時の彼からは、琴乃を気に入っている様子なんてみじんも感じられなかったけれど。

「……どうした？」

「い、いえ。まさかそんなふうに思われてたなんて意外だったもので……。だって、あの時の将偉さん、にこりともしなかったし、ぶっきらぼうだったから、私はてっきり……」

「あれは――」

彼は言いよどんで、琴乃から視線を外す。

「初対面の君に、本心を悟られたくなくてあんな態度を取った」

「本心？　なんのことですか？」

琴乃が将偉の顔を見ようと身体を伸ばす。その視線から逃れたいのか、彼は琴乃の頭を胸に押しつけた。

「照れ隠しだったのかもしれない。君があまりにも美しかったから、つい」

「う、美し――」

ストレートに褒められて、むずがゆくなる。将偉の硬く張った胸の谷間から、ぴょこんと顔を出した。

「ま、まさか、それでうちの社長に直談判して囲い込もうとしたんですか？」

将偉があからさまにムッとする。

「囲い込む……？　君はそんなふうに思ってたのか？　それから、『うちの』社長じゃない。前の、だろう」

くすくすと笑うと、将偉がにやりとして抱きすくめてきた。

「からかったな」

「きゃあっ、ごめんなさい！」

素直に謝罪を述べた唇に、笑いながらキスが落とされる。そのあと、涙を流すまで全身をくすぐられ、もうしません、と謝るはめになった。

再び後ろから抱きしめてきた将偉は、まだ笑っている。

「でも、君を手元に置きたいと思ったことは間違いじゃない。あの日、トーサイ物産で秘書をしていると君の口から聞いて、慌てて青野さんに連絡したよ。いつか言っただろう？　彼は手が早いと業界内でも有名だと」

「覚えてます」

「翌朝、一番で迎えに行ったのはそのせいだ。君がなにかされていたら、ぶちのめしてやろうと思っていた」

「ええっ」

将偉があまりにも物騒な顔をしていたため、ゾッとして彼を凝視する。この筋肉の塊みたいな人に殴られたら、小柄な青野はただじゃ済まないだろう。

「わ、私に魅力がなくてよかったです」

「君に魅力を感じない男がいるとは理解不能だな。しかし、逆に俺にとっては好都合とも言えた。そうだろう？」

不敵な笑みを浮かべる将偉を、琴乃は上目遣いで見た。

「もちろんですよ。将偉さんもほかの女の子にちょっかい出したら承知しませんからね」

「肝に銘じておくよ」

爽やかな朝日の中、とびきりセクシーな表情で囁いた将偉が、唇を近づけてくる。

琴乃が彼のうなじに腕を回すと、ひょいと持ち上げられ、次の瞬間にはもうふわふわな筋肉でできたベッドの上。

すぐさま、とろけるような極上の口づけが始まった。将偉の熱い抱擁と、唇と舌での愛撫に酔いしれながら、ぼうっとする頭の片隅で思う。

人を好きになるって、こんなに楽しいことだったんだ——と。

第七章　悪者はやはりヒーローに成敗されるのでした

「まあー、周防さん！　本日はようこそお越しくださいました。いらっしゃるのを心待ちにしておりましたんですのよ」

「それは大変申し訳ございませんでした。忙しさにかまけて訪問が遅れましたこと、どうかお許しください」

将偉と初めて身体を重ねた翌週の土曜の朝、琴乃は将偉とともに自宅へ帰ってきた。例によって車を停められる場所が遠いため、家の前で降りて、彼のお抱え運転手には離れた場所で待機してもらっている。

「ささ、どうぞ。むさ苦しいところですが、どうぞお上がりになってください」

きれいに並べられたスリッパを母が手で示す。礼を述べて廊下に上がる将偉に続き、琴乃も八日ぶりに自宅へ足を踏み入れた。この日のために用意したのであろうスリッパは新品だし、廊下もぴかぴかだ。

来客がある時は、建物全体を二分する廊下の突き当たりにある応接間に通すものと決まっている。たいして長くもない廊下を先に立って歩きながら、母の口は止まらない。

「まあなんですか？　もう四月だっていうのに、まだまだ寒い日がございますこと。でも、昔に比べたらずいぶんあたたかくなりましたわねえ。周防さんのご自宅はマンションでいらっしゃるんでしょう？　やっぱり今どきのマンションみたいなほうがあたたかいんでしょうかしらねえ？」

「さあ、どうでしょうか。昼間はほとんどおりませんし、会社を出るまでにスマホから空調の電源を入れますので、到着する頃にはもう部屋はあたたまった状態なんです。な、琴乃」

「えっ――は、はい」

突然声をかけられ、慌てて相槌を打つ。

応接間のある廊下の突き当たりまで進んだところで、琴乃は「あっ」と声を上げた。廊下の曲がり角にいる父に気づいたせいだが、びっくりするのはいつものことだ。存在感のない父親を、琴乃は心の中で『ステルスパパ』と呼んでいる。

壇家の応接室は十六帖ほどの、フローリングの洋室だ。無垢材でできた腰壁にはレリーフが施されており、今はもう使っていない暖炉がある。

壁にかけられているのは有名な画家が描いたらしい風景画と、ご先祖様の肖像画。琴乃が子供の頃からそこにあったものだが、誰の手によるものかは知らない。

母が運んできた紅茶が満たされた人数分のカップを、琴乃はそれぞれの前に置いた。それを将偉は自分の前に引き寄せて、改めて室内を見回す。

「しかし立派なお宅ですね。いつ頃建てられたものですか？」

「いやいや、周防さんのお宅ほどじゃないでしょう。私が父から聞いた話では、太平洋戦争の少し前に完成したということでしたから、もう八十年ほどになりますか」

と、父が銀縁眼鏡の奥の目尻を下げる。緊張しているのか、父の頬はほんのりと紅潮し、やや落ち着きなく身体を揺らしている。

「将偉さん、冷めないうちにどうぞ」

「ありがとう」

隣に座る琴乃が勧めた紅茶をひと口啜《すす》って、将偉は父に向き直った。

「なるほど、あの戦火をよくぞかいくぐってくれましたね。こうした造りの家は都内にいくつもないでしょう」

父が口を開こうとしたところ、母が隣から、ずいと身を乗り出す。

「そうなんでしょうねえ。テレビや雑誌で取材させてほしいという人がよくいらっしゃるんですが、人様にお見せするようなものじゃありません、とお断り申し上げているんですのよ。このあいだも、ほら、夜七時からやってるテレビ番組の……えーと、琴乃、なんて番組だったかしら？」

いきなり話を振られた琴乃は、びくりとしたのち首を捻《ひね》った。

「さ、さあ……私あんまりテレビ見ないから……」

「そうなんですよ。今の若い子は携帯電話ばかりでニュース番組も見ないのでねえ。それで、以前にもね――」

いつもより念入りに化粧をした母は相当張り切っているらしく、次から次へと話題が尽きることがない。そのあとも、琴乃が子供の頃にやらかした事件から、近所に新しくできるスーパーのことまで、誰かが口を挟む隙がないくらいにしゃべりまくる。

つんつん、と琴乃は将偉のスーツの袖を引っ張り、合図を送った。こうなることは予想済みだったから、あらかじめ作戦を立てていたのだ。

「話の腰を折って申し訳ありませんが、お茶のお代わりをいただけますか？」

母が話を切った時、すかさず将偉が申し出る。

「あらあら、気が利かなくて申し訳ありません。どうぞどうぞ、少々お待ちくださいませね」

母がポットを取りに席を立つと、将偉はネクタイを正して背筋を伸ばした。

その姿は、武道をたしなんでいただけあって完璧だ。紅茶の準備をして戻った母が再び着席するなり、口を開く。

「本日はお忙しい中、お時間をいただきましてありがとうございます。改めまして、先日の見合いのお返事をさせていただきたく、お邪魔いたしました」

改まった挨拶が通じたのか、向かいの席に座る琴乃の両親の顔も引き締まる。

琴乃は緊張しながら、真剣な表情の将偉の横顔を見つめた。

「見合いの席では大変短い時間だったので、お互いのことを知るには至らなかったんです。しかし、琴乃さんにはそのあと、私の秘書について、マンションの隣の部屋で暮らしていただいたおかげで、深く知り合うことができました」

ちらりと送られた視線が絡み合い、琴乃は頬を熱くする。深く知り合う、という表現がなんとも……昨晩も、その前の晩もベッドで睦み合ったことを示唆しているみたいだ。

将偉が前を向く。

「ここ数日、ふたりでよく話し合いまして、結婚に向けて具体的に話を進めてもいい頃合いだと結論が出ました。つきましては、お父様、お母様――」

「は、はい」

両親の背筋が、ぴんと伸びる。

「琴乃さんとの結婚を認めていただけますでしょうか。必ず幸せにするとお約束いたします」

瞳に凛とした決意を纏わせて、将偉がはっきりと言い切った。彼の鼻腔は膨らみ、厚みのある胸が激しく上下している。

やはり緊張していたらしい。琴乃も彼の腰に触れる自分の手が震えていたことに気づく。

将偉の申し出を両親が断らないことはわかっていた。もともと、すべてお膳立てされていた話だ。琴乃を自分の部屋の隣室に住まわせたいと彼が言った時も、『どうぞどうぞ！』と母は飛びついたし、籍を入れるのはいつなのかとせっつかれていたくらいなのだから。

ところが。

今まで黙っていた父が、「あのー」と突然声を発したので、一同はびくりとした。注目を浴びた父は居たたまれなかったのか、眼鏡の位置をしきりに直す。

「つ、つかぬことをお伺いしますが、周防さんは、琴乃のどこをどのように気に入っていただけたのでしょうか？」

ひゅっ、と母が息を吸う音が聞こえた。ほとんど決まったも同然の縁談に茶々を入れるとは何事か、とでも言いたげな顔をして父を見る。

しかし、実際に声を上げたのは琴乃だった。

「お父さん……！　そんな恥ずかしいこと、私がいる前で聞かないでよ～」

琴乃は両手で顔を覆って悶絶した。家族の前でそんなことを聞かされる自分も、言わされる将偉にとっても、公開処刑もいいところだ。すると肩に手がかかった。

「琴乃、ここは俺に任せろ」

「え……？」

泣きたい気持ちで、指のあいだから彼を見る。将偉は切れ長の目を細め、口元に余裕たっぷりの笑みを浮かべている。一同の視線が集まる中、彼は少し開いた膝の上で手を組み、リラックスした顔つきで口を開いた。

「ご質問の答えですが、いくら彼女のご両親でも、それについては申し上げることができません」

（将偉さん……？）

静かな彼の口調に有無を言わさぬ迫力を感じて、琴乃は手を下ろした。目の前の両親に視線を移せば、ふたりともぽかんと口を開けている。彼らの疑念を振り払うように、将偉が背筋を伸ばした。

「ただし、私が彼女にどうしようもないくらいに惹かれているということは、正直に申し上げられます。それこそ、すべてにおいて」

こちらを向いた将偉が、琴乃の瞳から口元へ視線を下ろし、意味深に口を開く。さらに、首筋、バスト、腰、とねっとりと見ていることに気づき、思わず咳ばらいした。

ふ、と将偉が頰を緩ませ、両親に向き直る。

「もしかしたら、言葉にすることで、私の中にある思いが陳腐なものに聞こえてしまうのが怖いのかもしれません。ですから、具体的にはお互いの胸に秘めておきたいと思います」

「まったく、お父さんには困っちゃうわ。ミイラだの骨だのばかり相手にしてるから、気が利かない朴念仁《ぼくねんじん》になっちゃうのよ」

「まあまあ。すべて丸く収まったんだからいいじゃない。あんまり責めたらかわいそうだよ」

有頭海老をまな板に押しつけながら、琴乃はさきほどから文句ばかりの母をなだめていた。海老は腹側の筋を切り、こうして伸ばしてやるとまっすぐに揚がるが、身がちぎれやすいので慎重にやらなければならない。

そのためには、母の小言を今すぐに収めるのが一番だ。彼女のイライラに付き合わされていたら、今日のために奮発したらしい食材が無駄になってしまう。

将偉の告白のあと、あの場には妙な沈黙が降りた。が、ちょうどよく父の腹の虫が鳴いてくれたおかげで笑いが起こり、元の和気あいあいとした雰囲気が戻ってきたのだ。だから、父は褒められてもいいと思う。

今頃は将偉とふたりきりで、コミュニケーションが苦手な父なりに頑張っていることだろう。

肝心な将偉の申し出に対する両親の返事は、もちろん諸手を挙げて賛成というものだった。はじめからわかりきっていたことでも、やはり嬉しいものだ。結納の日取りや媒酌人《ばいしゃくにん》など決めることは多々あれど、それはひとまず父の腹の虫を収めてから、ということになったのである。

そんなわけで、琴乃は母とともに早めの昼食の準備をしている。近所の寿司店に頼んだ舟盛が届くまでに、ほかのごちそうを作ってしまわないと。

家の電話が鳴り響いたのは、海老の尻尾の先端をハサミで切り落としていた時だ。

「あら大変。琴乃、出られる？」

「あー、ちょっと待って」

肉だねを混ぜていた母よりは早いだろうと、琴乃は急ぎ手を洗った。ダイニングテーブルの隅にある電話まで駆け寄り、受話器を取る。

「もしもし、壇です」

――あ、琴乃？　ちょうどよかった。

電話口から聞こえた耳慣れた声に、琴乃は一瞬で凍り付いた。

電話の主は央士だ。瞬時にあの日起きた一部始終が思い出されて、頭の中が真っ白になる。

――うちのお袋から、琴乃が帰ってきてるらしいってさっき聞いてさ。お前のケータイに電話したら、電源が切られてるって言われたんだけど。……琴乃？

琴乃はハッとして、震える手で受話器を握りしめた。今すぐに電話を切ってしまいたいところだが、すぐそばに母がいる。

「すみません。今日は大事な用事があったものですから。……なにか御用でしょうか？」

電話の向こうから耳ざわりな笑い声が聞こえてくる。吐き気とめまいに同時に襲われ、琴乃は壁に手をついた。

――なんだよ、その他人行儀な言い方。まだこのあいだのこと怒ってんの？　……なあ、今うちの嫁と子供、出かけてていないんだ。よかったら来ないか？

「……は？」

あの晩のへらへらした央士の顔が頭をよぎり、瞬間的に怒りが爆発しそうになった。今もきっと同じ表情をしているに違いない。自分がしたことを少しも悪いと思っていない顔だ。

「あんた……まだ自分のしたことがわかってないみたいね」

怒りに身を震わせつつ、静かに言い放つ。

「いい加減にしなさいよ。近所だからと遠慮してればいい気になって……少しは奥さんと子供のこと考えたらどうなの？」

――あー、そういうこと言っちゃうんだ～。

「はあ？」

チッ、と央士が舌打ちする音が聞こえた。

――もう、琴乃はばかだなあ。俺はお前と結婚したかったんだって、あの時言っただろう？　俺、あいつと別れるからさ。明日からでも一緒に暮らそうよ。

ぶちぶちぶちっ！　と自分の中でなにかが切れる音がした。

もう我慢がならない。母が聞いていようが、隣の応接間に将偉がいようが構うものか。こうなったら洗いざらいぶちまけて、ついでに央士の母親にも言いつけてやる！

「おあいにくさまでしたねえ。おかげさまで私の結婚も決まりまして、これから結納の日取りを決めるところですが？」

――は⁉　ちょっ、待てよ！　結婚するって、相手はこのあいだのデカいおっさんじゃないだろうな⁉

「デカいとはなによ！　あんたと違って高身長だし、筋肉がいっぱいついてるの！」

――あんな精力の塊みたいな男と結婚してみろよ、お前なんかすぐに浮気されて放り出されるぞ？

「……はあ？」

琴乃は強い怒りに唇を震わせた。

「それをよりによってあんたが言う……？　あんたにだけは言われたくない……私、央士と結婚しなくて、ほんっとう――によかった！」

がちゃん！　と受話器を思い切り叩きつけたあと、琴乃はしばらくその場を動けなかった。いつの間にかそばに来ていた母が、「どうしたの？」とおろおろした様子で声をかけてくる。

「琴乃」

頭の上に響いた太い声に、ぱっと顔を上げた拍子に涙がこぼれる。そこには将偉が立っていた。心配そうに覗き込む彼の顔を、琴乃は涙で潤んだ目で見つめる。

「将偉さん……今の電話聞いてました？」

「途中から聞こえていたが？」

琴乃は唾をのんだ。ヒートアップしたせいで、琴乃だけでなく央士の声まで聞こえてしまったかもしれない。将偉の悪口なんて、絶対に聞かせたくなかったのに……

興奮して火照《ほて》った頬の上を、ぽろぽろと涙が伝った。

「ちょっとこっちへ」

将偉に手を引かれて廊下に出る。

「君の部屋は？」

琴乃は無言で応接室を左に曲がったところにある部屋のドアを指さした。ドアを開けた将偉に手を引かれて入る。

彼はまず、黙って優しく抱きしめてくれた。その途端、我慢していたものが堰《せき》を切ってあふれ、彼の胸にすがってわんわんと泣いてしまう。

そのあと、一緒にベッドに座らされても、しばらく泣き止むことができなかった。彼が、ただ無言で髪を撫で続けてくれるのが、ありがたくて、嬉しくて。こうして大きな手で包み込み、甘えさせてくれる彼には感謝しかない。

しばらくしてだいぶ落ち着いた頃、髪にキスが落とされた。顔を上げると、頬を濡らす涙を指で拭ってくれる。

「大丈夫か？」

覗き込んでくる目が優しい。琴乃はこくりと頷いた。

「ごめんなさい。こんなおめでたい日に泣いて」

「こんな日だから頭にきたんだろう？」

「将偉さん……」

穏やかに、慈しみ深い表情でこちらを見る彼の顔を、琴乃はまじまじと見つめた。

（この人は、私のことをよくわかってる）

琴乃にとって、今日という日は特別だ。先週の金曜、彼と初めて結ばれてから、どれだけ楽しみに待っていたか……。

それはきっと将偉も同じはず。なのに、かつて琴乃を傷つけた男に彼を侮辱されたことが悔しく、将偉に申し訳なくて堪らなかったのだ。

「彼が言っていたこと、将偉さんにはなにも気にしてほしくないです」

琴乃の言葉に、彼は怪訝《けげん》そうに首を捻《ひね》った。

「ああ、情けない男がなにか言っていたようだな。俺はそんなにやわじゃないと君なら知っていると思っていたが……」

「もちろんわかってます。でも、嫌な気持ちにはなるでしょう？」

本心を明かしてほしくて、将偉のシャツにすがりつく。彼はくすりと笑って、眉尻を下げた。

「あの取るに足らない男になにを言われても、蚊ほども効かないよ。それより、君のことが心配だ。もしかして、彼とのあいだになにかあったのかと勘ぐってしまう」

鋭い眼差しに探るように射貫《いぬ》かれ、琴乃は観念した。『君の正直なところが気に入った』と、以前に言われたことがある。彼には秘密を作りたくない。この先もずっと、できるだけ……。

琴乃は、先週将偉が出張に行った晩、央士とのあいだに起きたことをありのまま話した。

央士が突然琴乃を訪ねてきたこと。

母がいる手前、強くは言えずに外に連れ出されてしまったこと。

公園で彼に抱きつかれ、不倫を持ちかけられたこと。

ボディーガードは離れた場所にいて、スマホも置いてきてしまったため、助けを呼べなかったこと。

そのため、彼の股間を蹴り飛ばして逃げてきたこと——

「いくら母の手前仕方なかったとはいえ、私はついていくべきじゃありませんでした。しかも、今まで黙ってて。……ごめんなさい」

深々と頭を下げて許しを請う。なかなか顔を上げられなかったが、やがておかしな声が聞こえてきて、琴乃は顔を上げた。

「将偉さん……?」

彼は顔を背け肩を震わせている。どうやら笑っているようだ。

「ごめん。君がやつの股間を蹴ったくだりで――」

言っている途中で将偉がまた噴き出した。普段あまり笑わない彼だからこそ、琴乃もついつられてしまう。くすくすと笑いながら、将偉の腕を軽く叩いた。

「そんなに笑わないでくださいよ。あの時は必死だったんだから」

「いや、悪い。でも、きっと最善の防御策だっただろう。話してくれてありがとう」

にっこりと笑みを浮かべる彼だったが、次の瞬間には打って変わって真面目な顔をして口を開く。

「その話、親御さんには？」

琴乃はかぶりを振った。

「ご近所だし、あちらのご両親と親同士の仲がいいので、言い出せなくて……」

「なるほど。で？　さっきの電話で、あいつは君を家に誘ってきたのか？」

「はい。今、奥さんとお子さんがいないから、って言ってました」

よし、と将偉は、すっくとベッドから立ち上がった。

「俺が行ってくる」

「ええっ！　なんで将偉さんが……！」

くるりとこちらを向いた彼の顔が、静かな怒りに燃えている。

「俺の妻になる人が危ない目に遭わされたうえに、侮辱までされたんだ。一発殴ってやらなきゃ気が済まない」

鼻息荒く部屋を出ていこうとする将偉の腕を急いで掴む。

「待って！　私も一緒に行きますから！」

キッチンへ戻ると、母は心配していたのかすぐに飛んできた。青い顔をしている母には申し訳ないけれど、今事情を話すと長くなりそうだ。コンビニへ行くとだけ言い、ふたりで自宅を出る。

「坂本央士の家はどっちだ」

「あっちです。あのグリーンの外壁の家」

門の外で指さすと、将偉が返事もせずに歩き出す。

ずんずんと前を行くスーツ姿の将偉を、琴乃は小走りに追いかけた。広くて頼もしい背中が、まるで頑丈な一枚岩みたいに見える。これからの人生、この背中がずっと一緒なのだと思うと、こんな時でもわくわくしてしまう。

「待って」

坂本邸の門の数メートル手前で、琴乃は将偉の腕を掴んだ。

「まずは私が話しますから、将偉さんはここで待っててください」

「なんだって？　危険すぎる」

彼が恐ろしいほど鋭い目つきで睨みつけてくるが、琴乃は怯まない。

「これは私の問題なんです。だから、私が決着をつけたいの。でも、もしもなにかあったら絶対に助けてくださいね」

わざとおどけた調子で笑ってみせると、将偉はふうっと息をついた。

「それは構わないが……どっちがあいつの家だ？」

彼が鋭い目つきで、物陰から門の中をちらりと窺う。琴乃は奥にある建物を視線で示した。

「向こうの淡いグリーンの家です。こっちの濃いグリーンのほうには、ご両親と弟さんが住んでるの」

代々公認会計士を営んでいる坂本家は地元の名士で自宅は広い。敷地内に二棟建物があっても庭はたっぷり広く、央士の父親の趣味の樹木が茂っている。

「門から玄関が遠いうえに、死角が多いな」

将偉は苦い顔をして琴乃の手を引き、狭い路地に入った。トラウザーズのポケットを探り、中からなにやらこまごまとしたものを取り出す。

「君はこれをつけてくれ。やつとの会話を俺が傍受する」

そう言って彼は、琴乃の耳に透明なシリコン製のイヤホンを取りつける。スーツのジャケットを一度脱がされ、首の後ろから回したらせん状のコードの先を袖から出した。

「コードの先端がマイクになっている。ここから音を拾うから、手の中で軽く握っててくれ」

将偉は同じイヤホンマイクをもうひとつ取り出して自分にセットした。彼が装着すると、さながらドラマに出てくる刑事か要人警護のスペシャリストに見える。この前ボディーガードについてくれたふたりの数倍は素敵だ。

「でも、なんでこんなものを持ってるんですか？」

「これはもちろんわが社で扱っている製品だが、いつ何時、なにが起こるかわからないから常に持ち歩いている」

鋭い目つきでそう言った彼を見て、琴乃は目を見張る。たったひと月ほど隣で暮らしたくらいでは、まだまだ知らないことがたくさんありそうだ。

練習を兼ねてマイクで会話をしつつ、元の通りに出る。なにげない風を装って口元に手を持っていく将偉が格好いい。

——本当はスタンガンくらい持たせたいが、相手がひとりなら大丈夫だろう。いいか？向こうが外に出てきても絶対に距離を詰めるな。ドアから二メートルは離れろ。建物内に引き込まれて鍵をかけられたら、いくら俺でも無理だ。

「ラジャー」

門にはインターホンがふたつあり、右側の新しいのが央士の家のものだ。少し離れた場所で立ち止まった将偉に目で合図を送ってから、琴乃はインターホンを押す。

――はい。……琴乃！　今すぐ開けるから待ってて！

インターホンが切れた途端に、琴乃は鼻に皺を寄せた。門扉《もんぴ》を開けて敷地内に入り、灌木《かんぼく》を縫うように石が敷かれたアプローチを右に進んでいく。すると、木製の玄関ドアが勢いよく開いた。現れたのは、歳より若く見える優しげな顔に、満面の笑みを浮かべた憎らしい男。

「琴乃……！　来てくれるとは思わなかったよ。さ、入って」

しかし琴乃は、将偉に言われた通りドアからだいぶ離れて立ち止まった。その距離ほぼ二メートル。央士とはもっと離れている。

「入らないよ。入ると思う？」

冷たく言い放つと、はーっ、と息をついた央士がうんざりした様子でうなじを撫でた。

「もう、そういうのいいからさ。琴乃と俺の仲だろう？　ほら、これまでにもいろいろあったじゃん。すれ違いとか、ほかの人を好きになったりとかさ。それでも俺たち、なんだかんだつかず離れず続いてきただろう？」

「『俺たち』なんて一緒にしないでよ！」

身勝手な言い分に、外にもかかわらず声が大きくなる。

「浮気して、彼女を妊娠させて私を捨てたあんたと続いてるわけないでしょう？　私は、あんたとはもう金輪際会わないってことを言いに来たの。二度と電話もしないで。したら警察呼ぶから！」

啖呵《たんか》を切った琴乃は、くるりと踵《きびす》を返した。が、一歩踏み出した途端になにかにつまずいてよろけてしまう。敷き詰められた石畳に手をついた時、背後で駆けてくる足音がした。

「お前が他の男と結婚するなんて許さない……お前は俺の女なんだよ！」

喚《わめ》き散らしながら迫ってくる央士を、琴乃は地面に両手をついたまま凝視した。どうやらパンプスの踵《かかと》が石畳のあいだに挟まっているらしく、どうやっても抜けないのだ。

歯をむき出しにし、らんらんと目を光らせた央士がすぐそこに迫る。もうだめだ、と思った瞬間、目の前を黒い影が横切った。

将偉だ。彼はあれだけの大柄をものともせず、琴乃を飛び越えるようにして央士に飛びかかる。

「ぐえっ」

手首を掴まれ、後ろから足を払われた央士がくるりと半回転した。体重が軽いのだろう。ふわりと浮いた身体をしたたか地面に打ちつけたらしく、腰に手を当て玄関ポーチへ逃げ込む。

「てめえ」

央士は傘立てから傘を持ってきて振りかざした。先端をくるくる回しながら近づいてくる。

「琴乃。門の外に逃げろ」

臨戦態勢で前を向いたまま、将偉が告げる。琴乃は頷き、踵《かかと》が挟まったままのパンプスを置き去りにして、表の通りに飛び出した。

通りかかった人が足を止め、門の中の様子を見ている。が、その時、道路の向こう側の数寄屋門《すきやもん》の前でおろおろしている母の姿を発見し、琴乃は凍り付いた。あとで事情を話さなければ。しかし、とにかく今は将偉のことが心配だ。

坂本邸の庭では、傘を竹刀《しない》のように構えた央士が将偉との間合いを詰めつつあった。そのこなれた立ち姿に、琴乃は彼が子供の頃から剣道を習っていたことを思い出す。

央士は確か、段位を持っていたはずだ。対する将偉も剣道の段位持ち。おそらく央士が経験者であることは彼にもわかっただろうが、今は無事を祈るしかない。

将偉の胸の前で傘の先を揺らしていた央士が、掛け声とともに踏み込んでいった。浅く振りかぶった傘を、将偉の頭に向かって振り下ろす。けれどそれは難なくよけられた。さらにもう一度、もう一度、と次々振り回すが、すんでのところで将偉がよけ、一向に当たらない。

「クソが……！」

逆上した央士は、顔を赤黒く染めて将偉に突っ込んでいった。喉元に向かって何度も突きが繰り出される。将偉はそれを巧みな身のこなしでよけ、しかし決して手は出さない。

琴乃は震える口を両手で覆い、ハラハラしながらふたりの攻防を見守った。いくら将偉でも、スチール製の細い先端で喉を突かれたらただじゃ済まないだろう。立場上おいそれと手出しはできないだろうが、怪我だけはしないでほしい。

突きをかわされることに業を煮やしたのか、央士が勢いよく傘を振り回した。力を溜めてもう一度振りかぶった時、ついに将偉が間合いに踏み込んだ。

「うわっ」

傘を持った右手を掴まれ、さらに勢いよく後ろに押されて央士はよろめいた。将偉が右手で彼の顎を押すと、ふたり一緒に植え込みの中に倒れ込む。

「将偉さん！」

琴乃は門を開け、坂本邸の庭に飛び込んだ。灌木《かんぼく》の中を覗くと、将偉の巨体にのしかかられた央士が脚をばたつかせている。

「畜生！　放せ、放せよ！」

暴れる央士をものともせず、将偉は彼の手首を掴んで軽々と持ち上げ、アプローチにひざまずかせた。こうしてふたり並ぶと、央士はまるで子供だ。今になってみれば、この体格差ではもっと強い武器を持たせてあげてもよかったのでは、と思う。

「あいててて」

ぎゃんぎゃんと喚《わめ》き続ける央士の手首を、将偉が捻《ひね》り上げた。

「俺はお前のような男が一番嫌いだ」

「おっ、お前なんか、俺の親父の力でどうとでもなるんだ……！　おい。もう琴乃とヤッたのか？　ヤッたのかよ！」

将偉が唇を歪ませて、チッと舌打ちする。

「こいつ殴っていいかな？」

「だめ！　そんなことしたらあなたの手が汚れちゃう」

琴乃が声を荒らげると、息ひとつ乱れていない将偉の顔に、皮肉な笑みが浮かんだ。

「殴る価値もなしか。——おい、坂本といったな」

将偉は腰をかがめて央士と目線を合わせた。

琴乃からは将偉の顔が見えない。しかし、彼と目が合った瞬間から、央士の顔は明らかに怯えて引きつっている。顔面蒼白。さっきはあんなに強気で噛みついていたのに。

「琴乃に二度と近づくな。次に彼女に手を出す時は、腕の一本や二本は覚悟しておけ。お前は自分の奥さんと子供を大事にしていればいい。いいな？」

恐怖に目を見開いた央士が、震えながらこくこくと頷く。放り投げるようにして将偉が放した彼の手首には、くっきりと指の痕がついていた。

呆然自失といった央士をその場に残し、琴乃は将偉に手を引かれて門を出た。

通りに残っていた野次馬が、ふたりと庭の中をちらちらと見比べながら散っていく。

坂本邸の前で、将偉は人目もはばからずに琴乃を抱きしめた。

「琴乃、よくやったな」

「ありがとうございます。でも、彼をやっつけてくれたのは私じゃなくて、将偉さんでしょう?」

やっと人心地がついて、笑みを浮かべながら礼を言う。

「君が勇気を出さなければなしえなかっただろう? ……でも、そうだな。もしも礼をくれるというなら――」

彼がそう言った時、下腹部になにか硬いものが当たっているのに気づいた。コホン、と将偉が咳ばらいをして、琴乃の唇に熱い視線を落とす。

「今日は早めにマンションに帰って、朝までゆっくり過ごすというのはどうだろう?」

琴乃は胸を高鳴らせて、彼の熱のこもった瞳を見つめる。

「わかりました。……覚悟しておきます」

＊

ふたりを乗せた黒塗りの車は、夕暮れ時の混み合った国道をできる限り急いでマンションに向かっていた。

後部座席に座る将偉は、平静を装いつつも『五分でも早く家に着くように』と祈り続けている。

でないと頭がどうにかなりそうだ。……いや、頭だけでなく、痛いくらいにトラウザーズの真ん中を押し上げている身体の中心部も。

その時、握った琴乃の指がさわさわとうごめいて、将偉は低く唸った。きっとわざとやっているに違いない。彼女と初めて身体をつなげてから一週間、日に日に女の色気と男をとりこにするすべを磨いている彼女に、将偉は翻弄されっぱなしだ。

「疲れました？」

上目遣いに見上げてくる彼女の顔を一瞥して、将偉はまた前を向いた。

「あ？　ああ、いろいろあったしな」

「ですよね……ごめんなさい」

「君が謝ることじゃない」

しゅんとする彼女の手に空いている手を重ねて包み込む。琴乃はさくらんぼみたいな唇をすぼめた。

「謝りたくもなりますよ。あんなことがあったあとなのに、母がぺちゃくちゃとうるさくて」

「俺はそんなこと気にしてないさ。口が利けないほど疲れているわけでもない」

「……そうなんですか？　でも、将偉さん、さっきからうわの空ですよ。私が話しかけても『うん』とか『そうだな』とかしか返してくれないじゃないですか」

将偉は思わず、ぷっと噴き出した。憤慨《ふんがい》した様子で自分の口真似をする琴乃が面白い。するど、今度は琴乃が破顔する。

「あー……やっと笑ってくれた。難しい顔ばかりしてると、眉間に皺ができますよ。ここ！」

くすくすと笑いながら、琴乃が将偉の額《ひたい》に指を伸ばす。身体を支えようとしたのか、将偉の左手と握り合わせた手が、太腿に触れた。

（まずい）

股間を硬くしているのがバレてはいけないと、将偉はサッと腰を引く。

「どうしたんですか？」

「なんでもない」

「本当に？　嘘ついちゃだめですよ？」

琴乃は納得できないらしく、怪訝《けげん》な顔を向けている。

幸いにも、将偉のマンションはすぐそこまで迫っていた。観念して、握った彼女の手を自分の股間に押しつける。すると彼女は、眉をひそめて目を丸くするという、とても器用な顔をした。

「わかったな？」

琴乃の手の感触に反応して、凶悪なものがどくどくと強く脈打っている。怯え半分に頷く琴乃の手に握らせ、愛撫してもらいたいという衝動を、理性で踏みとどまる将偉であった。

玄関ドアのオートロックが閉まると、ふたりはもつれ合いながら靴を脱ぎ、廊下で激しく唇を絡ませあった。

将偉は琴乃の唇を歯がかち合うほど荒々しく貪《むさぼ》りつつ、琴乃のスーツのボタンを外した。すると彼女が、自らシャツを脱ぎ捨てる。そう、それでいい。廊下に放り投げたバッグも、あとで片付ければいいことだ。

スカートをたくし上げ、ストッキングとショーツにまとめて手をかけたところで、琴乃が唇を離した。

「は……っ、あ……だめ、シャワー……浴びないと」

「それはあとでいい」

彼女の首筋に吸いつきながら言う。将偉の首に手を回して、琴乃は腰をくねらせた。

「だって、今日はいっぱい汗かいたし」

「俺が舐めてきれいにするから気にするな」

「でも——んんっ！」

ショーツを太腿まで下ろし、谷間をするりと撫でると、彼女はびくびくと身体を震わせた。ぴたりと身体を密着させ、そそる匂いが立ち上《のぼ》る耳元に口を寄せる。

「いい加減に観念してくれ。もう爆発しそうなんだ」

耳殻に舌を這わせてねっとりと舐め、耳たぶを吸い上げる。下の唇はもうびしょ濡れだ。秘裂に沿って数度動かしただけで、滴るほどの蜜が指に絡みつく。

くちくちと執拗な愛撫を続けながら、将偉は自分のシャツのボタンを外した。トラウザーズの前を寛げる。下半身に身に着けたものをまとめて下ろすと、下着から飛び出した自身のものが、琴乃の腹部をかすめた。

彼女の中途半端に開いた脚のあいだから指を引き抜き、代わりにその凶悪なものを滑り込ませる。

前後に腰を揺らした途端、濡れた唇から喘ぎがほとばしった。

「あっ、ああんっ……！　は……っ、それ、いい」

震えながら腕にしがみつく彼女がかわいくて堪らない。激しく欲望を掻き立てられた将偉は、ぬかるんだ谷間に自分自身を素早く滑らせる。

「ふ……琴乃……」

絡みつく柔肉の心地よさに、夢中で腰を振った。足元からは、濃厚な女の匂いと、性器が交わる匂い。ぐちゅっ、ぐちゅっという淫らな音が、さらなる欲望を呼び覚ます。

「ふ、あ、あ、はんっ……‼」

琴乃が顔をしかめて、激しく身体を痙攣させた。自身も一緒にもっていかれそうになるところを、歯を食いしばって腰を動かし続ける。

「いったか？」

将偉の腕にすがりつき、顎を上に向けて吐息をもらす彼女の耳元で囁いた。琴乃はこくこくと頷きつつ、いまだ続いている絶頂を味わうように腰をすりつけてくる。

そのきつく締まっているだろう彼女の内部を味わいたくて、将偉は屹立した自身の根元に手を添えた。真っ赤に張り詰めた先端で秘所を撫で、あふれる蜜でぐずぐずにとろけた洞窟の入り口に押しつける。

「いいか？」

彼女の唇に触れそうなほど近づいて囁く。琴乃はうっとりと閉じていた瞼《まぶた》を開けた。長い睫毛の奥のとび色の瞳が潤んでいる。

「今日はずいぶん急ぐんですね」

「頼むよ。この中がどうなっているか、今すぐに調べないとおかしくなってしまいそうなんだ」

眉を寄せ、情けない声で白状する。彼女は、ふふ、と妖艶な声を上げた。

「わかりました。特別ですよ？」

「ああ」

将偉は琴乃の片脚を持ち上げて腰に引っかけると、背中を丸めて腰を落とした。硬い切っ先で濡れた花びらをかき分け、くちり、とねじ込む。

「あ……あ……はあ……ッ！」

琴乃は顎をのけぞらせて、片脚で伸び上がった。苦しげに寄せられた眉、半開きになった口内に見える舌が艶めかしい。

将偉は唇を舐め、息を詰めてこわばったものを彼女の奥深くまで沈めた。

あまりの心地よさに震えまで起こる。……ああ、この熱いくらいの肉の感触。滑らかな粘膜で隙間なく包まれただけで、天にも昇る気持ちになる。

「ふ……っ、お……おっきい……っ」

琴乃は将偉の首にすがりつき、吐息まじりにもらした。

「俺を喜ばせるのがうまいな。でも、俺じゃなく、君の中が狭いんだろう」

「そう、なんですか？　……ん……んっ」

軽く唇に吸いつくと、小さな唇から吐息がこぼれた。

口づけをしたままゆっくりと動き始めた途端、昂《たかぶ》りがぎゅっと締めつけられる。目いっぱい腰を引き、彼女を壁に押しつけるようにして、深く、えぐるように何度も穿つ。

「あん、あん、あっ」

「琴……乃」

至上の快楽とはこのことを言うのだろう。猛りきった肉柱に、ぐずぐずにとろけた粘膜が隙間なく絡みついている。得も言われぬほどの快感は、ふたりの親密さの賜物だ。

ぐちゅん、ぐちゅん、と粘度の高い音が、静かな廊下に響き渡った。洞からあふれた蜜は樹液のごとくだらだらとこぼれ落ち、将偉の太腿を濡らし続ける。

執拗に唇を貪《むさぼ》る将偉から、琴乃が顔を背けた。

「はんっ、は……だめ」

「なにが」

「ん、んんっ……音が……すごくて、恥ずかしい」

頬をピンク色に上気させ、困ったように眉を寄せる彼女を見て、将偉の気持ちは最高潮に達した。欲望に任せると達してしまいそうだ。腰を揺らすスピードを少し落として、横を向いた琴乃の顔を意地悪く覗き込む。

「それだけ君が欲情してるってことだろう？　俺も興奮するよ」

「将偉さんも……？」

こちらに向けられた潤んだ瞳を見つめながら、ああ、と頷いた。すると、彼女が身じろぎして脚のあいだに手を伸ばす。

湿った猥雑な音が鳴り響くふたりの接点に、わずかに低い温度の指が触れた。彼女の滑らかな指は、将偉の分身の硬さと、抜き差しされる感覚を確かめるかのようにうごめく。

琴乃は首を反らして、はあっとため息をついた。

「ものすごく硬いのが……出たり入ったり、してる……んんっ……すごく、エッチです……」

将偉は自分の鼻孔が膨らむのを感じた。

琴乃が明らかに興奮している——その甘えた吐息まじりの声を耳にした途端、狂おしいほどの劣情が身体の奥からあふれ出す。

もっと、もっと、彼女を強く感じたいと、その時思った。

腰が勝手に動く。唇と舌で琴乃の口内を蹂躙《じゅうりん》しながら、彼女がよく感じる場所を何度も突く。

そのうちに昂《たかぶ》りの付け根に込み上げるものを感じて、ぶるりと身体を震わせた。

「やばい」

腰を引こうとしたところ、琴乃にそれを押さえて止められる。

「だめ……抜いちゃだめなの」

「なにを言って――」

将偉は眉をひそめた。彼女が唇を噛んで首を横に振る。

「お願い。このまま中に……」

「琴乃」

抗いがたい欲求と理性の狭間に立たされ、将偉は唇を歪めた。けれど、今にも泣き出しそうな顔で懇願されたら、とてもこらえきれるものではない。

「いいんだな？」

尋ねると、真っ赤な顔をした琴乃が、こくこくと頷く。彼女の意思を確認した将偉は律動を再開した。彼女の、どちらかといえば小ぶりだが最高の手触りである乳房を乱暴に掴み、その頂を押しつぶす。

「ああっ、あっ、や……っ……」

くにくにと両方の乳首を同時に弄ぶと、彼女は顎をぐんとのけぞらせ、将偉の腕に爪を立てた。

将偉は琴乃の唇と乳首を同時に犯しつつ、激しく腰を振った。

粘膜をしたたかにえぐる怒張しきったものが、今にも弾《はじ》けそうだ。この快感をいつまでも味わっていたいが、あまり長くはもちそうにない。

その時、琴乃の太腿がぶるぶるとわなないた。絶頂が近いのだろう。将偉は彼女の脚をしっかりと支え、奥の壁に向かっていっそう激しく腰を打ちつける。

「琴乃……かわいい。琴乃……」

「あ、あ、将偉さん……っ、はぁっ……くるっ！」

唇から甲高い嬌声をほとばしらせ、琴乃は身体を強くこわばらせた。

将偉を収めた肉の鞘が、ぎゅうぎゅうと締めあげてくる。ここが踏ん張りどころだと必死にこらえるが、この甘すぎる責め苦にはどうにも抗えない。

「く……ッ」

琴乃の眉が緩み、うっとりと吐息をこぼす頃に将偉も限界を迎えた。爆発的な歓喜の渦が身体の底から湧き起こり、こらえていたものを一気に吐き出す。

「ああ……」

将偉はため息をついて、琴乃の身体に体重を預けた。ものすごい解放感だ。なんの隔たりもなく彼女の中に子種を注げることに、ここまでの幸福感を得られるとは……

「すごい……どくん、どくんって」

琴乃が吐息まじりにもらして、次の瞬間には、ふふ、と笑う。将偉は彼女を掻き抱き、長い髪を撫でた。

「ああ。間違いなく、今、俺たちはひとつだ。……しかし、こんなことをして本当に――」

「待って」

彼女が顔を上げてこちらを見つめる。

「私、勢いだけであぁ言ったんじゃありません。将偉さんとの赤ちゃんなら、今すぐにでも欲しいくらいなんです」

きらきらと力強く輝く瞳に、将偉はため息とともに唸り声を上げた。

「君という人は――」

依然、彼女の中にのみ込まれたままの部分が、再びむくむくと漲《みなぎ》ってくる。琴乃の頬を両手で挟み、長い睫毛に縁どられたとび色の瞳を覗き込んだ。

「子供は何人にする？」

「何人でも」

彼女の唇に妖艶な笑みが浮かぶ。

「俺も同じ意見だ。家族は多ければ多いほどいい」

「大変……！　たくさん産まなきゃ」

楽しそうに笑う婚約者の顔をしばらく見つめたのち、将偉は彼女の身体を持ち上げる。

「きゃっ」

琴乃は声を上げ、将偉の首にしがみついた。

彼女を抱いたまま廊下を進み、ドアの枠に彼女の頭をぶつけないよう気をつけて洗面所に入る。浴室に足を踏み入れると彼女を床に下ろし、シャワーのコックを捻《ひね》った。

「続きはシャワーを浴びてからにしよう」

水が湯になったのを確認しても、将偉の手はすぐにはシャワーヘッドに伸びなかった。まず琴乃を抱きしめ、彼女の脚のあいだに指を触れる。そこが自分が吐き散らしたもので汚れていることを確認したかったためだ。愛する女を完全に自分のものにしたいと願うのは、男なら誰でももっているエゴに違いない。

しかし、琴乃はそんな将偉の気持ちに気づかずに、自らシャワーヘッドを掴み、将偉の身体を流した。そして自分の身体を流し、ボディソープをスポンジで泡立てる。

「俺がやる」

将偉が琴乃の手からスポンジを奪い取り、後ろから抱きしめる。泡をスポンジから搾り取り、彼女の腹部に塗りつけ、その手を上に滑らせた。

「んっ……」

泡にまみれた指で乳輪をくるくると撫でると、彼女が腰をくねらせる。片手で胸の突起を弄びつつ、もう一方の手で泡をすくい取り、自分の股間に纏わせた。

「あ、あふ……」

彼女の太腿のあいだに自身を滑り込ませると、琴乃はびくりと震えた。将偉のそこはもう硬い。……いや、ずっと上向いたままなのだ。琴乃の胎内に精を解き放っても、今日ばかりは欲望が尽きる気がしない。

そそり立つ自らの雄で、将偉は彼女の秘めやかな谷間を執拗に撫でた。さらに、バストを乱暴に揉みしだき、耳たぶを噛む。

少々荒々しく扱われるくらいが、琴乃は好きなようだ。かと思えば、仰向けに寝転んだ将偉にまたがり、淫らに腰を振ることもある。つい先日まで処女だった彼女は、日に日に将偉を喜ばせる女へ進化しているのだ。

ふたりが接する場所の泡はすでに流れてしまっていた。その代わり、どちらのものかもわからない露が潤滑剤の役目を果たしている。さきほどの交合であんなにも蜜をこぼしたのに、彼女の泉は枯れることを知らないらしい。

あのめくるめく快感をもたらす洞の中に戻りたいという衝動が頭をもたげてきて、将偉はシャワーヘッドを手に取った。後ろから首を伸ばして口づけつつ、ふたりの身体を一度流した。

「壁に手をついて」

「こう……？」

両手を壁についた彼女が尻をこちらに突き出した。その際、背中に垂れた髪を片側に下ろすのも忘れない。

「優秀だな」

え？　と聞き返してくる声を無視して、将偉は琴乃の腰に自分の腰を近づけた。赤熱した昂《たかぶ》りの先端で蜜をなじませ、ぐっと腰を前に出す。

「はあああんっ……！」

剛直がなんなく包み込まれると同時に、鋭い嬌声が浴室内に響いた。その彼女の口の中に指をねじ込む。すぐに吸いついてきた唇が、じゅぶっ、じゅぶっ、と淫らな音を立てると、さらに股間の熱が高まる。

「すっかりいやらしい女になったな……堪らないよ」

後ろから突き上げつつ耳元で囁くと、彼女は呻《うめ》いて腰を揺らした。もっと、もっと、とせがまれているようだ。

しかし将偉は、腰を動かすスピードをわざと落とした。代わりに胸の頂を指先で愛撫する。弾《はじ》いたり、指で押しつぶしたり、手の腹で転がしたり、唾液を絡ませた指でしごいたり。

「んっ、あ……は、あっ」

琴乃の息が一段と荒くなった。将偉の指を舐める舌が焦りを帯び、身体が震え、なにかにすがりたいのか、将偉の太腿に手を伸ばしてくる。

その様子に、将偉は自分の中の獰猛《どうもう》な欲が、獣じみた咆哮《ほうこう》を上げる声を聞いた。

「琴乃……ああ……」

将偉は眉を寄せ、猛り狂ったものを彼女の最奥に向かって何度も突き立てる。さらに彼女の下草の中に指を這わせ、芯をもった花芽を人差し指と中指で挟むようにして愛撫する。琴乃は口内を犯していた将偉の手を握り、背中を思い切りのけぞらせた。

「はんっ、あっ、あ……いくっ――」

その瞬間、昂《たかぶ》りをきつく抱きしめられ、将偉は歯を食いしばった。襲い来る快感があまりに狂暴すぎる。しかし、まだ終わらせたくない。腹に力をこめて、この官能の波に耐える。

しばらくのあいだ痙攣を繰り返していた琴乃が、ふっと脱力した。

「大丈夫か？」

抱き留めた将偉は琴乃の顔を覗き込む。彼女が、ぼーっとしつつもしっかりと頷いたため、いったん自身を引き抜いて、抱きかかえるようにして浴室を出た。

ふたりの身体を簡単に拭いて、横抱きにした彼女の身体をベッドに横たえる。

「すまない。無理させたか」

琴乃の横に寝転び、将偉は顔を曇らせて琴乃に問いかける。琴乃ははにかんで、くりくりした目を細めた。

「大丈夫です。ちょっと夢中になりすぎちゃって」

「夢中になりすぎたのは俺のほうだ。君があんまりかわいいから」

頬をするりと撫で、首筋に指を滑らせる。彼女が「んっ」と小さく声を上げた。

「将偉さんにそういうこと言われるの、すごく嬉しくてなんか照れちゃうんですけど」

「そうか?」

自分ではよくわからずに片方の眉を上げる。

「絶対に嘘じゃないってわかるから。だってお世辞なんて、ぜーったいに言わないじゃないですか」

琴乃が笑いながら身体を寄せてきたため、将偉は複雑な気持ちで彼女を抱きしめた。

「言うね。まあ、君のそういうところも好きなんだが……。これからはもうちょっと積極的にほめるよ。本当は君のいいところをたくさん知ってるんだ」

「たとえばどんな?」

いたずらっぽく瞳を輝かせた琴乃が、将偉の腰に脚を絡ませる。

「外見についてはこのあいだ話したな。俺は、君の声もしぐさも、匂いや肌触りも好きなんだ。それから、さっきみたいにはっきりした物言いをするところ、情に厚くて案外涙もろいところ。嫌なことがあっても、すぐにけろっとするのもいい」

「なんだか褒められすぎてくすぐったいです」

「いや、まだある。たとえば、手先が器用だったりする点とか……それは誰に教わった?」

「え?」

将偉が視線だけを動かした先には、猛々しくそそり立つ雄の象徴がある。琴乃の手の中に収められていたそれは、触れるか触れないかといった巧みな圧力で弄ばれているうちに、いっそう硬さを増していた。

「やだ……私ったらいつの間に」

艶めかしく眉を寄せた琴乃がもらす。そして、唇をちろりと舐めるのを目にした瞬間、細い指に包まれた肉杭が大きく跳ねた。

「俺はやり方なんて教えてない」

ちゅ、と彼女の唇に軽く吸いつくと、そこに謎めいた笑みが浮かぶ。

「将偉さんのために練習したって言ったら？」

「練習……？　くそっ」

将偉は小声で呟くと、琴乃に覆いかぶさり口づけを落とした。冷えてしまった彼女の身体を全身で包み込み、そこかしこに濃厚なキスの雨を降らせる。

大きく開けた口を、人工呼吸でもするかのように、琴乃の口に密着させた。彼女が唇を開いた瞬間に舌をねじ込み、ねっとりと舌同士を絡ませたり、舌の裏側や上顎をくすぐる。

琴乃は背中をのけぞらせて、将偉の腰に脚を絡ませてきた。もう一方の脚を手で押し広げ、内腿をまさぐる。

「んっ！」

くすぐったがりの彼女がびくりとした。するするときわどい場所を撫で続けると、焦れたのか、琴乃が腰を揺らし始める。

「焦るなって」

「だって。……いじわる」

「待ってろ」

足元にあった肌掛けを琴乃の上半身にかけてから、彼女の足元へ移動した。太腿の裏側を両手で押して、みずみずしい淡紅色をした花びらを天井へ向ける。

「ちょっ……あんまり見ないで」

「どうして。こんなにきれいなのに」

舌を谷間に這わせると、頭の先で「あっ」とかわいらしい声がする。

「そ、そういうこと言っちゃだめなんだから……」

頬に真っ赤なバラを咲かせた琴乃が、肌掛けを鼻まで引っ張り上げる。将偉は口の端に笑みを浮かべて彼女の腰を抱え込むと、ひくひくと期待にうごめく花びらに口づけた。

「ふ、う……っ」

琴乃の膝から先がぴくんと跳ねた。わざと音を立てて花びらを吸い、両脇の溝を丁寧に舌でなぞる。その際、赤く膨らんだ蕾を鼻先でつつくのも忘れない。

「あん……将偉さん、そこ、もっと……」

夢中になった様子の琴乃が、将偉の髪をくしゃくしゃにする。次々とあふれてくる愛液と濃厚な女の匂いにほだされ、将偉の股間は痛いくらいに張り詰めていた。

「気持ちいいのか？」

滾《たぎ》る欲望を抑えつつ、秘核を舌先でちろちろとくすぐる。琴乃の口から甲高い声が響いた。さらに蜜壺に親指をねじ込んで肉壁を撫でると、すすり泣くような声をもらす。

「あっあっ、だめえっ」

びくびくと細い腰が跳ね、彼女が絶頂を迎えたことがわかった。その時の顔を見逃すまいと、将偉はなおも舌を動かしながら、視線を移動する。

狂おしげに歪んだ彼女の表情を目にした途端、身体の奥にある欲望の火種が一気に燃え上がった。真っ赤に上気した頬。悲しげに寄った眉。甘い吐息ばかりをこぼし続ける、だらしなく開いた唇。気の強い彼女が、誰にも見られたくないはずの弱い部分を惜しげもなくさらけ出している。

「もう限界だ」

将偉はひとりごちて、耐えきれずに琴乃の腰を下ろした。彼女の上半身を覆っていた肌掛けを床に放り投げ、くたりとした細腕を掴んで引き起こす。

「琴乃」

「は……い」

眠たそうな瞼《まぶた》をした彼女を胡坐《あぐら》の上にまたがらせ、正面から抱き合う体勢になった。少し冷えてしまった身体を抱きしめ、耳殻に唇をつける。

「愛してるよ」

「あぁっ……！」

囁くが早いか、将偉は猛りきった剛直でいきなり琴乃を貫いた。腕の中で、彼女がぐんと背中をのけぞらせる。耳をつんざく嬌声すらも心地よくて。

（ああ、最高だ）

唇を歪めて腰を引き、再び彼女の奥深くに劣情の塊を沈める。そして、絶え間なく喘ぎをこぼす赤い唇に、貪《むさぼ》るように吸いついた。

彼女の口内を激しく犯しながら、抜ける寸前まで引き戻したもので最奥までを一気に穿つ。

もう一度。さらにもう一度。

律動のスピードが増すにつれ、互いの息も荒くなっていった。

下腹部から立ち上《のぼ》るのは、濡れそぼった互いの愛欲の象徴がこすれ合う淫らな音。それと、汗と体液の混ざり合った野性的な匂い。

「んっ、んんっ……!!」

琴乃がまた達する。口の中に流れ込んできた嬌声をのみ込み、いっそう猛々しく腰を振る。

肉の鞘が強烈に絡みついてきて、将偉は歯を食いしばった。自身もとっくに限界を超えていたが、この快楽を終わらせるのはあまりに惜しい。彼女と一分一秒でも長くつながっていたくて、この肌のぬくもりが愛しくて――

はあはあと喘ぎつつ、琴乃が懇願するような目で見てきた。

「将偉さんっ、もう、だめ……おかしくなっちゃうっ」

今にも泣き出しそうなその顔に、きゅうと腹の奥が絞られる。将偉は唾をのみ、琴乃の頬を両手で包み込んだ。

「わかった。俺もいくから」

「うん……、んっ、一緒に――」

琴乃が言うや否や、将偉は彼女の唇に自分の唇を強く押しつけた。舌と舌を激しく絡ませながら、全力で腰を振る。

腕にすがる琴乃の爪が肌に食い込んだ。ぐちゃぐちゃに溶け合う下半身はマグマのごとく熱く、互いが爆発寸前まで高まっていることを示している。

「あっ、あ……、はっ、将偉さんっ、いくっ！」

「琴乃……琴乃……」

彼女の身体がびくびくと痙攣し、一瞬硬直したようになった。将偉はそのあとも腰を振り続け、琴乃がくたりと脱力するのを確認してから、彼女の一番奥深い場所で枷《かせ》を解き放つ。

「う……ああ……」

必死の思いでたえていたものを琴乃の胎内に注ぎながら、将偉は思わず声をもらした。

かつて、こんなに気持ちのいいセックスを体験したことがあっただろうか?

単に我慢を重ねたせいなのか、避妊をしなかったからなのかはわからない。ひとつだけはっきりと言えるのは、彼女を心から愛しているということ。

いつか伝えられたらいい。『君の前でだけ、俺は俺でいられるのだ』と。

終章　無愛想な彼の本当の顔を私だけが知っているのでした

燦々《さんさん》と降り注ぐ午後の陽射しが、絨毯《じゅうたん》敷きの床に濃い灰色の影を落としている。

ここは周和セキュリティの社長室。応接セットのソファに座る琴乃と将偉の正面には、青ざめた顔で俯く平良由奈がいる。

由奈の前には、ホチキスどめされたA4サイズのコピー用紙の束が置かれていた。内容は、これまでに社長宛てに送られてきたメールについての調査報告書と、システム室と人事部の佐々木とのあいだで交わされたやりとりなどをまとめたもの。しかし由奈がそれをめくることはなく、早くも二十分が経過している。

メールを送り付けたことに関して、由奈は意外にも素直に白状した。しかし、なぜそんなことをしたのかと問われると、途端に口をつぐんでしまう。琴乃が優しく尋ねても、将偉に詰め寄られても口を割らない。

将偉がちらりと腕時計を見て息をつく。

「こうしていても埒が明かないから単刀直入に言おう」

将偉が無言で差し出した手に、琴乃はクリアファイルの中にあったＡ４サイズのコピー用紙をためらいがちに渡した。それを将偉はテーブルに置き、由奈の前にすっと差し出す。

「辞令だ。異論があれば聞く」

彼が由奈の目の前に置いた用紙には、彼女の人事異動に関する辞令が書かれている。移動先は傘下企業である損害保険会社の営業事務だ。

この件に関しては琴乃と将偉の身に実害がなかったため、ふたりで話し合い警察沙汰にはしないと決めた。しかし、琴乃にまで嫌がらせのメールを送ってきたことが許せないのか、このままで済ますわけにはいかないと、将偉は息巻いていたのだ。

琴乃には、彼女がこんなことをした理由がわかる気がした。きっと由奈は将偉のことが好きなのだ。だから、甲斐甲斐しく彼を世話をする女性がいるのは気に入らない。以前に秘書についた人がどんな嫌がらせをされたかは知らないが、琴乃にあんなメールを送ってきたのは、将偉とのあいだにただならぬものを感じたからなのだろう。ふたりの事情を彼女に話したことは、もちろん一度もなかったが。

辞令の書かれた紙を一瞥した由奈は、テーブルに視線を落として唇を震わせた。

「もし……もし私が辞令に従わなかったらどうなるんですか？」

「君には退職してもらうしかないだろうな。人事異動は特別な理由がない限り拒否することができないものだ」

琴乃はさっと将偉を窺い見た。彼は琴乃が目にしたこともないような冷たい目をして、由奈を見据えている。

「社長……どうして……」

顔を上げ将偉をまっすぐに見る由奈の目には、今にもこぼれ落ちそうなほど涙が盛り上がっていた。それがわかった途端、琴乃はソファを立ち上がった。

「あ、あの、私ちょっと、お茶をいれてきますね！」

小走りに秘書室へと駆け込み、バタンとドアを閉める。

自分が彼女の立場だったらと思うと、とてもあの場に座り続けることはできなかった。

ほかの誰よりも、将偉の心を射止めた琴乃にだけは、絶対にあの場にいてほしくないはずだ。琴乃にしても、つい先日まで親友のように思っていた由奈の打ちひしがれた顔は見たくない。

給湯室には行かず、のろのろと椅子に腰かけ、息をつく。好きだという気持ちを伝えるのは勇気がいることだ。それが、絶対に叶わぬような相手なら、なおさら。

しばらくすると、ドアの向こうでなにかを話す声がした。聞こえてくるのは、感情を抑えた将偉の低い声ばかり。由奈の声はほとんど聞こえないと言っていい。

琴乃は給湯室と秘書室とのあいだを、わけもなく行ったり来たりした。仕事をしようにも手につかず、かといって大好きな甘いものを摘まむ気にもなれず、ただうろうろと過ごす。

十五分ほどたったところで少しだけドアが開き、将偉が顔を覗かせる。

「琴乃」

手招きされてドアに近づいてみれば、すぐ目の前に由奈がいる。

彼女は泣きはらした顔をして、両手を腿の前で合わせて立っていた。

「壇さん、ごめんなさい」

「えっ、いや……その――」

『壇さん』

ずっと名前で呼んでくれていたのに、まさかの苗字呼び。さらに突然深々と頭を下げられて、戸惑いのあまり将偉に視線で助けを求めた。が、彼は『好きなようにしろ』とばかりに眉を上げるだけで、なにも言わない。

「平良さん……ううん、由奈ちゃん。顔を上げて。……大丈夫だから」

なにが大丈夫なのかわからないが、そう言うよりほかなかった。由奈は顔を上げて、けれど、視線は合わさずに立ち尽くす。

そのまましばらくのあいだ膠着《こうちゃく》状態が続いた。琴乃もなんと言ったらいいかわからずに将偉の顔色を窺うが、彼は由奈が口を開くのを待っているのか、ふたりの顔のあいだで視線をさまよわせるだけだ。

と、突然、こちらに突進してきた由奈に、むんずと手を掴まれた。

「きゃっ」

息をのむ間もなく半開きになっていたドアの中へ引きずり込まれ、勢い余って打ち合わせ用のテーブルに手をつく。鍵をかける音がして振り向けば、憤怒の形相でドアの前に立ちはだかる由奈の姿があった。

「由奈ちゃん……！　なんのつもり？」

「ふざけんじゃないわよ……なにが大丈夫だっていうの？　この泥棒猫が！」

「どっ、泥棒猫⁉　私が？」

琴乃は怒りと恐怖に唇を歪めて後ずさりする。

憤怒に彩られた由奈の顔は、いつもの愛らしい表情のかけらも窺えないほど恐ろしい。

彼女の背後からは、将偉の怒号とけたたましくドアを叩く音が。

由奈は肩を怒らせ、双眸《そうぼう》を吊り上げて近づいてくる。

「好きだったのに！　あんたが来る前から、ずっとずっと好きだったのに‼」

琴乃の前で足を止めた彼女が、今にも泣き出しそうに口元を歪め、勢いよく手を振り上げた。

しかし、叩かれると悟った瞬間、琴乃の身体が勝手に動く。

『殴ってくる、あるいは掴みかかってくる相手には、両手のひらを相手の顎に向かって素早く突き出すんだ。そうすると、九割がた退けることができる』

将偉に教わった護身術が頭をよぎった。考えるより早く、琴乃はバッ、と由奈の顎目がけて両手を突き出す。

「やっ！」

彼女が短い悲鳴とともに後ろによろめいた。

思ったより力は出ず、ぺち、と音がした程度だった。けれど、かえってそれがよかった。彼女はたいしたダメージも受けず、尻もちをつきそうになったところを、外から鍵を開けて飛び込んできた将偉に受け止められたのだ。

「大丈夫か？」

彼は困惑しつつ、腕の中の由奈と琴乃の顔を交互に見比べた。由奈は、ほかならぬ失恋相手に支えられていることに気づいた瞬間彼の手を振りほどき、床に膝をついて、わっと泣き出した。

状況が掴めずにいる将偉は眉根を寄せて琴乃を見る。

「これは……なにが起きたかわからないが、どちらも怪我はないんだな？」

「とっ、特に異常なしです！」

やや大げさに敬礼のポーズをとってみせると、彼はようやく少しだけ口元を綻ばせた。

それから琴乃は、由奈を泣き止ませようとしてあの手この手を尽くした。社長室のソファに座らせ、あたたかいココアを運んだり、水で濡らしたハンカチを渡したり。

そっとしておいてやれ、と将偉は言ったが、とにかく延々と泣き続けているものだから、放っておくわけにもいかない。

そうしてようやく泣き止んだ彼女は、琴乃でなく将偉とふたりだけで話すことを望んだ。

そう言われてしまっては仕方がない。疎外感に苛《さいな》まれながらも再び秘書室にひとりこもり、ふたりの話が済むまで熱いコーヒーをちびちびと啜《すす》る。

しばらくしてドアが開き、琴乃はびくりと肩を震わせた。

「こっちに来られるか？　彼女が君に謝りたいそうだ」

「は……はい」

戸惑いつつも打ち合わせスペースの席を立つ。つい今しがたひっぱたかれそうになったばかりで、平和な話し合いができるとは思えないけれど……

おずおずと秘書室から顔を覗かせると、由奈が俯いた状態でソファの脇に立っている。

琴乃が近づくや否や、勢いよく頭を下げた。

「由奈ちゃん……？　あっ――」

琴乃になにかを言われるのが堪らなかったのか、突然彼女は社長室を飛び出した。追いかけようとした琴乃の肩に手がかかる。

「放っておけ」

「でも」

「いいから。ちょっとそこに座ってくれ」

硬い口調で諭されて、琴乃はソファに座った将偉の隣に腰を下ろした。彼が真剣な面持ちで口を開く。

「さっき平良さんと話した内容だが、彼女、退職するそうだ」

「えっ。……そうですか」

琴乃は深くため息をついて肩を落とした。将偉が目を細めてこちらを覗き込む。

「君にしてみれば清々するのかと思っていたが、そうでもなさそうだな」

「そんな……清々なんてするわけないじゃないですか。私はともかく、将偉さんにまでメールを送った理由は話してくれなかったし、それに私たちこのあいだまで親友だったんですよ？　急にこの会社に入ることになって右も左もわからない状態の私に、由奈ちゃんはいろいろと教えてくれたし、それに、仕事だけじゃなくてプライベートの話だって……」

あれやこれやと話しつつ、ころころと表情を変える彼女が思い出されて、急に胸が詰まる。

学生時代の思い出や、家族の話。過去の恋愛や仕事の愚痴など、彼女とは本当になんでもよく話した。琴乃にとって、社内で腹を割って話せる唯一の相手が由奈だったのだ。

「君が彼女と仲良くしていたことは知ってたよ。本当に残念だったな」

将偉がテーブルのカップを弄りつつ呟く。琴乃は鼻を啜《すす》って、膝の上で両手を組んだ。

「私、まだ信じられずにいます。あの嫌がらせメールの数々を、由奈ちゃんが送ったなんて……。でも、信頼していた部下に裏切られた将偉さんはもっと辛いでしょう？」

いや、と将偉が冷たい声で即答したため、琴乃は顔を上げた。

「俺はもともと他人を信用しないたちだから、それほどダメージはないよ。社員は疑ってはいけないものだという理屈で、彼らを信じているふりをしているだけだ」

眉間に皺を寄せ、硬くこわばった頬で彼は告げる。

……ショックだった。これだけの大企業グループの総帥《そうすい》になろうという男が、こんなにも心無い言葉を吐露するなんて……。

でも。

琴乃の脳裏には、いつか見た社長室の書棚に伏せられていた家族写真の中で朗らかに笑う将偉の顔がちらついていた。

気づけば書棚から消えていたあの写真に見た彼の笑顔は、本物に違いない。あの頃の彼は、こんなふうに人に対して常に殺伐とした気持ちをいだくような人ではなかったはずだ。

じゃあ、いったいいつ、誰が、彼を変えたのだろう。

琴乃はぱちぱちと瞬きをして、将偉の膝に手を伸ばした。丸太みたいな太腿の上で固く握りしめられた彼のこぶしに、その手を重ねる。

「将偉さん……あなたの過去になにがあったの？　もし嫌じゃなかったら教えてほしい。あなたのことが知りたいんです」

視線が絡み合う。眉に険しいものを漂わせた彼の胸が盛り上がる。そして、深くため息をつくと重い口を開いた。

「……そうだな。君は俺の妻になる人だから、知っておいてもらったほうがいいだろう」

大きなふたつの手が琴乃の手を包み込む。

「君も前に見たな？　あの書棚に伏せてあった写真のことだが――あれが俺の家族だ」

こくり、と琴乃は真剣な顔で頷く。それを見届けてから、将偉は再び口を開いた。

「俺たち兄弟は、生まれながらにしてライバルだった。父からの評価を奪い合い、優しかった母を取り合ってね。俺たちを後継者としか見てない父とは親子の愛なんて無縁だったから、彼との関わりは『いかに褒められるか』がすべてだった」

「将偉さん……」

慎ましくもそれなりに楽しかった我が家のことを思い、琴乃は唇を噛んだ。が、将偉は事もなげに顔の前でひらひらと手を振る。

「同情する必要はない。なにせ、子供の頃から父を上司としか思ってなかったから、俺たちはもう慣れっこだった。だからこそ、兄弟みんなで母の愛情を勝ち得ようと必死だったし、妹が癒しだった」

妹のことを思い出したのか、将偉は軽く笑みを浮かべた。しかし、直後には出会った頃のような冷たい表情に戻り、先を続ける。

「あとになって思えば、兄が小学生だった頃はまだ兄弟の仲は良かった。当時、うちの庭にはいくつか土蔵があったんだが――」

（土蔵……？）

急に胸がざわめいて、琴乃は眉をひそめた。

「小学五年生のある日、兄から久しぶりに将棋を指さないかと誘われたんだ。周防の家では、たまに父がいる時には将棋の相手をすることが義務づけられていてね」

「将棋を。渋いですね」

将偉が肩をすくめる。

「それも後継者教育の一環だよ。ライバルの何手も先が読めるようじゃないと、企業の社長など務まらない、と父に口酸っぱく言われた」

「なるほど……」

「それでだ」

将偉は温度のない眼差しを遠くへ向ける。

「父に叱られながら覚えた将棋を、俺たちはまったく好きにならなかった。その日、土蔵の奥深くにしまったままだった道具を、兄に取りに行くよう命じられたんだが……」

彼が唾をのむ音が、琴乃の耳にも届いた。

「目的のものを探し当てて土蔵の入り口に戻った時、開け放してあったはずの扉が閉められていた。ご丁寧に、外から閂《かんぬき》をかけられた状態でね」

「ええっ――」

琴乃は身を震わせて、将偉の青ざめた横顔をじっと見る。

「そ、それで……そのあとどうなったんですか？」

将偉は鼻で笑った。

「手がパンパンに腫れあがるまで扉を叩いたし、叫び通しだったが、俺を助けに来る者はいなかった。外に出られたのは、閉じ込められてから三日後だ。兄が『弟は友達と遊ぶために出かけた』と嘘を言ったため、警察も消防も俺が事件か事故に巻き込まれたと思ったらしい」

「そんな……将偉さんがそんな日に……」

飲まず食わずで三日間——彼のことだから身体は大きかったかもしれないけれど、小学五年生といえばまだ本当に子供だ。広い屋敷の土蔵にひとり取り残されたまま三日も過ごすなんて、身体だけでなく精神的にもおかしくなってしまいそう。

当時の彼の恐怖や不安を思うと、琴乃は唇を指で押さえたままなにも言えなくなってしまった。無意識に身を固くしていたのか、琴乃の右手を包む将偉の手に力がこめられる。

「大丈夫だ。その時はさすがに参ったが、今はほら、ぴんぴんしてる」

そのことを証明するために、将偉はわざとおどけて力こぶを作ってみせた。

琴乃は思わず噴き出した。彼が精力に満ちあふれた男性であることはよく知っている。笑ったおかげで気持ちが晴れた。……そうだ。彼が苦しんだのは過去のことであって、今じゃない。

「でも、子供のいたずらにしてはなんていうか……どうしてそこまでひどいことを？」

彼は、うん、と頷いて再び真顔になった。

「表面上は仲のいい兄弟のふりをしていたが、兄は俺に対して腹に一物抱えていたらしい。父が俺ばかりを褒めて、将来の後継者にと目論んでいたからな」

「そんなに小さな頃から？　でも、将偉さんのほうが優秀だったのなら仕方がないですよね」

「まあな。しかし兄にしてみれば、父の後を継ぐのは長男の自分こそふさわしいと思っていたようだ。兄と俺とは、四つ歳が離れてるだろう？　だから、俺がものごころつく前には、将来は兄が父の後を継ぐと決め込んだ大人たちに、散々持ち上げられていたらしい。兄にしてみればあとから来たやつに獲物を横からかっさらわれた気になったんだろうな」

「ええ……。弟さんは味方になってくれたんですか？」

いや、と将偉は笑いまじりに首を横に振る。

「弟は兄の腰巾着だったからな。やつに関しては、兄からいろいろ吹き込まれただけだったみたいだが……六つも歳が離れているから逆らえなかったんだろう」

そのあと、彼が兄だけでなく弟からも様々な仕打ちを受けた話を聞くにつれ、琴乃の胸の中には言い表せないもやもやしたものが立ち込めた。

兄に買収された見知らぬ男女に美人局《つつもたせ》を仕掛けられたこと。

資格試験の当日、受験票を弟に隠されたこと。

中には、彼らにそそのかされた大人たちが悪意を持って近づいてきたこともあったらしい。

そんな大小様々な嫌がらせを受けたせいで、将偉は成人してすぐに家を出たのだと語った。

琴乃はしかめっ面になるのをこらえつつ尋ねる。

「あのー、念のために伺いますが、今はもう収まってるんですよね？」

「もちろんだ。俺の大学卒業と同時に、父が俺を後継者とするときっぱり宣言するまでは続いたけどな」

はーっ、とため息とともに琴乃が将偉の肩に頭をもたせかけた。琴乃の右肩を逞しい腕がそっと包み込む。

「とはいえ、俺もなにもやり返さなかったわけじゃないからお互い様だな。俺は早熟な子供で、生意気にも兄と議論を戦わせて完膚なきまで叩きのめすことも多かったから、余計に恨みを買っていたのかもしれない。俺たちは互いに足を引っ張り合っていたんだ」

「今は兄弟の仲は良好なんですか？」

「ああ。さすがにもういい大人だからな」

彼は、にこっと笑ってみせるが目が笑っていない。

（これは……嘘ついてる時の目だ！）

「な、ならよかったです」

琴乃は中途半端な笑みを浮かべて視線を外した。

信じていた人に一度でも深く傷つけられたら、表面上は取り繕えても、やはり心の底では許せないものなのだろうか。

でも、彼の場合は一度じゃなかった。足をすくおうとする者に虎視眈々《こしたんたん》と狙われていた彼が、人を信じられなくなったのも頷ける。

琴乃の脳裏には、さきほどこの部屋から飛び出していった平良由奈の泣きはらした顔が浮かんでは消えた。同時に思い出されるのは、ざっくばらんで、屈託なく笑う彼女のかわいらしい丸い頬。

琴乃には、最初から最後まで親身に接してくれていた優しい友達が、腹の中では別のことを考えていたとは到底思えないのだ。だから、彼女が落ち着いた頃にでも、一度ゆっくり話がしてみたい。もちろん、彼女が許してくれればだけれど……

それから、自分を裏切った坂本央士は――

あのへらへらした顔を思い出した瞬間、がんとなにかで頭を殴られたような気持ちになった。自分でも制御できないくらいに腸《はらわた》が煮えくりかえる。先日将偉にとっちめてもらったにもかかわらず、いまだにこれほど自分の中に憎悪が渦巻いていることに、琴乃は自分でも驚いた。

胸が苦しくなるほどの怒りを将偉に悟られまいと、こっそりと深呼吸する。だが、頭を撫でられて振り向けば、そこには気遣うように眉を下げた将偉の顔があった。

「今、あのまぬけな男のことを思い出していただろう」

「えっ。なんで——」

「あいつのことを考えている時、君のここには皺が寄る」

とん、と眉間を指でつつかれて、琴乃は息を吸い込んだ。

「ちょっ……やだ！」

慌てて額《ひたい》をこすっていると、隣でくつくつと笑う声が聞こえた。顔をそちらへ向けると将偉が目元を手で覆って笑っている。

「嘘だよ。君は面白い子だな」

「もう……！」

ばんばんと彼の胸を叩くが、筋肉質な身体は当然びくともしない。挙句、両手首を掴まれてソファの背に押しつけられた。

「あいつのことを許す必要はないぞ。一時の気の迷いで人を裏切るやつもいるが、あれはどうしようもない。更生を待つだけ無駄だよ」

まだ笑いながら悪態をつく彼も、目つきはすこぶる真剣だ。愛情深く、力強い眼差しに見据えられ、なんとも幸せな気持ちが胸に広がる。

琴乃はぱちぱちと瞬きをして、彼の目をしっかりと覗き込んだ。

視線が絡み合ったら、楽しい時間はもうおしまい。どちらからともなく顔を近づけ、うっとりと見つめ合ったまま唇を寄せる。

「将偉さん。私、絶対にあなたを裏切らないと約束する。だから、私だけは信じていても大丈夫ですから」

彼の眉がぴくりと動いた直後、唇がほとんど重なった。

「俺もだ、琴乃。君を泣かせるような真似はしないと誓うよ。俺たちは比翼の鳥だ」


それから半月ほどのあいだは、慌ただしく日々が過ぎていった。

将偉の実家である周防家への挨拶も済ませ、およそ一年後を見据えた結婚式に向けて、準備を始めたある日のこと。

将偉とともに出勤した琴乃のもとに、一通の手紙が届いた。

差出人は平良由奈だ。警戒した将偉が、まず自分が開封して中を改めると言い張るのを押し切り、琴乃は自分で手紙を開いた。

手紙に書かれた内容は、あの時の非礼と迷惑メールに対する心からの謝罪。それから、ふたりの結婚を祝福するものだった。

彼女との話し合いがもたれた時にはまだ噂に過ぎなかった結婚のことを、将偉はあの場ではっきりと告げていたらしい。そのあと、噂を噂のままにしておくとまた良からぬことが起きるかもしれないと、数日後には社内にも公表することにしたのだ。

手紙には琴乃だけでなく将偉にまで迷惑メールを送った理由が書かれていた。いくら好意をにおわせてもなびく様子がない彼に対する恨みと、どうにかして接点をもちたいという気持ちが、エスカレートしてしまった結果らしい。

あの時の自分はどうかしていたと猛省する文面が綴《つづ》られていた。

将偉が背後から覗き込んでいることに気づいた琴乃は、手紙を胸元に当てて隠す。

「だーめ。これは女同士の秘密なんです。あとで返事書こうっと！」

「あれだけ痛い目に遭ったのに。君も物好きだな」

呆れ半分といった顔をして、将偉が小首を傾げる。

「きっと反省したんですよ。同じ人を好きになった以上、彼女の気持ちはわからないでもありませんし、だいいち、喧嘩別れしたままじゃスッキリしないじゃないですか。それに、『結婚おめでとう』なんて書かれたら、返事をせずにはいられないでしょう？」

なるほどな、と将偉。

「しかし、次にあんなことがあったら被害届を出してもらうぞ。もしも君になにかあったらと考えると、俺は生きた心地がしない。なんならもう退職して専業主婦になってもらっても――」

「いえいえ。結婚までのあと一年はきっちり働かせていただきますとも。それに私、このあいだのことで自信つけちゃったんですよねえ」

ふふーん、と笑みを浮かべ、便箋を封筒にしまう。将偉が訝《いぶか》しげな目つきで見てきた。

「自信？　なんの」

「護身術ですよ。将偉さんが教えてくれた。私、素質あると思うんです」

「あれは素質というものじゃないだろう」

むう、と琴乃は目を剥いて口を尖らせる。

「そんな言い方しなくたっていいじゃない。私、いい生徒だったでしょう？」

まあな、と彼はトラウザーズのポケットに両手を突っ込み、にやりとする。

「でも、あんまり強くなられたら困るな。いつでも君を襲えなくなる」

「将偉さんから身を守る必要なんてありませんから」

「どういう意味だ？」

眉をひそめて顎を撫でる将偉の胸を、琴乃は思わせぶりに指でなぞった。

「わかってるくせに……私が将偉さんの誘いを断ったことなんてあります？」

琴乃は唇を舐め、上目遣いに彼を見る。将偉の目はベッドの上のように細められ、小鼻が膨らんでいる。

「……あれ？　ちょっと……やだ……」

自分で恥ずかしくなって、琴乃は彼の胸に頭をくっつけてくすくすと笑った。将偉もこらえきれなくなったのか、肩を震わせて咳ばらいをする。

「やめてくれ。俺はクールなキャラで通してるんだぞ？」

手で口元を押さえて照れまくっている彼がかわいらしい。顔を覗き込むと後ろを向いてしまうのもおかしくて、ついからかいたくなる。

太い幹みたいな首に腕を絡ませて、彼の耳元まで伸び上がった。

「ねえ、社長？　社長室でのエッチなことはどこまで許されるんですか？」

甘ったるい声で囁くと、将偉の両手が琴乃の腰にかかる。

「どこまででも。社長の俺がなにをしても、誰もなにも言えないからだ」

普段は怜悧《れいり》な眼差しが蠱惑的《こわくてき》にきらめき、次の瞬間、琴乃の唇は彼の熱い唇に奪われた。

そっとついばむだけの甘い口づけは、次第に熱を帯び、やがて舌と吐息を絡ませ合う情熱的なものへと変わっていく。

無愛想な仮面の奥に隠された彼の茶目っ気と優しさに気づく者は、きっとこの先も自分のほかには現れないだろう。大企業の社長にはもったいないくらいの逞しい腕に抱きすくめられ、琴乃は幸せの絶頂を噛みしめた。

後日談　愛を知ったオオカミ

互いの家への挨拶を済ませてひと月後に、ふたりは籍をいれた。

それから早くも一年あまりが過ぎ、各界の著名人に列席をたまわる披露宴までいよいよあと数日と迫った。一年もあればゆっくり準備ができるだろうと高を括っていたものの、社長業で忙しい将偉と、ぎりぎりまで仕事を続ける琴乃のスケジュールを合わせるのは至難の業であり、大わらわの日々である。

そんな初夏のとある日曜の午後。

琴乃は将偉とともに、周和セキュリティの受付嬢である町田さゆりと、ホテルのレストランで向かい合っていた。目の前には食前酒であるスパークリングワインが注がれ、グラスの底からちりちりと細い泡を立ち上《のぼ》らせている。

「……と、いうわけでさゆりさん、プランナーの方から連絡があったと思うんですが、当日は披露宴の受付をよろしくお願いしますね！」

テーブルの向かい側に座るさゆりに、琴乃はにっこりと微笑みかけた。しかし彼女は顎に手を当て、困惑ぎみの様子である。

「わかったわ。でも、本当に私でいいの？　もっと若い子のほうが――」

「はい、ストップストップ！　それ以上言っちゃだめですよ。ベテラン受付嬢であるさゆりさんだからお願いしたいんです。それに……」

前かがみになった琴乃は、内緒話をするように口元を両手で覆う。

「一緒に受付してくれる将偉さんの後輩、独身でイケメンらしいですよ！」

「やだ、もう」

さゆりがくすくすと笑うと、一見冷たそうな目元が弧を描いた。

「彼女がぜひ君にお願いしたいと言うんだ。よろしく頼むよ」

と、将偉が食前酒を口に運びつつ、訳知り顔で口を挟む。それにはさゆりも納得した様子で頷いた。

「わかりました。社長のご指示なら逆らえませんね」

「またそんな言い方して……。私が受付を頼める人なんて、さゆりさんしかいないんですからね！」

わざとおどけて言った琴乃を、ふたりの楽しげな笑い声が包む。

入社したての頃、琴乃はすでにベテランだったさゆりが怖くて堪らなかった。なにかにつけて辛辣な口ぶりで責められたため、新人いびりでもされているのかと思ったくらいだ。

あとから聞いた話によると、彼女は由奈から琴乃に関してあれやこれやと吹き込まれていたらしい。仕事をろくにしていないだの、町田の陰口を叩いていただの。

それでつい辛く当たってしまったのだと、謝られたことがある。

由奈が退職してしばらくのちのことだった。琴乃が退社しようとしたところ、さゆりから食事に誘われた。初めてのことに恐る恐るついていった琴乃に、店に着くなり彼女はこう尋ねた。

『ね、私のこと疑ってたでしょ』

ドキッ。

『そ、そんなことあるわけないじゃないですか。大先輩である町田さんが犯人であるはずが……あー……ごめんなさい』

調子よく言い訳していた琴乃は、急にうなだれて謝罪の言葉を述べた。すると、くすくすと笑い声が聞こえる。

『……さゆりさん？』

しばし俯いて声を抑えて笑っていた彼女が、目尻に浮かんだ涙を拭いながら顔を上げる。

『ごめんなさいね。謝らなきゃいけないのは私のほうなの。あのメールを送っているのが平良さんだと気づくべきだったわ。……ほら、社長に対するあの態度を見れば、ね？』

『は、はあ……そう、ですか？』

そんな気配はみじんも感じなかった自分の女子力の低さを、あれほど呪ったことはない。

さゆりは、証拠もないのに由奈を問い詰めるわけにはいかなかったのだと、もう一度丁寧に謝罪した。

その日を境にふたりの仲は急速に近づいていき、今では琴乃にとって、誰よりもよき理解者となったのだった。


「お待たせいたしました。前菜でございます」

談笑する三人の元に料理が届いた。給仕が去っていこうとした時、すかさず将偉が呼び止める。いつの間にか、琴乃の膝にかけたナプキンが床に落ちていたらしい。

「ありがとうございます。将偉さん」

新しいナプキンをもってきた給仕に礼を告げたあと、琴乃は将偉にも礼を言った。彼はなにも言わず、軽く頷いて唇の端をわずかに上げる。

（うわ……かっこいい……）

その表情の色っぽさに、琴乃は思わずぼうっとなった。『周防琴乃』になってから一年経ってもまだこれだ。長い睫毛の奥の、深い欲望を宿した瞳に絡め取られると、いまだに身体の芯に熱がこもる。

「——ちゃん。……琴乃ちゃん？」

「あっ、は、はいっ」

慌てて正面に目を戻すと、さゆりがからかうような眼差しを向けている。

「ねえ、琴乃ちゃんはいつまで社長に敬語で話すつもりなの？」

きれいにネイルされた手をカトラリーに伸ばして、さゆりが尋ねる。同時に、テーブルクロスの下で将偉が手を握ってきたので、琴乃はびくっとした。

「え、と……しっ、仕事中に間違っちゃいそうなので自重してるんです」

「俺も言っているんだが、一向に敬語をやめようとしないんだ」

「ひゃっ」

握った彼の手の甲がいきなり内腿に触れ、素っ頓狂《すとんきょう》な声を上げてしまう。

「どうした？」

「い、いえ、なんでも……」

そうか、と言った将偉の声は色っぽくかすれている。こちらをじっと見る涼しげな目は誘うように細められ、唇は薄く開かれている。まるで、睦言でも囁いているかのごとく。

彼の顔に釘付けになっていたことに、さゆりが噴き出す音で気がついた。

「な、なんですか？」

「だって、琴乃ちゃんの顔」

口元を両手で押さえてさゆりが言う。琴乃が問いかけるように隣に顔を向けると、将偉もくすりと笑みを浮かべた。

「赤いな」

「えっ」

琴乃は彼に触れられていないほうの手を、さっと頬に当てた。確かに熱い。エアコンはよく効いているはずなのに……

「もう、こっちが暑くなっちゃうわ。あー、汗かいちゃった」

さゆりが優雅に笑いながら顔を扇ぐので、琴乃はますます居たたまれなくなった。

「さゆりさんてば……そんなに笑うことないじゃないですか。……んもう、将偉さんがおかしなことするから」

「悪いな。君を見ているとどうしてもからかいたくなっていけない」

と、将偉。その言葉を受けて、さゆりが目尻に溜まった涙を拭いつつ言う。

「愛ね」

「ちょっ……！」

途端に汗が噴き出してきて、琴乃は慌ててグラスを取った。残りのシャンパンをぐーっと呷《あお》ると、ふたりが楽しそうに笑い声を立てる。

大体彼は、無自覚が過ぎるのだ。こんなふうに思いがけず、ふたりきりでいる時のような表情を見せられたら、どきどきしてしまうではないか。

（それにしてもまさか、将偉さんが人前で私に触れるなんて……）

少し前まで、自分はクールなキャラで通していると言っていたことが信じられない。考えてみれば、出会った頃とはまるで別人みたいに表情も柔らかくなった……と思う。


さゆりと別れたあと、デパートで買い物を済ませたふたりが家に帰り着いたのは、そろそろ夕食かという時間だった。

「はーっ、楽しかった～！」

もともと将偉が使っていた、今はふたりの愛の巣となった部屋に入るなり、琴乃は彼の胸に飛び込んだ。するとすぐさま、太い腕がぎゅっと抱きしめ返す。

適度な弾力のある筋肉質な胸が、なんとも心地よい。なめらかで上等なシャツの生地。お気に入りのコロンの香り。琴乃は心ゆくまで夫を味わった。

「疲れたか？」

低く甘い声が耳をくすぐる。ううん、と冷えた頬を胸にこすりつけた。

「全然。今日はおいしい食事もできたし、帰りにおいしそうなローストビーフも買えて大満足です」

「花より団子か。今日のメインは町田に受付の依頼をすることだと思ってたけどな」

「あーっ！」

彼の言葉に昼間の出来事を思い出し、琴乃は厚い胸をぐいっと押しのけた。

「いきなりどうした？」

将偉の腕から逃れた琴乃は、失ったぬくもりに両手を広げたまま眉を寄せる彼の顔を、思い切り睨みつける。妻の逆鱗に触れた将偉は困惑顔だ。

「昼間のこと、許したわけじゃないんですからね」

「昼間？」

彼は少し考えて、ああ、と大きく頷いた。

「まだ怒ってたのか。藪蛇《やぶへび》だったな」

「当たり前ですよ。さゆりさんの前であんなことするなんて」

レストランでは、将偉がちょっかいを出してきたせいですっかり笑われてしまった。

この一年で琴乃も少し成長したとはいえ、まだ二十代。琴乃より四つも年上で、もともと大人っぽいさゆりに幼さの残るところを見られてしまったことを、とても気にしているのだ。

「あんなこと、というほどのことはしていないし、だいいち今日はオフだ。妻に触れることくらい許されてもいいだろう？」

将偉が腕を組み、意地の悪い笑みを浮かべる。しかし琴乃は、わざと素っ気ない顔をして彼の横を通り過ぎた。

「だって、恥ずかしかったんだもん」

「ごめん」

後ろからついてきているらしい彼の声が背中に響く。

(ん？　将偉さんが素直に謝るなんて珍しいな)

思わず足を止めかけたけれど、一度怒ったふりをしてしまった手前、今さら矛《ほこ》を収めることなどできない。

「許しません」

そのままリビングに入り、ソファに向かってずんずんと歩く。手首になにかが触れた。

「悪かったって」

「だーめ。——ひゃっ」

突然腕を引っ張られた琴乃は、回転するかのように後ろを向いた。そして、次の瞬間には再び熱い腕の中。気づけば唇をあたたかいもので覆われていた。

「んっ……ふ、んんっ」

欲望を露わにした男らしい唇が、琴乃の冷えた唇を貪《むさぼ》みたいに貪《むさぼ》る。

しっかりと閉じていたはずの唇は、顎を掴まれて無理やり開かされた。すぐに舌が侵入してくる。肉厚のそれはぬらぬらと歯列を拭い、頬の内側の粘膜をこそげ、逃げる琴乃の舌を求めて深く、深く突き立てられる。

「あ……ん……」

琴乃はすぐにぼうっとなった。力任せに蹂躙《じゅうりん》されているせいで、背中はのけぞり、自力では立っていられない。そのままぐいぐいと押され、腰にグランドピアノが当たった。

「な、なに……いきなり、激し……」

将偉の荒い吐息から逃れた琴乃は、筋肉質な胸を押し戻して喘いだ。視界に入った将偉の切れ長の目が、夜の獣みたいに濡れて輝いている。

琴乃の胸は激しく拍動した。こうして見ると、彼は本当にたぐいまれなる美丈夫《びじょうふ》だ。

唇の端にこぼれた唾液を舐めとる仕草に、めまいまでしそう。

「仲直りのキスだよ」

将偉が唇をくっつけて低く囁いた。かすかな笑みを含んだ吐息が頬を撫でる。身体の芯を、これでもかというほど疼かされ、琴乃は小刻みに震えた。

「許すなんて、言ってな――んぅっ」

言い終わらないうちに再び吐息が奪われた。ひとしきり愛を交わしたあと、ちゅっと音を立てて離れる彼の唇。

「強引な男ですまないな」

「……五十点」

ん？　と将偉が片方の眉を上げる。

「減点です。許しを請うキスにしては濃厚すぎたから」

「手厳しいな」

くすくすと笑いつつ、薄めの唇がついばむように琴乃の唇を軽く吸いたてた。

「リベンジしたいと言ったら？」

「内容によっては……考えてもいいかもしれませんけど？」

彼の太い首に両手を回して甘く囁く。琴乃にとって精一杯の背伸びだ。

「よし。じゃあまずは一緒にシャワーを浴びよう。バスルームの明かりはつけずに、ワインを持ち込んで」

「それで？」

「お互いの身体を拭いたら、リビングで夜景をバックに夜明けまで過ごす。どうかな？」

将偉の大きな手が、すでに琴乃のスカートの中に忍び込んでいた。ヒップの丸みを滑らかに弄び、内腿のきわどいところを撫で回す。返事を待つ気なんてまるでないようだ。

リビングには、大人が仮眠をとれるくらいに巨大で豪勢なソファが鎮座している。実際にいい雰囲気になってしまった時に、そのままそこで……ということがままあった。

きっと今夜もただでは済まされないだろう。きっと朝まで毛布に包《くる》まりながら、素肌を、唇を、吐息を絡ませて……

「ひゃっ」

よこしまな妄想を巡らす琴乃の頬に、ひやりとしたものが触れた。将偉が自分の頬をぴたりと押しつけたのだ。

「熱いな」

「ま、またそういうこと言う……！　でも、冷たくて気持ちいいです」

瞬間的に眉を吊り上げた琴乃だったが、すぐにふにゃりと頬を緩めた。

「いつまでたっても初心《うぶ》な君が、俺はかわいくて仕方がないんだ。昼間もそれで君をからかった」

口元に白い歯を覗かせつつも、彼は少しだけすまなそうな顔だ。琴乃は両手を後ろで組んで顎を上げた。

「じゃあ許してあげます。——って、面白がってるでしょ」

「ああ。実際に君は面白いから」

そう言ってすぐに、彼はなにかに気づいたようにぴくりと眉を動かした。そして、優しさと慈しみにあふれた眼差しで、彼は琴乃の頬を両手で包む。

「……いや、違うな。君といる時間が楽しいんだ」

「将偉さん！」

あの日、母に騙されて連れていかれたホテルのラウンジで、彼は冷酷そうな目で琴乃を睨みつけた。無言でコーヒーを啜《すす》っていたあの彼と、今、目の前で相好を崩す彼が、とても同一人物とは思えない。けれど、それが琴乃にとってはなによりも嬉しい。

『将偉さん、本当に変わりましたね』

言おうかどうか迷ったけれど、結局胸の中にしまっておくことにした。

この先の長い夫婦生活が、常に順風満帆なものだとは限らない。自信を失いかけた時、きっとこの、自分が彼を変えたのだという思い出があたたかな日々を思い起こさせてくれると思うのだ。

「将偉さん、だーいすき！」

琴乃は彼の腕に勢いよく抱きついた。嬉しさ半分、困惑したような彼の顔を見て、いたずら心が胸に湧く。

「将偉さんは？　将偉さんも言ってくださいよぅ。『だーいすき！』って」

「そ、そうか？　えーと、俺も、だ、だーいすき……だ」

「聞こえません！　もっとはっきり言って！」

抱擁から逃れようとする将偉を、琴乃はきつく抱きしめる。

「くそっ……参った」

口元を押さえてボソッと呟く彼の顔を、決して忘れまいと心に誓ったのだった。

書き下ろし番外編

オオカミ御曹司が極甘パパになりました

ふたりの結婚が正式に決まってから半年あまりが過ぎた。師走《しわす》のこの時期、新規事業の立ち上げのため滞在しているここ札幌では、連日のように白い薄片が舞っている。

（将偉さん、まだかなぁ）

顔の周りに湯気を纏わせつつ、琴乃はそわそわとあたりを見回していた。

午後六時の大通公園《おおどおりこうえん》。今日はクリスマスイブということもあり、先月始まったクリスマスマーケットの人出はピークだ。目の前を行き交うカップルたちを羨ましく眺めていた時、遠くから聞き慣れた声が届く。

「琴乃！」

「将偉さん！」

琴乃は嬉しさのあまりピョンピョンと跳ねた。人混みを縫うように走ってきた将偉に抱きしめられた瞬間、あたたかな気持ちが内からあふれだす。

（これこれ、この感じ！）

厚い胸の谷間に顔を押しつけて、スーハーと男らしい匂いをかぐ。

「何してるんだ？」

「補給ですよ。将偉さん出張で五日も会えなかったんだもん。もう限界」

「じゃあ俺も」

笑いながら髪にキスが落とされて、琴乃は肩をすくめた。ヒールのあるブーツを履いていても彼とは大人と子供くらいの身長差がある。毛布のようにすっぽりと包まれたなら最高だ。

白銀の世界に浮かび上がるイルミネーションは幻想的で、こうして手をつないで歩いているととてもロマンチックな気分に浸れる。

ふたりの手にはホットワインのカップ。ずらりと並んだフードブースの店先からはいい匂いが漂い、小物に目がない琴乃は、クリスマス雑貨の店に並べられた商品に逐一目を奪われている。

「わあ、このキャンドルホルダーかわいい～」

手作り品を売る店の前で足を止めたところ、将偉に手を引かれる。

「こっちにはスノードームがあるぞ。リビングの棚に飾ったらいいんじゃないか？」

「ホント！　どれも素敵ですねぇ。目移りしちゃう」

ハンドメイドを趣味にしている琴乃にとっては、かわいらしく作られた品々は興味を惹かれるものばかりだ。

散々迷った挙句、キャンドルホルダーとスノードーム、オーナメントを、フードの店ではクッキーとシュトーレンを買った。

せっかくだから端から端まで見てみようということになり、踏み固められた雪の上をそぞろ歩く。

すると、どこからか子供の泣き声が聞こえてきて、自然とそちらに足が向いた。

どうやら幼稚園児くらいの女の子が迷子になったらしく、泣きながらあたりをさまよっている。

「将偉さん、あの子迷子になっちゃったみたい」

琴乃はそう言って、女の子の前まで行ってしゃがみ込んだ。

「どうしたの？　おうちの人とはぐれちゃったのかな？」

しかし女の子は泣きじゃくるばかりで、どうしたらいいかわからない。すると、将偉がスッと両手を差し伸べた。

「おいで。おじさんが捜してあげよう」

女の子は泣きながら頷き、将偉に向かって両手を差し出した。にっこりと相好を崩した彼が、女の子の靴でスーツが汚れるのも厭《いと》わず抱き上げる。

「ほら、ここからならよく見えるだろう？　きっとおうちの人も捜してるよ。――この子のご家族は近くにいらっしゃいませんかー？」

口に手を当て声を張る将偉の横顔を、琴乃は驚きと称賛の目で見つめた。

普段は冷静で厳めしい顔つきでいることが多い彼は、見知らぬ小さな女の子のために
こんなことができる人だったのだ。

すぐに見つかった両親が、今にも泣き出しそうな顔でこちらに駆け寄ってきた。ペコ
ペコと頭を下げるふたりに連れられて、女の子は嬉しそうな顔で帰っていった。

平穏な時間が戻ってきて、またふたり手をつないで歩きだす。

「よかったですね。パパとママがすぐに見つかって」

「ああ。この人混みじゃ不安で堪らなかっただろうな」

（ふふ。将偉さんの意外な一面見ちゃったな）

思い出し笑いを浮かべた琴乃の顔を、将偉が覗き込んだ。

「何か言いたげだな」

「将偉さん、子供の扱いに慣れてるんだなー、って」

「兄のところに女の子がいるからな。小さい頃はよく抱っこをせがまれた」

そう言って前を向いて歩く彼の顔は、往時を思い出したのか穏やかに綻んでいる。

女の子を抱いた時の慣れた手つきと慈愛に満ちた表情は、まるで本当の父親みたい
だった。口には出さないけれど、年齢のことを考えると本当は早く子供が欲しいのだろう。

(でも、自分から『結婚式までの一年はきっちり働く』って言っちゃったしなあ……)

「どうした？」

「ううん、なんでも」

琴乃は怪訝《けげん》な顔をした将偉の腕に、自分の腕をしっかりと絡ませた。


その晩、琴乃と将偉は駅前に構えた自宅マンションの浴室で一緒にあたたまったのち、ふかふかのベッドで素肌を重ねていた。五日ぶりに会えた喜びに逸《はや》る気持ちはお互い様。

だが、前戯もそこそこに相手をねだったのは琴乃のほうだった。

ベッドサイドテーブルに置かれた避妊具に伸ばした将偉の手を、琴乃が掴む。

「どうした？」

「避妊……しなくちゃだめ？」

将偉は手を引っ込め、琴乃の頬に手を当てて慎重な顔で覗き込んだ。

「今妊娠したら困らないか？」

「それはそうなんですけど……」

過去に一度だけ、避妊をせずに身体を重ねたことがある。しかし、琴乃には仕事を続ける意思があったし、結婚式を控えていたため、また避妊するようになっていた。

仕事の面では代わりがいるかもしれないが、結婚式はそうもいかない。ドレスはほぼできあがっているし、もし悪阻《つわり》がひどかったり、万が一切迫早産などで入院となったりしたら、いろいろな方面に迷惑をかけてしまう。

（でも、将偉さんに早く赤ちゃんを抱かせてあげたいなぁ……）

「琴乃」

「は、はい」

ベッドの中とは思えない真剣すぎる彼の表情に、思わずびくりとする。将偉は琴乃の両頬を手で挟んだまま、じっと覗き込んできた。

「俺は今すぐに子供がほしいと思ってるわけじゃない。それに、できなくても構わない。俺は君といられればそれで十分だ」

「将偉さん……」

琴乃は彼の手に自分の手を重ねた。浅はかな考えがバレたのは恥ずかしかったが、自分で思うよりも愛されていると再確認できたのはなにより嬉しい。

将偉が呆れ半分にため息をついた。

「まったく君って子は」

「な、なんですか？」

突然、彼の鋭い目が蠱惑的《こわくてき》に細められたため、琴乃は落ち着きなく身体を動かした。額《ひたい》や頬、髪を優しく撫でられて瞼《まぶた》を閉じたら、唇にあたたかなものが触れた。そっとついばまれたのち、ねっとりと食《は》むような口づけをされて吐息をこぼす。

彼の唇はすべすべとあたたかく、舌に至っては降り積もる雪をも溶かすほど熱かった。愛おしむようにゆっくりと。そうかと思えば獰猛《どうもう》な獣のごとく口内を犯されて、脚のあいだにぐんぐんと熱が集まっていく。

唇と舌で執拗に琴乃を味わったのち離れた将偉は、欲望を滾《たぎ》らせた瞳で琴乃を捉えた。テーブルの上の避妊具を掴むと手早く装着し、濡れそぼった蜜口にはち切れんばかりに硬くなった先端を押しつける。

「君がそんな余計なことを考えている余裕をなくさせなくちゃな」

「あンっ……！」

くちゅ、と卑猥な音を立てつつ、肉杭が滑り込んできた。強引に、そして鮮やかに隘《あい》路《ろ》をかき分ける力強い存在に、一瞬息が詰まりそうになる。

剛直が入り口まで退かれ、すぐにまた一気に貫かれた。素早い律動が始まり、太腿のわななきが止まらない。

「はっ、あっ、あんッ、いきなり、はげし……っ」

「君がごちゃごちゃと考えているうちに我慢ならなくなったんだ。いいだろう？」

「ンっ、う、ふっ……だめ、じゃない、けど……っ、ひっ！」

ゆさゆさと揺れるバストの頂があたたかな口の中に吸い込まれた。唇でしごかれ、舌で執拗に転がされて、乳首がすぐに硬くなった。甘く噛まれたら蜜洞がキュンキュンする。身体の芯にずくずくと熱がこもって、すぐにでも達したい気持ちになった。

「あんんっ、はぁ、ん……っ、将偉さん、そこっ、いいっ」

大きな身体を獣のように丸めて、将偉が猛々しく腰を突き入れる。胎内のよく感じる場所を次々と探り当てられ、逞しい腕にすがることしかできない。

顔を上げた将偉が、蠱惑的《こわくてき》な笑みを湛えて琴乃の顔を覗き込む。

「会えないあいだ、君のことばかり考えてたんだ。たった五日なのに。おかしいよな？」

「わっ、私も……将偉さんのことばかり考えてたから……一緒です……んふッ！」

ぐるん、と腰を回しながら穿たれたら、あまりの心地よさに背中がのけぞった。

「俺に抱かれることを考えてたのか？　こんなふうに？」

将偉は整った顔を欲望に歪めて、さらに腰をグラインドさせた。困ったように寄せられた眉、上気した頬、官能的に上がった口角。彼のこんな表情には弱い。

（うう～、その顔は反則だってば！）

「だって、将偉さんとのエッチが気持ちいいんだもん……あはっ……、そこ、いっぱいいじめて」

「ここか？」

「そこ、そこ……ああんっ」

今度は一番奥を小刻みにノックされて、ゾクゾクと背中が震えた。

律動の速度が増すにつれ、胎内をぎっしりと満たす将偉自身まで大きくなったようだ。

蜜洞のどこもかしこも強くこすれて、迫りくる快感にはあはあと喘ぐ。

「あ、あっ、は……っ、将偉さんっ、も……いきそ……っ」

顔の横にある彼の手首を掴んで首を横に振る。将偉は眉を寄せてふーふーと息をついた。

「俺も一緒にいきたい。いいか？」

「お願い……！」

そう返した途端、将偉は琴乃の手をベッドに縫い留めて、「琴乃、琴乃」ともらしながら猛烈に腰を振った。

入り口から奥までを素早くひと息に貫いては、奥を小刻みに突く。緩急はなく、急、急、急のみ。息つく間もなく押し寄せる快感に、頭まで痺れ、とろけ、ほとばしる喘ぎを止められなくなり――

「あ、ああっ！」

瞼《まぶた》の裏側が激しく明滅し、全身が悦びに包まれた。身体だけでなく、心まで満たされる極上の心地よさ。愛する人と肌を重ねるのはこんなにも素晴らしいのだということを、彼と一緒になって初めて知った。

「琴乃……愛してるよ」

同時に果てたらしい将偉が腰を揺らめかせつつ、琴乃の上に突っ伏す。ずっしりとのしかかる重みに幸せを感じながら、琴乃は彼の汗ばんだ背中に腕を回して男らしい匂いをかいだ。

「将偉さん……好き。愛してる」

「俺も同じ気持ちだ。君が愛しくて堪らない。こうして抱くたびに思いが深くなる」

甘く囁かれる鼓膜から、彼の気持ちが痛いほど流れ込んできて、琴乃は密かに笑みを零した。

「ねえ、将偉さんも私と同じくらい気持ちよかった？」

「もちろんだ。君が気持ちよければ俺も気持ちがいい」

バッと彼の顔をこちらに向け、満面の笑みで応える。

「じゃ、最高だったってことですね」

「そういうことだな」

照れ臭そうに髪をかき上げる将偉がなんだかかわいらしくて、思わずデレデレした。

普段あまり素直じゃない彼が見せるギャップに弱いのだ。

「琴乃」

「ん？」

ちゅ、と軽くついばむようなキスが降ってくる。身も心も焦がしそうなほど熱い目が、琴乃の顔のパーツひとつひとつをじっくりと眺め、最後に優しく弧を描いた。

「やっぱりいい女だな」

「な、なに？　急に」

「君の前ではどうも素直になりすぎてしまう」

思いがけない告白に胸がむずがゆくなって、琴乃は上目遣いに彼を見た。

「惚れた弱みってやつですか？」

「違いない」

首筋に甘い口づけが舞い降りて、再び愛の渦中にのみ込まれる。そんな夜だった。

それから半年が過ぎた佳き日《よ》に、琴乃と将偉は晴れて結婚式を挙げた。

披露宴に列席した錚々《そうそう》たる面々の顔と名前を覚えるのは大変だったが、有名人ばかりのため情報は多く、秘書として培ってきた経験が役立って、どうにか大役を終えることができた。

そしてまた一年が過ぎた今では……

「琴乃、おむつはいくつだ？」

「念のため十個お願い」

「足りなかったら途中で買えるしな。ミルクは？」

「うーん……ケースに二回分かな」

「了解。おしりふきとティッシュとタオルはもう入れたよ」

「ありがとう。助かります」

テキパキと準備を進める将偉にここは任せて、琴乃はまだ眠っている娘の富美加《ふみか》の様子を見に寝室へ向かう。

三か月になった娘を連れて初めてのドライブに出かける今日は、朝からバタバタしている。

待望の妊娠がわかったのが結婚式の翌日というすごいタイミングで、悪阻《つわり》に耐えながら出産準備をし、安定期には『今のうちに』と旅行にも行った。

仕事面では、日本全国を飛び回る将偉と一緒に行ったり来たりの生活に加え、株主総会、決算後すぐに退職の引き継ぎと慌ただしく、これまでで一番忙しかったと確信している。

それをどうにか乗り越えられたのは、将偉が忙しい社長業の傍《かたわ》ら、持ち前の包容力でサポートしてくれたおかげだ。

妊娠がわかってからというもの、将偉はいっそう優しくなった。

悪阻《つわり》がしんどい時には簡単な料理を作ってくれたり、掃除をしてくれたり、必要に応じて家事代行サービスを頼んだ。

幸いマンションにはコンシェルジュがいるため、クリーニングや宅配の受け取りなども安心して頼むことができたのだ。

まだ眠たそうな富美加を抱いてリビングに戻ると、将偉がいそいそと近づいてきた。

「おはよう、富美加」

将偉は早速娘の額《ひたい》にキスをしたのち、ぐりぐりと頬ずりをする。

黒目がちのつぶらな目。ぷっくりとした丸いほっぺ。さくらんぼみたいな小さな唇。

こんなにかわいい娘を猫かわいがりしたい彼の気持ちもわかるけれど……

起き抜けに過剰な愛情表現が気に入らなかったのか、富美加はぐずり出してしまった。

「髯《ひげ》を剃《そ》ってきたほうがいいかもね」

「しまった。痛かったのか」

ざらついた顎をこすりながら洗面台へ急ぐ将偉の後ろ姿に声を抑えて笑う。あの厳めしかった彼がこんなにも子煩悩になるなんて、想像もつかなかった。

「ふーちゃん。パパ面白いねぇ。今からこんな調子で、彼氏なんか連れてきたらどうするんだろうね」

ふわぁと大きな欠伸《あくび》をしてもぐもぐと口を動かす娘に、琴乃は相好を崩す。

『俺たちは比翼の鳥だ』

結婚前に将偉がくれた言葉だ。鳥は片翼だけでは飛べない。将偉とふたりで力を合わせて、このかけがえのない小さな存在とまだ見ぬ子供たちを背中に乗せ、人生という大空を羽ばたいていこう。

生真面目な小学校教師・いちかは、逃げた花嫁の身代わりとして極道の組長と祝言を挙げることに…!?　怖がるいちかの前に現れた新郎は、強面ながらも超美形な極道・龍臣《たつおみ》だった！　無理やり連れてこられた自分を気遣い敵対する極道からも守ってくれた龍臣。そんな彼に惹かれてゆくいちかだが住む世界が違うと、自分の気持ちに蓋をする。でも、ある夜、彼から情熱的に求愛されて——…

B6判　定価：704円（10%税込）　ISBN 978-4-434-30551-1

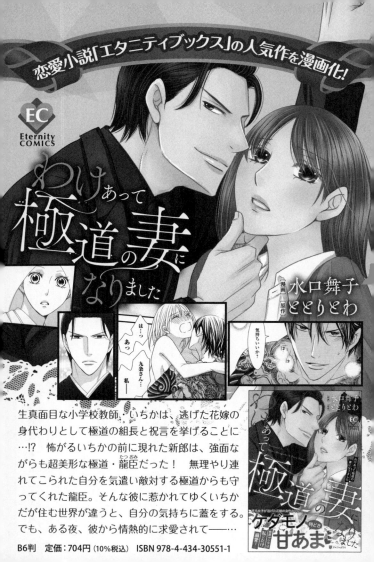

EB エタニティ文庫

夜はあなた専属の司書。

エタニティ文庫・赤

今宵、あなたへ恋物語を

ととりとわ　　装丁イラスト／白崎小夜

文庫本／定価：704円（10% 税込）

一ヵ月後の失業が決まっている司書の莉緒《りお》は、さる名家の執事から「坊ちゃまの専属朗読係になってほしい」とスカウトを受ける。疑問に思いつつもその家を訪問すると、そこで出会った“坊ちゃま”は、莉緒より年上のイケメン実業家だった！　その日から、夜だけの甘く特別な朗読が始まって……

※エタニティブックスは大人の女性のための恋愛小説レーベルです。ロゴマークの色で性描写の有無を判断することができます（赤 • 一定以上の性描写あり、ロゼ • 性描写あり、白 • 性描写なし）。

詳しくは公式サイトにてご確認ください。
https://eternity.alphapolis.co.jp/

本書は、2022年2月当社より単行本として刊行されたものに、書き下ろしを加えて文庫化したものです。


この作品に対する皆様のご意見・ご感想をお待ちしております。

おハガキ・お手紙は以下の宛先にお送りください。

【宛先】

〒150-6019 東京都渋谷区恵比寿 4-20-3 恵比寿ｶﾞｰﾃﾞﾝﾌﾟﾚｲｽﾀﾜｰ 19F
（株）アルファポリス　書籍感想係

メールフォームでのご意見・ご感想は右のＱＲコードから、
あるいは以下のワードで検索をかけてください。

アルファポリス　書籍の感想　検索

ご感想はこちらから

BUNKO Eternity エタニティ

エタニティ文庫

オオカミ御曹司《おんぞうし》と極甘《ごくあま》お見合《みあ》い婚《こん》

ととりとわ

2024年12月15日初版発行

文庫編集ー熊澤菜々子・大木 瞳
編集長ー倉持真理
発行者ー梶本雄介
発行所ー株式会社アルファポリス
〒150-6019 東京都渋谷区恵比寿4-20-3 恵比寿ｶﾞｰﾃﾞﾝﾌﾟﾚｲｽﾀﾜｰ19F
TEL 03-6277-1601（営業）　03-6277-1602（編集）
URL https://www.alphapolis.co.jp/
発売元ー株式会社星雲社（共同出版社・流通責任出版社）
〒112-0005 東京都文京区水道1-3-30
TEL 03-3868-3275
装丁イラストー仲野小春
装丁デザインーAFTERGLOW
（レーベルフォーマットデザインーhive&co.,ltd.）
印刷ー中央精版印刷株式会社

価格はカバーに表示されてあります。

落丁乱丁の場合はアルファポリスまでご連絡ください。

送料は小社負担でお取り替えします。


ISBN978-4-434-34968-3 C0193